Andrea Revers
Schlaf schön

Von der Autorin bisher bei KBV erschienen:

Schlaf schön
Komm gut heim
Hab keine Furcht
Lass die Vergangenheit ruhen
Vertrau mir nicht

Andrea Revers wurde 1961 in Brühl/Rheinland geboren. Sie ist Diplom-Psychologin, studierte Publizistik und Kommunikationswissenschaften und machte eine Ausbildung zur Journalistin und Marketing-Beraterin. Sie lebt in der Eifel und widmet sich nach langjähriger Tätigkeit als Management Trainer und Coach nun voll und ganz dem Schreiben. Sie verfasste Bücher, Fachartikel und zahlreiche Kurzkrimis. 2011 wurde sie für den »Deutschen Kurzkrimipreis« nominiert. *Schlaf schön* ist ihr Romandebüt. Die Reihe um die Ex-Kommissarin Frederike Suttner hat der Palette der Eifelkrimi-Literatur eine neue Farbe hinzugefügt und umfasst nun bereits fünf Bände.
www.andrearevers.de

Andrea Revers

Schlaf schön

Eifelkrimi

1. Auflage 2020
2. Auflage 2025

© KBV Verlags- und Mediengesellschaft mbH
Am Markt 7 · DE-54576 Hillesheim · Tel. +49 65 93 - 998 96-0
info@kbv-verlag.de · www.kbv-verlag.de

Bei Fragen zur Produktsicherheit wenden Sie sich bitte
an unsere Herstellung: info@kbv-verlag.de · Tel. 0 65 93 / 998 960

Umschlaggestaltung: Ralf Kramp unter Verwendung von
© A-photographyy/Shutterstock.com
Lektorat: Nicola Härms, Rheinbach
Druck: Druckhaus Nord GmbH, Bremen
Printed in Germany
ISBN 978-3-95441-537-3 (Taschenbuch)
ISBN 978-3-95441-547-2 (eBook)

Dieser Roman wurde durch eine reale Begebenheit inspiriert: Im Mai 2009 erkrankten im Hillesheimer Katharinen-Stift dreizehn Bewohner auf zunächst unerklärliche Weise. Elf von ihnen starben. Die Staatsanwaltschaft nahm Ermittlungen auf. Nach einigen Wochen wurden diese ergebnislos eingestellt. *(Quelle: Spiegel Online vom 1.7.2009, 18:14 Uhr: »Staatsanwaltschaft stellt Ermittlungen ein«)*

Diese vorliegende Geschichte ist reine Fiktion. Ähnlichkeiten mit lebenden oder toten Personen sind zufällig und nicht beabsichtigt.

Prolog

Die alte Frau lag zitternd in ihrem Bett. Ihre Hände fuhren unruhig über die Bettdecke, ihre Augen zuckten hin und her. Alles war so fremd hier. Wo war sie? Wie war sie hier hergekommen? Sie stöhnte laut auf. Da öffnete sich die Tür ihres Zimmers. Blinzelnd erkannte sie im hellen Schein des Flurlichts eine dunkle Gestalt. »Ich will nach Hause«, ächzte die Alte und wollte aufstehen.

»Psst!«, flüsterte die Stimme. »Ruhig! Bald bist du zu Hause. Schlaf schön.«

Die alte Frau schloss die Augen, riss sie aber sofort wieder auf. Etwas geschah mit ihr. Sie hatte plötzlich einen metallischen Geschmack im Mund. Mit schreckgeweiteten Augen wollte sie sich aufrichten, doch eine feste Hand drückte sie zurück in ihr Kissen und fixierte ihre Hände.

»Bald geht es dir besser! Versprochen.«

Die alte Frau wehrte sich nicht länger und beruhigte sich langsam. Ihre Gesichtszüge entspannten sich. Sie hatte die Augen geschlossen.

Die dunkle Gestalt wartete noch einen Augenblick und verließ dann das Zimmer.

Am nächsten Morgen war die alte Frau tot.

1. Kapitel

Änne ist tot!«
Frederike hatte kaum den kleinen Saal der dörflichen Gaststätte betreten, als Grete sie schon mit der Nachricht überfiel. Sie schob sich auf ihren Platz an der Eckbank. Die Chorprobe hatte noch nicht begonnen. Gerade lief der Wirt durch den Saal und nahm die Bestellungen entgegen.

Frederike konnte es kaum glauben. »Das gibt's doch nicht! Ich habe sie doch kürzlich erst auf dem Kirchhof getroffen. Da wirkte sie noch so fit.« Sie war bestürzt.

Die nun tote Änne war bis zu ihrem Umzug ins Heim vor knapp zwei Wochen eine feste Größe im Sopran gewesen, und auch wenn ihre Stimme in den Jahren etwas zittrig geworden war, galt Änne als ausgesprochen tonsicher. Da war es schon ein Verlust gewesen, als sie mit ihren sechsundachtzig Jahren beschlossen hatte, ins St. Ägidius nach Hillesheim zu ziehen und damit Leudersdorf und dem Kirchenchor den Rücken zu kehren.

Elsbeth, ein voluminöser Alt mit einem Mordsbusen – alles Resonanzboden, wie sie gerne kicherte –, war erst vor zwei Tagen bei ihr zu Besuch gewesen.

»Änne sah gar nicht gut aus. Ich persönlich würde ja nie in ein Altersheim gehen, da kümmert man sich doch kaum um den Einzelnen. Und diese hektische Pflegerin – also, das geht gar nicht. Ich sag ja immer, zu Hause ist es am schönsten. Nein, was bin ich froh, dass ich Kinder habe. Die Silke hat schon gemeint, dass sie mich später zu sich ins Haus holen würde. Aber da gibt es ja nur diese kleine Einliegerwohnung, und da liegt der Eingang auch noch hinterm Haus ...«

»Was hat sie denn erzählt?«, unterbrach Frederike den Redefluss.

»Die Silke meint ...«

»Nein«, stöhnte Frederike, »natürlich die Änne. Wir reden hier von Änne. Schon vergessen?«

Elsbeth sah sie leicht beleidigt an. »Nichts hat sie erzählt, sie hat ja kaum geredet.«

»Kein Wunder, bei deinem Redefluss ist sie wohl nicht zu Wort gekommen«, nuschelte Frederike in sich hinein und erntete dafür ein zustimmendes Grinsen von Grete rechts von ihr.

»Wie hat sie denn ausgesehen?«

»Hab ich doch gesagt: schlecht!«, pampte Elsbeth, die die kleine Nebenbemerkung anscheinend gehört und durchaus übel genommen hatte.

»Was meinst du mit ›schlecht‹? Kannst du das konkretisieren?«, hakte Frederike nach und bemerkte gerade noch rechtzeitig, dass sie ihren »Verhörmodus« eingeschaltet hatte. Bis zu ihrer Pensionierung war sie Kommissarin bei der Düsseldorfer Kripo gewesen (Mordkommission!), und alte Muster sterben eben schwer.

Grete mischte sich ein: »Schaltet mal einen Gang runter. Wir sind schließlich zum Singen hier«, und zeigte auf das genervte Gesicht des Dirigenten.

»Meine Damen, meine Damen«, fistelte der, »Silentium! Ich erinnere an unsere nächste große Aufgabe. Wir wurden gebeten, für die Wallfahrt nach Barweiler drei Lieder beizusteuern. Wie sieht es aus?«

Versonnen ging Frederike nach der Probe nach Hause. Das mit Änne tat ihr leid, sie hatte die Alte gemocht.

Im Wohnzimmer fiel sie in einen bequemen Ledersessel, zog die Schuhe aus und legte die Füße entspannt auf den Tisch. Sie mochte dieses Zimmer, so wie sie ihr ganzes Haus mochte. Es war ihr ehemaliges Elternhaus, und daher verband sie viele Erinnerungen mit den einzelnen Räumen. Doch hatte sie, als sie vor acht Jahren in die Eifel zurückkehrte, das Haus von Grund auf sanieren lassen. Erinnerungen waren gut und schön, doch sie wollte nicht in einem Museum leben. Sie bewohnte ihr Haus allein, nur Hannelore durfte ihr Gesellschaft leisten. Hannelore war ein Kater – gut, der Name war nicht klug gewählt, aber was wusste man schon bei einem acht Wochen alten Katzenkind über das Geschlecht –, und beide hatten sich schon an den Namen gewöhnt, als die Tierärztin bei der Impfung den Irrtum feststellte. Hannelore war inzwischen vier Jahre alt, ein wenig behäbig und leicht übergewichtig, wie viele seiner kastrierten Artgenossen. Er lag auf dem anderen Ledersessel, der schon deutliche Spuren seiner Krallen aufwies.

Frederike war geschieden – schon seit achtzehn Jahren, und ihre Erleichterung, als sie ihren Mann endlich los war, war so groß gewesen, dass sie nie mehr Interesse daran gezeigt hatte, sich wieder zu binden. Es war eine unangenehme Scheidung gewesen, mit viel schmutziger Wäsche und einer anschließenden fast einjährigen Stalking-Phase. Sie war weggezogen, hatte die Stelle gewechselt und hörte nach einigen Jahren, dass ihr Mann wieder geheiratet hatte. Inzwischen dachte sie nur noch selten an ihn. So war Hannelore der einzige Kerl in ihrem Leben.

Hier, in diesem Vierhundert-Seelen-Dorf, hatte sie mit ihrer Vergangenheit abgeschlossen. Es war ihr leichter gefallen als vermutet. Die heimische Sprache, alte Bekannte aus der Schulzeit und der Nachbarschaft – all das war »Heimat« und strahlte ein Gefühl von Geborgenheit aus, das Frederike seit ewigen Zeiten nicht mehr erlebt hatte und von dem sie gar nicht wusste, wie sehr sie es vermisst hatte. Sie war angekommen in der Eifel. Oder vielleicht auch nie richtig weg gewesen.

Müde ging sie zu Bett. Sie dachte an Änne. So schnell konnte es gehen.

2. Kapitel

Es nieselte. Das richtige Wetter für eine Beerdigung, dachte Frederike. Sie fuhr mit dem Kamm durchs strubbelige Haar und warf einen prüfenden Blick in den Spiegel: ein rundes Gesicht mit rötlich-grauem Wuschelkopf, leicht geröteten Wangen und blitzenden grauen Augen, zweiundsiebzig Jahre Lebenserfahrung, die sich in kleinen Fältchen und Runzeln niederschlug. Sie gefiel sich immer noch ganz gut, wenn sie auch sonst ihrem Äußeren kaum Aufmerksamkeit schenkte. Mit dem schwarzen Trenchcoat war sie wohl angemessen gekleidet. Der Chor würde in der Kapelle zu Ehren von Änne ihr Lieblingslied singen. *Die Himmel rühmen.* Ausgerechnet! Sie seufzte, ein letzter Blick in den Spiegel. Los ging's.

Frederike betrat die Kapelle und stellte sich zu ihren Sangesschwestern. Was für ein dämliches Wort! Alle wirkten angespannt und traurig. Die Beerdigung war gut besucht, denn Änne hatte ihr ganzes Leben hier in diesem Dorf verbracht und war in der Gemeinde beliebt gewesen. Zudem boten Beerdigungen im dörflichen Umfeld eine gewisse Attraktion. Da ging man einfach mit, fürs letzte Geleit, weil es sich so gehört, weil es immer so war. Interessiert betrachtete Frederike die beiden Töchter von Änne, die mit ihren Familien einschließlich Kindern und Enkeln erschienen waren. Alle in schwarzer Kleidung, mit ernsten Gesichtern und leisen Stimmen. Hier war echte Trauer spürbar. Und auch eine gewisse Fassungslosigkeit. Trotz des hohen Alters von Änne hatte anscheinend keiner, der sie kannte, mit ihrem plötzlichen Ableben gerechnet.

Nach der Beerdigungszeremonie verliefen sich die Besucher, nur ein harter Kern von Verwandten und Freunden, zu denen natürlich auch der komplette Kirchenchor gehörte, sammelte sich, um gemeinsam in der örtlichen Dorfkneipe, in der man sonst probte, bei Kaffee und Kuchen gemeinsam weiterzutrauern. Wie schon oft von Frederike beobachtet, veränderte sich die Stimmung der Beerdigungsteilnehmer nach und nach. Es wurde lauter, man begrüßte alte Bekannte und Verwandte und schwelgte in Erinnerungen. Der Kaffee floss in Strömen, und Butterkuchen mit Streusel bot die kohlehydrathaltige Basis für Loslassen und Lebensmut. Das Leben ging schließlich weiter. Nirgendwo spürte Frederike den Lauf des Lebens deutlicher als bei solchen Beerdigungsritualen. Deshalb hielt sie nichts von anonymen Urnenbegräbnissen. Da war sie ganz traditionell. Zum Abschiednehmen gehörten eine Aufbahrung im Sarg, eine Messe und der Beerdigungskaffee. Haken dran und weitermachen. So hatte sie es immer gehalten. Bei ihrer Arbeit bei der Mordkommission hatte ihr der Tod oft näher gestanden als das Leben.

»Was bist du so gedankenverloren?«, fragte Grete sie von der Seite. »Willst du noch einen Kaffee?«

»Gerne.« Frederike schob ihr die Kaffeetasse hin.

»Ist aber nur der koffeinfreie.« Grete kicherte. »Anscheinend gönnt man uns in unserem Alter die volle Dröhnung nicht mehr.«

Frederike runzelte die Stirn. Da machte die Plörre ja überhaupt keinen Sinn. Doch dann winkte sie ab. »Schütt rein. Zumindest ist er heiß. Es hat heute tüchtig abgekühlt. Ich bin ganz durchgefroren von dem Nieselregen.«

Elsbeth drängte sich mit auf die Bank und hob Grete die Kaffeetasse entgegen. »Ooh, wat usselich. Ich hoffe ja, dass es bei meiner Beerdigung schönes Wetter gibt. Da bleiben die Leute wenigstens noch ein bisschen auf dem Friedhof und leisten mir Gesellschaft.«

»Bei mir soll's richtig regnen«, entgegnete Grete fröhlich. »Der Himmel soll weinen.«

»Ganz großes Kino!«, kommentierte Frederike. »Habt ihr sonst keine Sorgen?«

Doch Elsbeth ging gar nicht auf die Kritik ein, sondern quatschte munter weiter. »Letzte Woche war ich bei Kurt Weiler auf der Beerdigung. Strahlender Sonnenschein. Da kamen die Blumengestecke ganz anders zur Geltung.«

»Habt ihr den Kranz vom Kirchenchor gesehen? Rote und weiße Nelken. Das sah aus wie ein Fan-Schal von Bayern München«, mischte sich Eva Kuchen kauend ins Gespräch ein.

Grete lachte auf. »Den hat ja auch Norbert in der Gärtnerei bestellt. Für den gibt es keine anderen Farben.«

»Na, dann können wir froh sein, dass nicht Johann unser Vorstand ist. Bei ihm als überzeugten Borussia-Dortmund-Fan hätte der Kranz schon ziemlich merkwürdig ausgesehen.« Elsbeth schüttelte den Kopf. »Letzte Woche bei Trudchen hatte jemand ein Gesteck gestiftet mit Sommerblumen: roter Mohn, weiße Margeriten und blaue Kornblumen. Das war so schön – das hätte ich am liebsten vom Grab geklaut.«

Frederike musterte sie. »Ist das ein Hobby von dir? Beerdigungen?«

Grete kicherte. »Nein, aber Kuchen essen.«

Doch Elsbeth wurde plötzlich ernst. »Die Einschläge kommen näher. Im letzten Monat war ich auf drei Beerdigungen. Das ist schon ein komisches Gefühl, wenn rundherum die Nachbarschaft ausstirbt.«

»Sag so was nicht.« Eva schauderte.

Doch Frederike zuckte mit den Schultern. »Wir haben alle ein Verfallsdatum. Und das ist auch gut so. Stell dir vor, wir würden alle hundertzwanzig.« Sie schüttelte sich.

»Nee, so alt will ich gar nicht werden«, bemerkte Grete. »Aber doch neunzig. Ich will ja was haben von Rudis Rente.« Grete hatte nach dem Tod ihres Mannes eine Vorliebe für Gruppenreisen und Kaffeefahrten entwickelt. »Solange man noch fit ist, ist Alter kein Problem.«

Damit war der Einstieg gegeben in einen durchaus deprimierenden Austausch über typische Altersgebrechen und Krankheitssymptome. Leichenschmaus, dachte Frederike, was für eine dämliche Bezeichnung für eine solche »After-Show-Party«. Sie blieb noch rund ein Stündchen und verdrückte sich dann unter Beileidsbekundungen an die engsten Verwandten. Auf dem Heimweg verspürte sie eine leichte innere Unruhe. Etwas hatte sie angerührt. Vielleicht war es die Fassungslosigkeit von Ännes Töchtern ob des plötzlichen Todes der Mutter, die sie an die eigene Fassungslosigkeit erinnert hatte, als plötzlich ihre Schwester und ihr Schwager bei dem Unfall »tot geblieben sind«. Auch so eine merkwürdige Formulierung. Wäre es besser, wenn die Betreffenden nicht tot blieben – der Beginn einer Zombieapokalypse? Vielleicht war es aber auch die Häufung der Beerdigungen, von denen Elsbeth berichtet hatte, die sie irritierte. Irgendetwas hatte auf jeden Fall ihren Instinkt geweckt.

Am anderen Morgen stand Frederike schon früh auf. Die Knochen knackten beim Aufrichten, und sie brauchte einige Schritte, bis wieder alles rund lief. Sie seufzte. Ans Altwerden würde sie sich nie gewöhnen. Hannelore strich um ihre Beine und maunzte auffordernd. Anscheinend brauchte er gerade seine Schmuseeinheiten; er war daran gewöhnt, dass sie alles stehen und liegen ließ, um ihm zu Willen zu sein. Sie beugte sich über ihn und kraulte ihn hinter den Ohren. Die gebückte Haltung tat ihr nicht gut, ein Ziehen in der Lendenwirbelsäule ließ sie leicht aufstöhnen.

Sie begann den Tisch zu decken, denn gleich würde Angela, ihre Nichte, vorbeikommen. Angela arbeitete als Pflegekraft im Gerolsteiner Krankenhaus. In den letzten Jahren hatte sie sich angewöhnt, öfter mal bei ihrer Tante vorbeizuschauen. Frederike hatte sich vor fünf Jahren um sie gekümmert, als es ihr sehr schlecht ging, damals, nach dem tödlichen Autounfall ihrer Eltern. Kurz davor war schon ihr Freund mit dem Motorrad tödlich verunglückt. Frederike hatte ihr über die schwere Zeit hinweggeholfen. Für sie war Angela wie eine Tochter.

Während Frederike noch die Eier abschreckte, schenkte Angela den Kaffee ein. Sie hatte die Sonntagszeitung mitgebracht. Es gehörte zu ihren Ritualen, den Sonntagmorgen miteinander zu verbringen, ausgiebig zu frühstücken und sich dann gegenseitig aus der Zeitung vorzulesen.

»Gib mir mal den Sportteil«, bat Angela, als man die Vorbereitungen abgeschlossen hatte und endlich beide am gemütlichen Frühstückstisch in der Küche Platz genommen hatten. Die Küche, eine alte Schwarzküche mit Kaminesse und Spülstein in der Fensternische, war liebevoll mit Töpfen und Handwerksgeräten aus alter Zeit dekoriert. Man fühlte sich hier ein wenig aus der Zeit gefallen.

»Ich muss gerade noch den Bericht über den Dopingfall lesen, dann kannst du ihn haben. Lies so lange Kultur«, beschied Frederike die Bitte abschlägig, ohne auch nur einmal aufzublicken.

Angela stöhnte. »Da stehen doch bloß die Todesanzeigen drin.«

»Guck doch gleich mal nach der Anzeige von Änne Maurer. Da war ich am Donnerstag auf der Beerdigung.«

Angela blätterte durch den Anzeigenteil. »War die etwa auch im St. Ägidius in Hillesheim?«

Frederike hob den Kopf. »Ja, seit zwei Wochen. Warum fragst du?«

Angela zuckte mit den Schultern und faltete die Zeitung zusammen. »Hier ist sie nicht drin. Die haben wahrscheinlich nur im Amtsblättchen geschaltet. Machen die doch hier fast alle.«

»Kann sein. Aber was war jetzt mit dem St. Ägidius?«

Angela schnappte sich den Sportteil. »Ach, nur so eine Frage. In letzter Zeit hatten wir jetzt öfter Todesfälle aus dem Hillesheimer Altersheim.« Sie blätterte die Seiten durch. »Komisch, ich verstehe nicht, wieso heute am Sonntag die Ergebnisse vom Samstag noch nicht drin sind.«

»Ganz einfach! Weil die Sonntagszeitung bereits Freitag fertig gemacht wird. Die Redaktion hat schließlich auch Wochenende.« Frederike dachte wehmütig an alte Zeiten, als die Morgenzeitung nicht schon am Vorabend gegen zehn Uhr im Briefkasten lag.

»Weicheier! Unsereiner muss ja schließlich auch am Wochenende ran.« Angela biss erbost in ihr Brötchen.

»Wem sagst du das?« Frederike blätterte entspannt durch den Lokalteil.

»Redest du jetzt von deinem alten Job oder vom Rentnerlotterleben?«

»Letzteres.« Frederike grinste. »Nie mehr frei, rund um die Uhr im Einsatz.«

»Na, da habe ich was zum Vorfreuen. Im Moment krachen bei uns die Dienstpläne aus allen Nähten. Wir haben Ausfälle wegen einiger Todesfälle in der Familie. Ich werde heute den freien Tag genießen.«

Doch Frederike musste noch mal auf die Todesfälle zurückkommen. »Wer ist denn alles gestorben? Und was war mit dem St. Ägidius?«

»Das waren echt viele in den letzten zwei Wochen. Ich muss mir das mal gerade durch den Kopf gehen lassen, wer da alles aus der Seniorenresidenz kam. Also, das waren Heinz Mauer, Gisela Meinerzhagen, Clemens Morus ...«, sie zählte die Namen mit den Fingern auf. »Nein, der war aus Daun. Hilde Klassen ... Rolf Meuren oder Meuer oder so ähnlich ... Ich muss echt nachdenken, das zieht sich ja schon ein paar Tage. Und wir haben so viele Patienten.«

Frederike stand auf und holte einen Zettel und einen Kugelschreiber. »Schreib die Namen mal auf, dann kannst du dich besser erinnern und kommst nicht so schnell durcheinander.«

»Typisch Kriminalkommissarin, immer auf der Spur.«

»Du sollst das doch nicht an die große Glocke hängen«, murrte Frederike. »Die meisten hier wissen nur, dass ich bei der Verwaltung in Düsseldorf gearbeitet habe.«

»Warum machst du eigentlich so ein Geheimnis daraus? Mordermittlerin – das ist doch was. Da kannst du doch stolz drauf sein«, wunderte sich Angela.

»Was meinst du, was hier los ist, wenn die das mitbekommen? Dann darf ich meinen Lebensabend damit verbringen, Schauergeschichten aus meinem Job zu erzählen, verschwundene Katzen zu suchen oder bei Ehekrisen zu intervenieren.« Frederike blies die Backen auf. »Ich bin froh, dass ich das hinter mir gelassen habe. Hier habe ich meine Ruhe. Ja, ich schlafe sogar ab und zu mal eine Nacht durch.«

»Welch ein Luxus!« Angela lachte. »Vielleicht hast du recht. Nachher verlangt man noch von dir, Krimis zu schreiben.«

»Geh bloß weg! Davon gibt es hier schon viel zu viele. Inzwischen schreibt auch meine Nachbarin Kriminalgeschichten. Wenn die wüsste, dass ich vom Fach bin, hätte ich keine ruhige Minute mehr.« Frederike runzelte die Stirn. »Aber jetzt schreib auf!«

»Ach herrje, das ist echt schwierig. Die meisten landen ja direkt bei uns in der Pathologie. Ich bekomme die gar nicht zu Gesicht.«

»Ach, die sterben gar nicht bei euch?«

»Nein. Die meisten sind über Nacht in ihrem Bett gestorben. Da die Todesursache dann nicht so klar ist, werden die bei uns untersucht. Ich glaube, bei den ersten Fällen hat Frau Dr. Burkhardt noch einfach die Totenscheine ausgestellt. Es ist ja nicht völlig abwegig, dass Menschen über neunzig friedlich einschlafen. Aber inzwischen ist sie hellhörig geworden.«

Frederikes professionelle Aufmerksamkeit war geweckt. »Das heißt, es gab mehrere ungeklärte Todesfälle im St. Ägidius, und man untersucht nun die Leichen?«

»Ganz genau. Wobei das jetzt aber nichts Kriminelles ist oder so. Frau Dr. Burkhardt ist nur gründlich. Schließlich war es ja die letzten beiden Wochen ziemlich warm. Es könnte durchaus sein, dass da manche die Hitze nicht vertragen haben oder so. Ich bin echt froh, dass es die Tage mal geregnet hat.« Angriffslustig setzte sie hinzu: »Du musst übrigens nicht gleich deine Dienstmarke auspacken.«

Doch Frederike zeigte nur auf den Zettel. »Die Liste!«

Nach einigen Minuten intensiven Nachdenkens standen neun Namen auf dem Zettel.

»Ich bin mir nicht sicher, ob alle Namen stimmen und die Liste komplett ist, aber an mehr kann ich mich nicht erinnern. Da müsste ich in der Klinik noch einmal nachhören.« Angela legte den Stift hin.

»Neun Namen, mit Änne sogar zehn. Das ist eine Menge!« Frederike überflog die Liste. »Elsbeth erzählte aufÄnnes Beerdigung auch von einigen Todesfällen. Ich werde mal bei ihr nachfragen, auf welchen Beerdigungen sie überall war.«

Angela blickte sie über die Kaffeetasse hinweg an. »Glaubst du, da steckt mehr dahinter als nur die Hitzewelle?«

»Das lässt sich ja recht schnell klären. Gibt es denn ansonsten eine Häufung von Todesfällen? Ich meine, ältere Menschen, die zu Hause wohnen oder in anderen Einrichtungen?«

Angela überlegte länger. »Nein, eigentlich nicht. Du hast recht. Es gab zwar noch drei Unfalltote und auch einen Schlaganfallpatienten, aber ansonsten ist es wie immer. Wir haben im Moment am meisten zu tun mit Sportunfällen, Alkohol und Verbrennungen.«

»Verbrennungen?«

»Ach, du glaubst gar nicht, wie dusselig sich manche Menschen beim Grillen anstellen. Und natürlich auch Sonnenbrände. Inzwischen sollte doch jeder geschnallt haben, dass es furchtbar ungesund ist, sich zu bräunen. Aber die Dummen sterben halt nicht aus.« Angela schüttelte den Kopf.

»Na, in der Evolution ist Dummheit möglicherweise auch ein positiver Faktor. Du kennst doch das Sprichwort: ›Die dümmsten Bauern haben die dicksten Kartoffeln‹«, sinnierte Frederike und griff gierig nach dem Brötchenkorb.

In dieser Nacht schlief Frederike nicht allzu gut. Hannelore war den ganzen Tag in seinem Körbchen geblieben, hatte gegen ein Uhr laut gejammert und anschließend auf den Teppich gekotzt. Sie war aufgestanden, hatte ihn dabei festgehalten, anschließend das Malheur entfernt und den kleinen Teppich in der Scheune entsorgt. Als sie wieder nach dem Kater schaute, schlief der in ihrem Bett den Schlaf der Gerechten. Sie legte sich neben ihn, genoss das weiche Fell an ihrem Arm und hörte ihm eine Weile beim Schlafen zu. Dabei ging sie in Gedanken noch einmal das Gespräch mit Angela durch. Eigentlich sollte sie es dabei bewenden lassen – Tote im Altersheim waren ja nicht ungewöhnlich, und man konnte wirklich schlimmer sterben als im Schlaf. Da hatte sie ganz anderes gesehen. Doch kamen ihr erneut die Gesichter von Ännes Töchtern in den Sinn – die Fassungslosigkeit und Trauer über ihren Verlust. Auch Elsbeths Sorge um die eigene Vergänglichkeit. Sie war sicher, Änne hatte noch nicht sterben wollen. Sie strotzte vor Energie und Lebensfreude, auch wenn sie alleine nicht mehr klarkam und schon mal das Essen vergaß. Sie hatte noch Pläne fürs Altersheim gehabt, sich auf den Singkreis und die Bingorunde gefreut.

Es konnte nicht schaden, sich ein wenig umzuhören. War Klara, ihre alte Nachbarin aus Kindertagen, nicht auch im St. Ägidius? Die musste inzwischen auch schon über neunzig sein, und Frederike hatte sie nicht mehr gesehen, seit sie wieder in der Eifel lebte. Kurz regte sich das schlechte Gewissen, denn damals, in der Kinderzeit, war Frederike bei Klara ein und aus gegangen, hatte Plätzchen stibitzt und beim Einwecken geholfen. Bei den seltenen Besuchen hier bei ihrer Schwester hatte sie Klara manchmal getroffen, aber jetzt lebte die alte Dame schon seit vielen Jahren im Betreuten Wohnen, und Frederike hatte es nie geschafft, dort einmal vorbeizuschauen.

Morgen fahre ich Klara besuchen, nahm sie sich vor, und mit diesem Gedanken schloss sie die Augen und schlief endlich ein.

Am nächsten Morgen wurde Frederike recht unsanft von Hannelore geweckt, der ihr auf die Brust geklettert war und in ihrem Gesicht schnupperte. Bevor er auf den Gedanken kam, ihr durchs Gesicht zu lecken, schubste sie ihn vom Bett.

»Lauf in die Küche, ich komme gleich nach.« Sie stand auf und wankte ins Bad. Kaltes Wasser durchs Gesicht, die Zähne geputzt – der Rest kam später. Zunächst musste Hannelore versorgt werden.

Während der Kaffee durchlief, zog sie einen Jeansrock und ein T-Shirt an und plante den Tag. Sie war früh dran. Also konnte sie sich in Ruhe fertig machen und in Richtung Hillesheim aufbrechen. Sie überlegte, ob sie vorher bei Klara anrufen sollte, entschied sich dann aber dagegen. So könnte sie erzählen, sie sei zufällig in der Gegend gewesen und einfach mal auf einen Sprung vorbeigekommen. Sie lächelte in ihre Kaffeetasse. So hatte sie es früher auch immer gehalten. Die besten Ermittlungsergebnisse waren beiläufig, wie zufällig, erzielt worden. Das Gegenüber in Sicherheit wiegen, die Freundlichkeit in Person sein – good cop!

3. Kapitel

Klara strahlte über das ganze Gesicht, als Frederike ihr gegenübersaß. »Das ist ja eine schöne Überraschung.«

»Ach, weißt du, ich war gerade in der Apotheke, und weil es noch früh war, dachte ich, ich schaue mal vorbei«, log Frederike locker das Blaue vom Himmel herunter.

»Papperlapapp! Du bist wegen der Todesfälle hier.« Klara kicherte. »Ich habe mich schon gefragt, wann du hier auftauchst.«

Klara war eine der wenigen im Dorf, die Frederikes beruflichen Werdegang verfolgt hatte.

»Erwischt!« Frederike wirkte etwas zerknirscht. »Ich habe so ein schlechtes Gewissen, dass ich dich nie besucht habe.«

»Ja, das solltest du auch haben. Da müssen erst zwölf Leute sterben, bevor ich dich mal zu Gesicht kriege.« So schnell ließ Klara sie nicht von der Leine.

Frederike sog zischend die Luft ein. »Zwölf? Ich hatte nur von zehn gehört.«

»Zwölf ungeklärte Todesfälle!« Klara nickte. »Und bevor du auf dumme Gedanken kommst – ich war es nicht. Auch wenn ich mich freue, dass du dich endlich mal bei mir blicken lässt, würde ich doch so weit nicht gehen.«

»Da bin ich aber erleichtert«, grinste Frederike. »Mich wundert, wie ruhig du das nimmst.«

»Ach, ich habe hier in den letzten Jahren schon so viele sterben sehen, da hängt man sein Herz nicht mehr so an die Menschen.«

»Das hört sich aber traurig an.« Frederike erkannte hinter dem Pragmatismus auch eine gehörige Portion Einsamkeit.

»In meinem Alter – ich bin jetzt zweiundneunzig – sitzt der Tod immer mit am Tisch. Das ist auch in Ordnung. Viele meiner Mitbewohner warten eigentlich nur noch auf das Ende. Sie haben ihr Leben gelebt und sind fertig. Das passt schon. Wir machen uns hier nicht verrückt.«

»Aber dir geht es nicht so«, mutmaßte Frederike.

»Nein, mir geht es nicht so. Ich möchte zwar auch keine großen Sprünge mehr machen und erwarte mir nicht mehr viel vom Leben, aber für mich ist es ein Riesenunterschied, ob der Tod mich holt oder jemand nachhilft.« Jetzt war das Lächeln aus ihrem Gesicht verschwunden, und man konnte ihr die zweiundneunzig Jahre ansehen. »Ich habe Angst!«

Frederike schwieg eine Weile. Dann sagte sie: »Ich bin froh, dass ich gekommen bin. Kannst du mir helfen?«

Das Gesicht von Klara hellte sich schlagartig auf, und sie setzte sich gerade hin. »Was brauchst du?«

Das Gespräch mit Klara hatte fast drei Stunden gedauert und wurde mit einem gemeinsamen Rundgang durch die Einrichtung beendet. Frederike hatte Informationen über alle Todesfälle in den letzten Wochen bekommen. Klara kannte nicht nur die Namen der Toten, sondern auch in den meisten Fällen ihre Geschichte. Sie war schon lange im Heim und hatte häufig »Patenschaften« übernommen, um neue Bewohner in den Heimalltag und das Unterhaltungsprogramm zu integrieren. Nur bei den Todesdaten und -zeiten war sie sich nicht sicher gewesen.

Jetzt saßen sie gemeinsam in der Cafeteria. Beide hatten ein Stück Erdbeerkuchen und eine Tasse Pfefferminztee vor sich stehen. Von dem Kaffee hatte Klara dringend abgeraten.

»Okay, jetzt habe ich einen Überblick über die Toten gewonnen. Sie wohnten in unterschiedlichen Hauseinheiten, wurden von verschiedenen Pflegegruppen betreut, nahmen nicht alle an denselben Veranstaltungen teil«, fasste Frederike die gewonnenen Erkenntnisse zusammen. »Mir fehlt der gemeinsame Faktor.«

»Ja, das verstehe ich. Aber ich wüsste auch keinen. Ich habe die Befürchtung, dass ein Todesengel am Werk ist«, seufzte Klara. Sie war besorgt. Mit Abscheu hatte sie den Fall von Niels Högel, dem Krankenpfleger, der mehr als hundert Menschen auf dem Gewissen hatte, in der Presse verfolgt. »Meinst du, es könnte jemand von der Belegschaft sein?«

Frederike zuckte mit den Achseln. »Möglich wäre es natürlich, aber auf den ersten Blick spricht nichts dafür. Es waren ja nicht immer die gleichen Pflegekräfte im Einsatz, wenn ich das richtig verstanden habe.«

»Na ja, vielleicht erinnere ich mich bloß nicht mehr. Wir haben teils so viele Wechsel hier. Da vergesse ich schon mal die Gesichter und Namen.« Klara hob bedauernd die Schultern.

»Vielleicht kannst du dich mal umhören«, tastete sich Frederike vor. »Hier ist doch nicht allzu viel los. Möglicherweise ist ja jemandem etwas aufgefallen. Hilfreich wären auch eine Liste der Belegschaft und die Dienstpläne. Kommst du da ran?«

»Mal sehen, was sich machen lässt.« Klara lächelte. »Es ist wirklich schön, dich bei der Arbeit zu sehen.«

Frederike grinste verlegen. »Na ja, manchmal fehlt es mir schon ein bisschen.«

»Ich werde mal mit Heike reden. Sie arbeitet bei uns auf der Station. Die ist nett. Vielleicht kann sie uns mit den Dienstplänen helfen.«

»Wie ist denn überhaupt die Stimmung in der Belegschaft?«

»Ich habe den Eindruck, dass das Thema heruntergespielt wird. Das will natürlich keiner wissen. Dementsprechend wird abgewiegelt, wenn man die Pflegekräfte darauf anspricht.«

»Meinst du, dass hier jemand mauert?«

»Ach, so würde ich das nicht nennen. Aber man möchte natürlich keine Unruhe bei den Kunden!« Klara wiegte mit dem Kopf. »Bisher ist die Auslastung ja gut. Es gibt sogar eine Warteliste. Aber wenn es sich rumspricht, dass man hier schneller den Löffel abgibt, als man gucken kann, wird sich das flott ändern.«

Frederike grinste böse. »Vielleicht erschließt es ja auch neue Zielgruppen. So kommt man schneller ans Erbe.«

Klara drohte mit dem Finger. »Vorsicht! Du bringst die Leute noch auf dumme Gedanken.« Sie erhob sich. »Ich muss jetzt zum Seniorenturnen.«

Frederike stand ebenfalls auf. »Was willst du denn beim Turnen? Ich wäre froh, wenn ich noch so fit wäre wie du.«

Klara gluckste stolz, bückte sich und drückte bei durchgestreckten Knien ihre Handflächen auf den Boden. Am Nebentisch wurde applaudiert. Klara bewegte sich wieder in die Senkrechte und knickste kurz in Richtung der Klatschenden. Frederike lachte, nahm ihren Arm und hakte sich ein. »Du bist mir 'ne Marke!«

Gemeinsam gingen sie in Richtung des Turnraums. Als sie sich an der Tür verabschiedeten, kündigte Frederike an, in den nächsten Tagen wieder vorbeizuschauen. Sie küsste Klara auf die Wange. »Ich bin froh, dass ich zu dir gekommen bin.«

Klara lächelte. »Fast wie früher, als wir gemeinsam das große Puzzlespiel gelegt haben.«

»Fast!«, lächelte Frederike zurück, winkte noch einmal kurz, drehte sich um und verließ die Anlage.

Als sie im Auto saß, atmete sie tief durch. Sie verspürte wieder dieses Kribbeln – wie in alten Zeiten. Klara würde ihr jetzt ein paar Antworten beschaffen. Bei dem Gedanken befiel sie ein plötzliches Unbehagen. Was wäre, wenn Klara mit ihrer Vermutung recht hätte? War wirklich ein Todesengel am Werk? Dann begab sie sich möglicherweise in Gefahr, wenn sie Fragen stellte. Nicht dass sie soeben Klara zur Zielscheibe gemacht hatte …

4. Kapitel

Endlich war die Sonne wieder da. Die letzten beiden Tage waren schwül und völlig verregnet gewesen, und auch wenn Frederike über die Wassermengen im Garten froh war, tat es nun gut, wieder rausgehen zu können. Sie hatte bereits morgens früh mit Unkrautjäten begonnen. Dabei ging es ihr weniger darum, einen perfekt gepflegten Garten zu haben. Sie liebte kreatives Chaos in den Beeten und sorgte nur dafür, dass das Wildkraut nicht überhandnahm. Während sie die Wurzeln entfernte, schickte sie ihre Gedanken auf Reisen. Es machte ihr Freude, Pflanzen und deren Aussehen und Eigenschaften mit Menschen in Verbindung zu bringen. Klara war in ihrer Vorstellung eine Margerite, hell und freundlich, eine dezente Schönheit im Beet, die sich mit allen gut vertrug, die um sie herum wuchsen. Angela war wie eine Lilie, ein echter Solitär, herrlich duftend und besonders, aber auch ein wenig empfindlich. Welche Blume wäre sie selbst? Bei anderen war das viel leichter zu beantworten als bei sich selbst. Vielleicht ein Lavendel? Sie mochte den Duft und die eigentlich ein wenig unscheinbaren Blüten. Eher eine Begleitpflanze, gut zu gebrauchen. Ja, sie wäre ein Lavendel. Sie nahm sich vor, am Nachmittag mit Angela über ihre Blumenanalogien zu sprechen. Mal sehen, welche Pflanze Angela für Frederike in petto hatte.

Nachmittags saßen Frederike und Angela im Garten auf zwei bequemen Liegestühlen, jede mit einem großen Pott Kaffee in der Hand. Von Weitem hörte man das Geschrei der beiden Nachbarsenkel Lena und Kai, die auf der Straße Fahrrad fuhren, nachdem sie sich bei Frederike mit frisch gebackenen Marzipanschnecken eingedeckt hatten. Hannelore lag zusammengerollt im hohen Gras und schlief, umsummt von ein paar Fliegen. Manchmal, wenn diese allzu dreist waren, peitschte der Schwanz hin und her, aber der Kater war viel zu müde, um sich allzu sehr um seine Umgebung zu scheren.

Frederike stellte die Kaffeetasse auf der Lehne ab.

»Vorgestern war ich bei Klara im St. Ägidius. Meine alte Nachbarin. Ich weiß nicht, ob du dich an sie erinnerst?«

»Klara? Aber sicher.« Angela schaute zu Frederike. »Ich habe ihr früher beim Einmachen geholfen.«

Frederike schmunzelte. »Ich auch.«

»Und mir anschließend den Bauch mit Waffeln und frisch gekochter Marmelade vollgeschlagen.« Angela schloss die Augen in wohliger Erinnerung.

»Ich auch. Oh, war das gut!« Beide gaben sich eine Weile ihren Erinnerungen hin.

»Wie geht es ihr? Sie hat sich doch bestimmt gefreut, dass du vorbeigeschaut hast.«

»Ja, das hat sie. Und ich hatte dann auch gleich ein schlechtes Gewissen, dass ich das nicht schon viel früher getan habe. Aber irgendwie kommt ja doch immer etwas dazwischen. Heute ist es die Gartenarbeit.« Frederike seufzte.

»Ja, das kenne ich gut. Und schwuppdiwupp ist die Woche schon wieder um ... Hat sie etwas über die Todesfälle erzählt?«

Frederike nickte bedächtig mit dem Kopf. »Ja, einiges. Ich habe den Eindruck, dass da mehr dahintersteckt.«

Angela grinste. »Das wäre dir doch bloß recht. Ich hatte die letzten Monate den Eindruck, dass du dich langweilst.«

Frederike schaute sie erstaunt an. »Ich mich langweilen? Wie kommst du denn darauf? Ich hätte nie gedacht, wie wohltuend so ein Rentnerinnendasein ist. Nein, im Ernst: Klara hat Angst.«

Das Lächeln schwand aus Angelas Gesicht. »Angst? Das ist dann wirklich übel. Ich habe nie erlebt, dass sich Klara von irgendetwas aus der Ruhe bringen lässt.«

»Genau.« Frederike erzählte Angela von Klaras Befürchtungen.

Angela trank den letzten Schluck Kaffee. »Ich habe mich inzwischen bei uns auch schon mal umgehört. Kathrin, meine Kollegin, hatte kürzlich selbst einen Todesfall in der Familie. Mit ihr habe ich mich gestern in der Cafeteria getroffen und sie ausgequetscht.«

Frederike hörte gespannt zu.

»Es ging um ihre Tante. Sie lebte erst seit einer Woche im St. Aegidius, war dort gestürzt und kurz darauf verstorben.« Angela zupfte mit ihren nackten Füßen etwas Gras aus. »Ich glaube, das spielt für uns keine Rolle.«

»Wahrscheinlich nicht. Warum erzählst du es dann?«

Angela streckte Frederike die Zunge heraus. »Du hast gesagt, du wolltest alles über die Todesfälle wissen«, sie stockte kurz, »... und außerdem gab es eine Besonderheit während der Beerdigung.«

Frederike seufzte auf. »Könntest du mal aufhören, dir alles aus der Nase ziehen zu lassen? Was war auf der Beerdigung?«

»Eigentlich hatte sich Kathrins Tante ein Urnenbegräbnis gewünscht und auch alles so schon mit dem Beerdigungsinstitut vereinbart. Aber das ging nicht.«

»Man hat auf einem normalen Begräbnis bestanden? Dann ist da aber jemand sehr misstrauisch geworden.«

»Na ja, ›bestanden‹ ist zu viel gesagt, eher ›angeregt‹. Kathrins Mutter war ganz schockiert. Man hatte ihr gesagt, dass es wohl ein natürlicher Tod gewesen sei. Der Verzicht auf eine Feuerbestattung sei eine reine Vorsichtsmaßnahme.«

»Pffft!« Frederike machte ein abfälliges Geräusch. »Das glaubt doch kein Mensch. Nein, da läuft im Hintergrund schon was.«

»Du kannst dir ja vorstellen, dass bei der Beerdigung ganz schön getuschelt wurde. Kathrin hatte alle Hände voll zu tun, ihre Mutter zu beruhigen. Die hat sich dann auch gleich von der Warteliste für das Heim streichen lassen. Eigentlich wollte sie in den nächsten Monaten zu der Tante ziehen. Offiziell heißt es jetzt natürlich, dass dazu ja nun keine Notwendigkeit mehr besteht. Aber ich glaube eher, die macht sich Sorgen, dass sie schneller zu ihrer Schwester zieht als erwartet. Nämlich auf den Friedhof!«

»Na, ich werde morgen mal zu Klara fahren und nachhören, was sie rausbekommen hat. Und du hältst bitte auch die Ohren und Augen offen, ja?«

»Klar, mache ich. Vielleicht schnappe ich in der Cafeteria ja noch mehr auf.«

Frederike nickte. »Jetzt aber mal Themenwechsel. Wie geht es dir sonst?«

Angela lachte. »Ich dachte schon, du fragst nie. Ich war vorgestern Abend noch auf der Gerolsteiner Kirmes.«

Frederike guckte sie scheel an. »Was wolltest du denn da? Da ist doch abends meist nur noch Besäufnis.«

»Na, so schlimm ist es auch nicht«, wiegelte Angela ab. »Es hat gerade mal die Sonne geschienen, und ich wollte noch ein wenig an die frische Luft. Und ja, ich habe mir ein Kölsch gegönnt.«

Frederike winkte ab. »Kölsch? Diese Pipi-Brühe!«

Angela grinste breit. »Da spricht die typische Düsseldorferin! Als ob das Altbier besser schmecken würde! Aber gut. Also habe ich da auf einer Bank gesessen und wollte in Ruhe meine Pipi-Brühe trinken. Ja, und dann ...«, sie zögerte, »... dann bin ich mit einem jungen Mann ins Gespräch gekommen.«

Frederike lachte. »Ach was, ein junger Mann. So ein Zufall!«

Angela stimmte in das Lachen ein. »Ja, was für ein Klischee.« Sie berichtete, dass der junge Mann etwas verloren auf der Nebenbank gesessen habe und man ins Gespräch gekommen sei.

»Du hast dich verknallt!« Frederike war begeistert.

Angela wurde ein wenig rot. »Nun ja, Jochen ...«

»Jochen, und wie weiter?« Frederike konnte in ihrer Neugier gnadenlos sein.

»Jochen Anstruth. Er kommt aus Trier. Und er ist Chemielaborant.« Angela bekam einen verträumten Blick. »Er wird dir bestimmt gefallen.«

»Wieso?«, fragte Frederike sachlich.

Angela schaute sie erbost an. »Weil er echt nett ist, gut aussieht, einen gepflegten Eindruck macht, wunderschön lächelt, superschöne blaue Augen hat ...«

Frederike unterbrach sie lachend: »Ist gut. Ich glaube es dir ja. Ein ganz toller Typ. Wann lerne ich ihn kennen?«

»Gleich. Er kommt mich abholen.« Angela blickte auf die Uhr. »In einer Viertelstunde.«

Frederike war ein wenig verärgert. »Gleich? Wollten wir nicht gemeinsam noch eine Runde drehen?«

Angela zog einen Schmollmund und legte den Kopf schief. »Bitte! Er ist doch so nett. Sei nicht böse.«

Frederike lächelte über Angelas Flunschgesicht. »Du siehst aus wie ein Badeentchen. Nein, ist schon gut. Ich war ja auch mal jung.«

»Ja, aber das ist schon ewig her. Dass du dich daran noch erinnern kannst ...«, flachste Angela zurück.

Frederike warf ein Kissen nach ihr, traf aber bloß die Tasse, die ins Gras fiel, doch nicht zerbrach.

Angela hob sie ungerührt auf. »Früher hast du besser getroffen.«

Frederike nahm ein weiteres Kissen und warf es ihrer Nichte ins Gesicht. »Alles eine Frage der Übung«, dozierte sie. Sie schaute auf die Uhr. »Wo arbeitet Jochen? Um aus Trier hier rüberzukommen, ist es ja noch ziemlich früh.«

Angela seufzte. »Das musstest du natürlich jetzt fragen. Meine Tante, die Verhörspezialistin! Er ist zurzeit arbeitslos.«

Frederike schnalzte mit der Zunge. »Bei der Arbeitslosenquote und dem Fachkräftemangel dürfte er das nicht lange bleiben.«

Angela kniff die Lippen zusammen und meinte zögerlich: »Er ist schon fast ein halbes Jahr ohne Arbeit.«

Frederike zog die Augenbrauen hoch. »Aha.« Doch sie verzichtete auf einen weiteren Kommentar, was Angela dankbar zur Kenntnis nahm. »Und er kommt dich gleich abholen?«

Angela blickte auf die Uhr. »Ja, er müsste jeden Augenblick da sein. Ich hatte ihm vier Uhr gesagt. Wir wollen noch an den Badesee.« Sie seufzte und klopfte auf ihren Bauch. »Ich hoffe, mein Bikini passt mir noch.«

Frederike lächelte sie an. »Du bist wunderschön. Jochen kann sich glücklich schätzen.«

»Meinst du? Ich hoffe sehr, dass er dir gefällt. Er ist … wirklich toll.« Angela strahlte.

»Wenn er eine Pflanze wäre, welche Pflanze wäre er dann?«, fragte Frederike gespannt.

»Häh?« Angela war mit der Frage sichtlich überfordert.

»Ich habe mir heute Vormittag überlegt, dass Menschen und Pflanzen oft gleiche Eigenschaften aufweisen«, erläuterte Frederike ihren Gedankengang. »Du bist für mich eine Lilie.«

»Echt? Sind das nicht Friedhofsblumen?« Angela war wenig begeistert von der Zuschreibung, wirkte aber versöhnt, nachdem Frederike ihr die Eigenschaften von Lilien genannt hatte. »Und was bist du?«

»Ich bin Lavendel, von der Optik eher unscheinbar, aber gut riechend und praktisch. Und ich kann Motten vertreiben«, lachte Frederike.

»Ja, das passt ganz gut. Ich finde aber, du bist mehr ein Baum, gerade gewachsen und stark.«

»Mmh, das hört sich auch gut an. Und was ist Jochen?« Frederike ließ nicht locker.

»Der ist ein Rittersporn. Er hat so schöne blaue Augen«, schwärmte Angela.

»Und er ist dein Ritter«, spottete Frederike.

Da stieg auch schon jemand ohne anzuklopfen übers Gartentörchen. »Ich hoffe, ihr redet von mir.« Ein junger Mann – groß, dunkelhaarig, mit leicht strubbeliger Frisur – kam mit einem strahlenden Lächeln in den Garten. »Guten Tag, ich bin Jochen Anstruth«, begrüßte er Frederike und gab ihr die Hand. »Ich wollte Angela abholen.« Er blickte sich im Garten um. »Schön haben Sie es hier.«

Frederike betrachtete ihn von Kopf bis Fuß. »Sie sind also der Bekannte von Angela. Schön, Sie kennenzulernen.«

Jochen hielt ihrem Blick stand.

Angela stupste sie in die Seite. »Nun mustere ihn doch nicht so.«

Frederike zuckte mit den Schultern und wandte sich ihr zu. »Ich bin halt neugierig. Wollen Sie eine Tasse Kaffee?«

Doch Jochen hakte Angela unter und winkte ab. »Nein danke. Wir wollen noch schwimmen gehen.« Er blickte Angela an. »Bist du so weit?«

Die strahlte ihn an und schnappte sich die Badetasche. »Auf geht's!« Schnell noch ein Küsschen auf die Wange, und dann waren beide auch schon verschwunden.

Frederike schaute versonnen hinter ihnen her.

Sie lehnte sich im Gartenstuhl zurück und ließ die Gedanken wandern. Soso, die Kleine war verliebt. Es war schön, sie so strahlend zu erleben. Seit Toms Tod, ihrer ersten großen Liebe, hatte sie um Männer einen Bogen gemacht. Frederike hatte Tom kaum gekannt, aber er musste ein Goldschatz gewesen sein. Angela hatte ihr wahre Wunderdinge von ihm erzählt. Sie hatte lange um ihn getrauert. Frederike war froh, dass sie heute ein so fröhlicher Mensch war.

Jochen also, gut aussehend, arbeitsloser Chemielaborant, der allein in Gerolstein auf der Kirmes ein Bier trank. Ein echter Strahlemann! Er sah ja ganz gut aus. Nur sein Auftreten war ihr eine Spur zu forsch. Er war eingetreten, als würde ihm der Garten gehören. *Schön haben Sie es hier.* Und auch Angela ... Wie er sie am Arm gepackt hatte! Der Typ war eher eine Berg-Flockenblume als Rittersporn. Sah gut aus, aber machte sich breit, sodass man ihn kaum wieder loswurde, und schleppte Mehltau ein. Mensch, warum musste sie immer gleich so kritisch sein und das Schlechteste annehmen? Er muss mir nicht gefallen, dachte sie. Hauptsache, er macht sie glücklich. Ach was, sie gehen nur miteinander schwimmen, und ich denke schon über eine feste Beziehung nach. Halt den Ball flach.

Vermutlich war sie einfach nur eifersüchtig, weil Angela sie sitzengelassen hatte. Dabei war Angela es doch gewesen, die angeregt hatte, heute eine kleine Wanderung zum Schützenplatz zu machen. Nun ja ... Wahrscheinlich war Jochen total nett und würde ihrer Nichte guttun. Frederike riss sich zusammen und beschloss, sich zu freuen und statt zu grübeln lieber die Büsche zu schneiden.

Seufzend erhob sie sich und ging ins Haus, um Gartenschere und Handschuhe zu holen. Doch ihre Gedanken blieben bei Jochen. Sie war allergisch gegen Märchenprinzen. Jochen erinnerte sie ungut an ihren ersten Mann. Auch so eine Flockenblume.

5. Kapitel

Die Sonne schien von einem wolkenlosen Himmel, und es waren bereits über zwanzig Grad, als Frederike sich ins Auto setzte und Richtung Hillesheim fuhr. Die Hitze würde ihr heute Nachmittag zu schaffen machen, aber im Moment war es sehr angenehm, und sie genoss den Sonnenschein. Die Eifel ist einfach schön, dachte sie, als sie am Golfplatz vorbeifuhr, die Hügel in sanftem Grün. Zwei Golfer kreuzten mit ihren Wägelchen die Straße und grüßten freundlich.

Im St. Ägidius traf sie Klara in ihrem Zimmer an. Sie beschlossen gemeinsam, die morgendliche Frische zu nutzen und in die angrenzende Grünanlage zu gehen.

Klara setzte sich mit einem Stöhnen auf die Bank. »Mein Hüfthalter bringt mich um.«

Frederike schaute sie prüfend an. »Echt jetzt? Du trägst einen Hüfthalter? Bei dem Wetter?«

Klara schnaubte: »Quatsch! Die linke Hüfte tut weh. Aber kannst du dich nicht mehr an die Reklame erinnern?«

»Dunkel. Ist aber schon lange her.«

Frederike setzte sich neben Klara auf die Bank und blickte sich anerkennend um. »Sehr gepflegt habt ihr es hier. Was sind das für Rosen?« Sie deutete auf einen Strauch lachsfarbener Rosen.

»Keine Ahnung. Frag an der Rezeption. Sind wir hier, um über Blumen zu sprechen?« Klara wirkte etwas ungehalten.

»Du liebe Güte, bist du heute aber mürrisch und unfroh! Was ist denn los?«

»Ach«, seufzte Klara. »Ich hab Mist gebaut!«

»Was ist passiert?«

»Ich habe heute Morgen aus Versehen meine Hörgeräte verschluckt.«

Frederike prustete los. »Wie in Gottes Namen hast du das denn geschafft?«

Klara kratzte sich verlegen an der Stirn. »Ich war am Abend ziemlich müde und bin früh ins Bett. Als ich schon lag, fiel mir auf, dass die Hörgeräte noch drin sind. Ich habe sie also rausgefriemelt und auf den Nachttisch gelegt.«

»Und?«

»Direkt neben meine Blutdrucksenker, die ich morgens als Erstes einnehme.«

»Und?«

»Na ja, als ich die Hörgeräte ins Ohr schieben wollte, lagen dort nur noch die Tabletten – die Hörgeräte waren weg. Ich bin aber sicher, dass ich meine Medis genommen habe. Also habe ich wahrscheinlich meine Hörgeräte eingeworfen.«

»Aber sind die denn nicht viel größer als die Tabletten? Das hättest du doch merken müssen?« Frederike war bemüht, ernst zu bleiben, giggelte aber die ganze Zeit.

Klara rollte mit den Augen. »Nichts da, ich habe doch diese niedlichen Innenohrdinger. Mit einem Schluck Wasser sind die schnell runtergespült.«

»Und jetzt?«

Klara hob die Schultern. »Jetzt warte ich auf meine Verdauung. Aber jetzt lass uns das Thema wechseln. Wir haben Wichtigeres zu tun. Ich war nicht untätig.«

»Ja, aber kannst du denn überhaupt etwas verstehen, so ohne Hörgeräte?«

»Häh?«, grinste Klara. »Nein, Spaß beiseite. Solange du deutlich sprichst und keiner hier reinquatscht, geht es.«

»Na, dann erzähl. Was hast du rausbekommen?«

Klara setzte sich zurecht und begann: »Also, ich habe mich gestern hauptsächlich in der Cafeteria und in der Lobby aufgehalten. Die Todesfälle sind tatsächlich überall Thema. Wenn auch meist hinter vorgehaltener Hand. Aber ich habe festgestellt, dass sich die meisten Bewohner Gedanken machen. Und auch innerhalb der Belegschaft wird gequatscht.«

»Was erzählt man sich dort?«

»Ich habe mich länger mit Heike unterhalten. Heike Simonis. Sie ist eine Pflegekraft bei uns, schon seit ein paar Jahren im Geschäft und eine der wirklich Netten hier. Sie tratscht auch ganz gerne und bekommt viel mit. Wenn sie morgens nach mir schaut, steht ihr Mundwerk nicht still.« Klara lächelte. »Ein wirklich hübsches Mädchen, hilfsbereit, flirtet gern. Sie hat mir erzählt ... aber da ist sie ja.«

Klara winkte einer jungen Frau zu, die sich mit einer Tragetasche der Eingangstür näherte. »Heike! Hast du kurz Zeit?«

Sie wandte sich Frederike zu: »Ich glaube, es ist besser, wenn sie dir das selbst erzählt. Ich bringe sowieso das meiste wieder durcheinander.«

Heike nähert sich den beiden Damen. »Na, ihr beiden Hübschen. Genießt ihr die Sonne?«

»Morgen, Heike«, begrüßte Klara sie. »Ich habe dir doch von meiner alten Nachbarin erzählt. Das hier ist Frederike Suttner.«

»Ach, die Kriminalkommissarin a. D.«, sagte Heike mit gesenkter Stimme und gab Frederike die Hand. »Es ist gut, dass sich hier mal einer kümmert!«

»Setzen Sie sich doch«, lud Frederike sie ein.

»Mmh«, Heike guckte sich um, »aber nur ein paar Minuten.« Sie setzte die Tragetasche ab.

»Heike, erzähl doch mal, was du mir erzählt hast«, forderte Klara sie auf.

Heike lachte. »Du lieber Gott, wir haben so viel geredet. Frau Suttner, was wollen Sie wissen?«

»Du kannst gerne Frederike sagen«, lud Frederike sie ein. »Was hältst du von den Todesfällen?«

»Nun ja, es wird darüber gesprochen. Eine solche Häufung an Todesfällen erlebt man ja nicht so oft. Das ist schon merkwürdig«, äußerte sich Heike sehr vorsichtig.

»Was heißt ›nicht so oft‹? Du hast das also vorher schon mal erlebt?«

Heike überlegte ein paar Sekunden und schüttelte dann den Kopf. »Nein, eigentlich nicht. Wir hatten hier mal eine Grippewelle, das war auch heftig, aber das jetzt … das ist noch heftiger!«

»Aber grundsätzlich kann das durchaus passieren, dass es zu einer Epidemie kommt?« Frederike ließ nicht locker.

»Na ja«, Heike zuckte mit den Schultern. »Möglich ist das schon. Virusinfektionen, die hoch ansteckend sind, lange Hitzewellen oder auch Probleme in der Küche – EHEC, Salmonellen. Viele der alten Leutchen haben ja körperlich nichts entgegenzusetzen. Wir tun natürlich alles, um das zu vermeiden.«

»Aber du bist beunruhigt!« Klara schaute Heike in die Augen.

»Ja, ehrlich gesagt schon.«

»Was ist anders?« Frederike hatte gelernt, dass es auf die Unterschiede ankam.

»Wir wissen nicht, was es ist. Und es trifft nicht unbedingt die Leute, von denen man es erwartet.« Heike hatte offensichtlich beschlossen, nun die Karten auf den Tisch zu legen. Sie beugte sich zu den beiden herüber. »Es gibt zurzeit keinen Virus. Die Hitze ist zwar da, aber wir haben die Aufenthaltsräume klimatisiert und in den Zimmern Ventilatoren. Das sollte eigentlich reichen. Und die Küche …« Sie zögerte.

»Was ist mit der Küche?«, fragte Frederike, als Heike nicht weiterredete.

»Die meisten von uns glauben ja, dass das Problem in der Küche liegt. Das ist ein ziemlicher Sauhaufen!« Heike schnalzte mit der Zunge: »Heinz, unser Koch, ist nicht besonders beliebt bei den Angestellten und auch nicht bei den Bewohnern. Dem traut man so einiges zu.«

»Was macht ihn so unbeliebt?«

»Da kommt einiges zusammen. Er kocht ziemlich einfallslos, ist kein besonders netter Chef und streitet sich häufig mit der Heimleiterin. Die beiden können sich wirklich nicht riechen.« Heike lachte auf, es klang genervt. »Davon können wir alle ein Lied singen. Man muss höllisch aufpassen, nicht zwischen die Fronten zu geraten. Wenn sie eine Anweisung erteilt, macht er schon aus Prinzip das Gegenteil.«

Klara ergänzte: »Und er macht auch keinen Hehl daraus, wenn er sich über jemanden ärgert. Otto hat kürzlich mal laut in der Cafeteria die Reibekuchen kritisiert – da war aber was los! Heinz ist richtig ausgerastet. Solche Schimpfwörter habe ich schon ewig nicht mehr gehört.« Sie kicherte.

Frederike nickte verstehend mit dem Kopf. »Das erklärt, warum er nicht sehr beliebt ist, ist aber kein Indiz dafür, dass es in der Küche zu einer Verkeimung oder Ähnlichem kam.«

»Nein, das stimmt«, bestätigte Heike, »es wirft allerdings kein gutes Licht auf einen, wenn die Heimleitung die Order gibt, dass die Essensreste aufbewahrt werden sollen, um sie untersuchen zu können, und diese dann trotzdem vernichtet werden.«

Frederike horchte auf. »War das jetzt hypothetisch oder ist das tatsächlich passiert?«

Heike nickte verzagt. »Ich rede mich hier um Kopf und Kragen. Wenn das rauskommt, bin ich wegen übler Nachrede dran. Pflegekräftemangel hin oder her, meinen Job kann ich dann knicken.«

Klara tätschelte beruhigend ihre Hand. »Keine Sorge! Du bist bei uns in guten Händen. Frederike wird das alles vertraulich behandeln, nicht wahr, Frederike?« Sie schaute ihre Ex-Nachbarin beschwörend an.

»Äh, ja, vertraulich, natürlich.« Frederike kratzte sich am Kopf. »Gut, erzähle mal genauer, was passiert ist.«

»Na ja, letzten Donnerstag sind ja gleich zwei gestorben, und beide hatten mittags das Gleiche gegessen. Da hat Frau Bader, unsere Heimleiterin, Heinz Fernmüller angewiesen, von allen Speisen Reste in einzelne Tupperdosen zu packen und diese zu verkleben und zu beschriften. Sie wollte die Proben untersuchen lassen. Doch Heinz hat einfach alles in den Bottich für die Biogasanlage geworfen und abtransportieren lassen. Er meinte, das wäre ein Misstrauensvotum gegen ihn und seine Küchenkräfte. Sie würden sauber arbeiten, er hätte schließlich die Verantwortung, und Frau Bader solle sich raushalten. Ihr könnt euch vorstellen, was da los war. Frau Bader war auf hundertachtzig und sprach von einer Abmahnung, die Pflegekräfte sind nun misstrauisch und die Küchenkräfte sauer, dass man ihnen unterstellt, sie wären für die Todesfälle verantwortlich. Gleichzeitig schimpfen sie auf Heinz Fernmüller, weil er die Essensreste vernichten ließ. Jetzt können sie nicht nachweisen, dass sie es nicht schuld sind. Sie verdächtigen jemanden von uns ... Und so beäugen wir uns nun alle misstrauisch, und die Stimmung ist völlig im Eimer.«

Sie wirkte niedergeschlagen. »Jetzt haben auch noch alle von der Chefin die Anweisung erhalten, nicht über die Sache zu sprechen, aber die Augen aufzuhalten. Ich fühle mich gerade ganz prima ... Und jetzt muss ich los!« Sie stand auf, nahm ihre Tragetasche und wandte sich dem Eingangsbereich zu.

»Danke«, rief Frederike hinter ihr her, doch Heike drehte sich nicht mehr um.

Frederike wandte sich Klara zu. »Na, das war ja mal interessant. Den Heinz Fernmüller, den schau ich mir mal genauer an. Was hältst du von ihm?«

Klara winkte ab. »Der perfekte Sündenbock! Der hat hier nicht viele Freunde. Das Essen ist eher mittelmäßig, und er zeigt auch keine Ambitionen, dass das besser wird. Mit Kritik kann er nicht gut umgehen. Und er nimmt kein Blatt vor den Mund. Damit hat er den einen oder anderen schon heftig vor den Kopf gestoßen.«

Frederike hob verwundert die Augenbrauen. »Das spricht alles nicht für ihn. Trotzdem habe ich den Eindruck, du glaubst nicht, dass er der Todesengel ist.«

Klara schnaubte. »Schlechtes Essen hat noch niemanden umgebracht. Sonst wäre ich schon längst tot.«

Frederike grinste. »Stimmt, deine nicht vorhandenen Kochkünste sind legendär – mal abgesehen von deinen Plätzchen und Marmeladen.«

»Eben. Heinz ist ein sehr direkter Mensch, der sich damit Feinde gemacht hat. Aber ehrlich gesagt: Zu mancher Beleidigung habe ich ihm nachträglich gratuliert. Wir haben hier auch einige echte Miesepeter. Otto ist auch so ein Fall. Was der sich aufgespielt hat wegen der Reibekuchen. Das war echt unter der Gürtellinie. Ich habe nur darauf gewartet, dass ihm Heinz eins mit dem Bratpfanne überzieht. Da hätte ich noch Beifall geklatscht!«

Frederike lachte. »Ich habe den Eindruck, du magst Heinz.«

Klara zögerte kurz. »Behalte es bitte für dich. Manchmal lässt er mich in der Küche backen. Eigentlich darf er das nicht wegen der Hygienebestimmungen. Wenn die Bader das erfährt, ist er seinen Job los. Aber er weiß halt, wie gerne ich Plätzchen backe.«

Frederike seufzte. »Verstehe. Na gut, ich habe jetzt einen Eindruck bekommen. Mal sehen, was sich noch so tut. Jetzt muss ich los.«

Auf dem Weg zum Auto dachte sie über das Gehörte nach. Heinz Fernmüller nahm es anscheinend mit den Hygienevorschriften nicht allzu genau. Möglicherweise lag ja hier wirklich die Ursache für die Todesfälle. Es beunruhigte sie, dass anscheinend manche Heimbewohner – speziell auch Klara – Zugang zur Küche hatten und damit eventuell sogar eine Mitschuld an den zahlreichen Todesfällen trugen. Das würde Klara umbringen.

Klara traf sich nachmittags mit ihrem Freundeskreis zum Kaffee. Es gab frisch gebackenen Pflaumenkuchen. Das war ein Service des Hauses, den sich keiner entgehen ließ. Im bereits gut gefüllten Frühstücksraum war für die kleine Runde ein Ecktisch reserviert.

Zum Kreis gehörte Käthe Gilles, die seit knapp zwei Jahren neben Klaras Appartement eine kleine Zweizimmerwohnung bewohnte. Sie war eine vornehme, große Dame, die Haare immer gut frisiert und ein wenig geziert in den Bewegungen. Heute trug sie einen schlicht geschnittenen lavendelfarbenen Hosenanzug mit weißer Bluse. Der Dritte im Bunde war Horst Blume, ein ehemaliger Steuerberater, groß und hager, mit einem warmen Lächeln, der leider nicht mehr allzu gut zu Fuß war. Er trug stets ein weißes Hemd und oft auch einen Strohhut. Original Panama, wie er gerne betonte. Da er seine Hüte stets an der Krone packte, sah das Stroh dort immer etwas zerfleddert aus. Doch hielt er es für unmännlich, Hüte mit beiden Händen an der Krempe zu fassen. Auf der kleinen Bank saßen Ursula und Helga Mauer, zwei unverheiratete Schwestern aus Berndorf, die einander glichen wie ein Ei dem anderen, nur dass sich Ursula die Haare rot färbte und eine Vorliebe für wallende Batikgewänder hatte, während Helga, eine ehemalige Chefsekretärin, ihr kurz geschnittenes Herbstblond mit Würde trug und meist ganz pragmatisch in Jeans und T-Shirt unterwegs war. Die Zwillinge waren charakterlich sehr unterschiedlich: Ursula, die Extravertierte, stand gerne im Mittelpunkt, Helga zählte zu den ruhigen Vertreterinnen, war eher zurückhaltend und sachlich.

Klara war noch ein wenig aufgedreht von dem Gespräch mit Frederike. Ihr ging es nahe, dass Heinz Fernmüller in Verdacht stand, für die Todesfälle verantwortlich zu sein. Als Todesengel konnte sie sich ihn nun so gar nicht vorstellen. Mangelnde Hygiene wäre da sicher schon eher ein Thema, aber sie hatte erlebt, wie pingelig er immer hinter ihr her geräumt hatte, wenn sie ihre Backsessions abgehalten hatte. Trotzdem sprach sie nun in der Runde den Verdacht an, denn natürlich gab es auch hier kein anderes Thema als die letzten Todesfälle.

»Der Heinz? Das kann ich mir nicht vorstellen.« Ursula schüttelte ihre dünnen Locken. »Überhaupt, wenn was im Essen gewesen wäre, hätte das doch jemand mitbekommen.«

»Wieso? Wenn hier einer die Scheißerei hat, ist das doch nichts Besonderes«, dröhnte Horst.

Käthe räusperte sich indigniert. Sie schätzte die rustikalen Kommentare von Horst nicht, was dieser natürlich wusste und sich dementsprechend noch häufiger danebenbenahm, nur um sie zu schockieren. Das war ein kleines Spiel zwischen den beiden, das die anderen drei mit Heiterkeit betrachteten.

»Nein, im Ernst. Hat denn jemand von euch etwas gemerkt?«, fragte Klara.

Helga schüttelte den Kopf. »Wir kriegen davon sowieso nicht viel mit, Ursula und ich kochen meist selbst.«

Horst grinste. »Meine Verdauung ist kein Maßstab. Da würden selbst die Salmonellen dran verzweifeln.«

Käthe flötete fein: »Ich bekomme mein Essen nach oben gebracht, da ich Schonkost benötige.«

Horst haute ihr lachend auf die Schulter, sodass sie hustend nach vorne sackte. »Aber Pflaumenkuchen geht immer, was?«

Käthe tupfte sich mit der Serviette die Kuchenkrümel von der Bluse. »Also wirklich! Benehmen ist wohl Glückssache.«

Klara lachte und hob ein Stückchen Pflaume auf, das heruntergefallen war. »Ein wenig mehr Ernst, meine Lieben.«

Helga winkte ab. »Was soll das Ganze? Der Tod sitzt doch hier immer mit am Tisch. Schaut euch doch mal um. Die alte Frau Hummel da vorne. Otto, der nur noch im Rollstuhl unterwegs ist, da hinten die drei, die den Kuchen nur noch mümmeln – würdet ihr euch ernsthaft wundern, wenn die in den nächsten Wochen oder Monaten sterben?«

Ursula lachte. »Ich wundere mich eher jeden Morgen, dass ich noch lebe.«

Klara schaute die beiden Schwestern liebevoll an. »Unkraut vergeht nicht. Euch beide muss man irgendwann mal notschlachten.«

Doch Horst wurde nun ernst. »Aber hier geht in der Tat irgendetwas nicht mit rechten Dingen zu. Ich habe mal eine Statistik aufgestellt. In den letzten beiden Wochen sind signifikant mehr Menschen zu Tode gekommen als in den Jahren davor.«

Ursula spottete: »Da spricht der Buchhalter.«

Horst nickte. »Genau. Von Statistik verstehe ich etwas. Und wenn etwas aussieht wie eine Kröte und klingt wie eine Kröte, dann ist es meistens auch eine Kröte.«

Das überforderte Käthe nun ein wenig. »Was hat es denn jetzt mit Kröten auf sich?«

Klara legte ihr die Hand auf den Arm. »Das ist doch nur eine Analogie, Käthe. Was er damit sagen will, ist ...«

Horst unterbrach sie: »Was ich damit sagen will, ist, wir sollten davon ausgehen, dass es sich nicht nur um eine Häufung natürlicher Todesfälle handelt. Da hilft jemand nach.«

Das schockierte die kleine Runde so sehr, dass alle die Gabeln niederlegten und eine Weile schwiegen.

»Bist du sicher?«, fragte Klara.

Helga beugte sich nach vorne und zischte: »Machen wir uns nichts vor. Das denkt doch hier jeder. Horst hat es nur ausgesprochen.«

Doch Ursula wollte davon nichts wissen. »Ihr unkt doch bloß. Wenn hier wirklich was nicht mit rechten Dingen zuginge, wäre doch schon längst die Polizei im Haus.«

Käthe schüttelte den Kopf. »Nicht unbedingt. Die machen sich viel zu große Sorgen, dass Bewohner ausziehen. Andrea würde das sicher nicht an die große Glocke hängen.« Sie war über ein paar Ecken mit der Heimleiterin verwandt und kannte sie daher recht gut.

Klara schaute sie an. »Kannst du nicht mal mit der Bader sprechen und sie aushorchen? Mir hat Heike im Vertrauen erzählt, dass beim Personal auch schon getratscht wird.«

Sie erzählte der Runde von ihrem Gespräch mit Heike und Frederike. »Meine ehemalige Nachbarin – sie war früher bei der Polizei, aber behaltet das bitte für euch, sie spricht da nicht gerne drüber – ist auch schon misstrauisch geworden. Uns würde interessieren, wie die Heimleitung zu der Sache steht.«

Horst nickte bedächtig. »Für eine solche Einrichtung könnten allein schon Gerüchte extrem geschäftsschädigend sein. Möglicherweise wäre das wirklich ein Grund, die Sache unter den Teppich zu kehren, weil man sich einen Imageverlust finanziell nicht leisten kann. Ich kann mir ja mal die Bilanzen anschauen.«

Ursula schaute ihn fragend an. »Wie kommst du denn daran?«

Helga mischte sich ein. »Kein Problem, ich besorge dir den Geschäftsbericht.« Sie verstand sich gut mit Frau Weißbrot, der Leitungsassistenz, und gab ihr manchmal Tipps für ihre Arbeit.

Horst nickte. »Prima, da bekomme ich schon ein gutes Bild.«

Ursula fragte: »Was können wir sonst noch tun? Zwar glaube ich eigentlich nicht, dass an der Sache wirklich etwas dran ist, aber jetzt passiert hier wenigstens mal was.«

Klara schaute sie und Helga erwartungsvoll an. »Ihr seid doch hier gut vernetzt. Hört euch doch mal um bei Bewohnern, die die Toten gekannt haben. Vielleicht haben sie etwas mitbekommen oder noch Kontakt in die Dörfer zu den Verwandten und Nachbarn. Zumindest Hubert und Werner wirkten doch noch ganz fit, von Gertrud ganz zu schweigen.«

Käthe schaute sie irritiert an. »Gertrud war sechsundneunzig!«

»Ja, schon! Ich dachte, die überlebt uns alle und wird mindestens hundertfünf«, erwiderte Klara traurig. »Solange Gertrud da war, so geistig fit und beweglich, hatte ich keine Angst davor, alt zu werden.«

Horst tätschelte ihr die Hand. »Bis du mal alt bist, ist noch lange hin. Du bist doch erst siebenundachtzig, du junger Hüpfer!«

Klara, die ihm gegenüber bei der Altersangabe fünf Jahre weggemogelt hatte, zog bedauernd die Hand weg und meinte trocken: »Da hüpft nicht mehr viel. Aber was soll's. Gehen wir an die Arbeit.«

Die Runde löste sich auf.

Nachts hörte Klara Stimmengemurmel aus der Nebenwohnung. Sie schlief nicht mehr besonders gut und war nicht selten schon gegen drei Uhr wach. Statt sich dann wieder ins Bett zu legen, stand sie meist auf und frühstückte schon einmal. Das war einer der Gründe, weshalb sie inzwischen nur noch selten zu den offiziellen Mahlzeiten ging. Die Zeiten passten einfach nicht mehr für sie.

War Käthe vor dem Fernseher eingeschlafen? Das passierte ab und zu. Dann hörte Klara, dass auch draußen auf dem Flur Bewegung war. Sie zog ihren Bademantel über und öffnete leise die Tür. Hoffentlich war nichts mit ihrer Nachbarin.

Heike, die Nachtdienst hatte, sprach gerade mit zwei jungen Notfallsanitätern. Dann sah sie Klara in der Tür und ließ die beiden mit einer kurzen Entschuldigung stehen. Sie kam zu Klara, mit Tränen in den Augen: »Ach, es tut mir so leid. Du warst ja mit Käthe Gilles befreundet.«

Klara stand stocksteif und fragte mit bebender Stimme: »Ist sie tot?«

Heike nickte: »Ja, sie hat noch geklingelt, aber wir konnten nichts mehr für sie tun. Sie wird gerade nach unten gebracht. Ich bin gleich wieder da.«

Doch Klara hatte sich schon abgewandt. »Nicht nötig.« Sie brauchte jetzt einige Zeit für sich.

Am nächsten Morgen mochte Klara gar nicht nach unten gehen. Gestern hatte man noch so schön zusammengesessen. Käthe hatte doch fit gewirkt und auch keinerlei Hinweise gegeben, dass es ihr nicht gut ging. Klara verstand das nicht. Sie beschloss, Frederike anzurufen. Sie musste mit jemandem reden.

Frederike kam eine Stunde später vorbei. Sie blieben in Klaras Räumen, und Klara brühte einen Tee auf.

»Ich weiß gar nicht, was ich sagen soll, ich bin noch völlig fassungslos.« Klara konnte sich gar nicht beruhigen. Die Tränen liefen über ihre Wangen.

Frederike saß nur still in ihrem Sessel und ließ Klara reden.

»Gerade gestern haben wir über die Todesfälle gesprochen. Käthe war nichts aufgefallen, aber sie wollte bei der Heimleiterin nachforschen.«

»Erzähl mir von gestern. Was ist passiert?«

Klara schilderte den Verlauf der Gesprächsrunde und die Ideen, die sie gesammelt hatten.

»Ihr wollt also gemeinsam recherchieren, und jeder hat Aufgaben übernommen«, fasste Frederike das Gehörte zusammen.

Klara nickte.

»Hat jemand bei euch zugehört? Möglicherweise hat euch jemand belauscht.«

»Wir waren nicht besonders leise«, gab Klara zu. »Allerdings war es ziemlich laut im Raum, Geschirrklappern und laute Gespräche. Die meisten hier hören nicht mehr besonders gut, deshalb reden wir alle recht laut.«

»Apropos – ist dein Hörgerät wieder aufgetaucht?«

»Nein, ist es nicht. Vor lauter Stress habe ich Verstopfung. Aber bleib beim Thema.«

Frederike akzeptierte den Verweis mit einem leichten Kopfnicken. Heute war kein guter Tag für Klara. »Ich dachte beim Lauschen mehr ans Personal. Irgendwie kann ich mir nicht vorstellen, dass sich jemand der Bewohner auf seine alten Tage als Massenmörder betätigt.«

»Unterschätze die Alten nicht.« Klara sah sie aufmerksam an. »Manche sind hier ganz schön aggressiv.«

»Denkst du da an jemand Besonderen?«, hakte Frederike nach.

»Nein, tue ich nicht. Aber ich kenne auch nicht alle so gut, dass ich für jemanden die Hand ins Feuer legen würde.«

»Gut zu wissen«, bemerkte Frederike und nahm sich noch eine Tasse Tee.

Klara stand auf, um Gebäck zu holen.

»Mmh, Schokoladenplätzchen!« Frederike bediente sich und kaute erst mal eine Weile, bevor sie fortfuhr: »Wie ist es mit dem Personal? Jemand aus der Küche …«

»Du hast Heinz Fernmüller und seine Leute in Verdacht?«

»Ich haben jeden in Verdacht. Solange wir nicht wissen, was passiert ist, können wir nichts und niemanden ausschließen«, stellte Frederike klar.

»Mich kannst du ausschließen«, erklärte Klara bestimmt.

»Nein, ehrlich gesagt kann ich das nicht.« Frederike schaute Klara fest in die Augen. »Aber du stehst ganz unten auf meiner Liste.«

Klara lachte kurz auf. »Ich sollte jetzt beleidigt sein. Ich weiß nur noch nicht, weshalb. Weil du mich verdächtigst oder weil ich ganz unten auf deiner Liste stehe?«

Frederike zuckte mit den Schultern. »Denk drüber nach. Ich muss jetzt los. Bei Gelegenheit würde ich gerne deine nette Runde kennenlernen.« Sie erhob sich und ging zur Tür. »Bleib sitzen, ich finde schon allein raus.« Sie stockte kurz, bevor sie das Appartement verließ, und schaute Klara noch einmal an. »Passt auf euch auf. Bitte!«

Sie war beunruhigter, als sie zugab. Hatte Käthe Gilles möglicherweise gestern in ein Wespennest gestochen? Und was war dann mit den anderen der Caférunde? Waren auch sie in Gefahr? Sie wusste nicht, wo sie anpacken sollte. Aber sie spürte: Irgendetwas stank hier ganz gewaltig!

6. Kapitel

Drei Tage nach Käthes Tod gab es eine Trauerandacht. Die Leiche war noch nicht freigegeben, und Käthe hatte sich ein Urnenbegräbnis im Jünkerather Friedwald gewünscht. So feierten die Hinterbliebenen zunächst eine Totenmesse. Frederike entschloss sich, daran teilzunehmen. Sie wollte einen Blick auf die Trauernden werfen. Vor der Kirche stand Klara mit einigen Bewohnern des St. Ägidius. Sie löste sich von der Gruppe, als sie Frederike sah, und kam zu ihr herüber.

»Was für ein Tag! Sie fehlt mir so sehr«, sagte sie traurig. »Inzwischen wird schon ihr Appartement geräumt. Es bleibt so wenig von uns zurück, wenn wir sterben.«

Frederike drückte liebevoll ihren Arm. »Dir bleiben die Erinnerungen. Keiner geht so ganz, solange es Menschen gibt, die sich erinnern.«

Klara lächelte unter Tränen. »Ein schöner Gedanke. Ich hoffe, dass man sich auch an mich erinnert.«

Frederike nickte. »Lass uns reingehen und ein paar Spuren im Leben hinterlassen.«

Während der Trauerfeier saß Frederike in der vorletzten Bank und musterte die Besucher. Allzu viele waren es nicht. Die meisten waren aus dem Altenstift, Bewohner, Zimmernachbarn und Betreuer. Sie entdeckte auch ihren Zahnarzt. Plötzlich blieb ihr Blick an einem jungen Mann hängen, der ihr irgendwie bekannt vorkam. Klara, die neben ihr saß, folgte ihrem Blick und flüsterte ihr zu: »Das ist Käthes Neffe.«

»Den habe ich schon mal gesehen. Ich weiß nur gerade nicht, wo ich ihn hintun soll. Wie heißt er?,« flüsterte Frederike zurück.

Doch da begann gerade die Wandlung, und alle knieten sich hin. »Später!«, hauchte Klara.

Nach der Messe gingen beide zurück zum Altersheim. »Erzähl mir von dem Neffen«, forderte Frederike. Sie hatte gehofft, sie könne nach der Feier noch einen Blick auf den jungen Mann werfen, doch der war in der Menge verschwunden.

»Ich kenne ihn nicht persönlich, habe ihn nur mal von Weitem gesehen. Käthe nannte ihn Jogi, mehr weiß ich auch nicht.«

»Standen sie sich nahe?«

»Ach, ich glaube, das ist zu viel gesagt. Sie freute sich, wenn er sie besuchen kam. Du weißt ja, wie das hier läuft. Selbst wenn das Verhältnis zur ›buckelijen Verwandtschaft‹ nicht besonders herzlich ist, freut man sich über Besuche, da man weiß, dass die anderen Bewohner diese neidvoll zur Kenntnis nehmen. ›Du hast ja noch Verwandtschaft‹, ist bei uns die Statusaussage schlechthin. Hier ist ja sonst auch nicht allzu viel los. Ich hatte aber den Eindruck, dass sie ihn ein bisschen gönnerhaft behandelte.« Klara dachte nach. »Sie hat erzählt, dass er in Trier arbeitet. Warum fragst du?«

Frederike schüttelte den Kopf. »Ich weiß nicht ... Er erinnert mich an jemanden, aber ich komm nicht drauf, an wen. Vielleicht ist er mir auch nur aufgefallen, weil er den Altersdurchschnitt der Trauergäste deutlich gesenkt hat.«

»Käthe bezeichnete sich mal als seine Erbtante. Ich glaube, sie vermutete hinter den Besuchen durchaus niedere Beweggründe. Das war für sie aber kein Grund, sich nicht auf ihn zu freuen.«

Frederike horchte auf. »War Käthe so gut betucht?«

Klara zuckte mit den Schultern. »Das Appartement von ihr ist das teuerste hier im Haus, und sie hat nie über Geldsorgen geklagt – im Gegensatz zu vielen anderen hier. Aber sie ist natürlich auch verwandt mit Andrea Bader, unserer Heimleiterin. Vielleicht bekam sie Sonderkonditionen.«

»Woher stammt Käthe?«

»Sie ist wohl ursprünglich aus der Eifel, hat aber lange in Meerbusch gewohnt. Ich habe immer gedacht, dass es ihr in der Stadt zu teuer wäre«, vermutete Klara. »Aber ich kann es dir nicht sagen. Für Käthe war Geld ein Tabuthema.«

»Ich schaue mal, was ich herausbekommen kann.«

Als Frederike Klara von der Seite ansah, fiel ihr der kleine Knopf in Klaras Ohr auf. »Ach, du hast ja deine Hörgeräte wieder. Sind das die besagten?« Ihr Mundwinkel zuckte leicht.

Klara blickte sie indigniert an. »Natürlich nicht! Die habe ich gestern zu meinem Hörgeräteakustiker gebracht.«

»Na, der war bestimmt begeistert. Was hat er gesagt?«

Klara kicherte. »Ich habe ihm die Geschichte erzählt. Da hat er ohne viel Federlesens das Döschen an sich genommen und gesagt, dass er die Dinger zum Hersteller schickt. Da könne er sowieso nichts machen.« Sie seufzte. »Aber ich habe nicht viel Hoffnung. Die sahen wirklich übel aus. Und dabei waren sie verdammt teuer!«

»Ich staune ja, dass du sie überhaupt wiedergefunden hast.«

Klara winkte ab. »Ich hatte Glück im Unglück. Das Gäste-WC im Foyer hat noch einen Flachspüler. Ich hatte schon Sorgen, dass ich tagelang auf eine Zeitung kacken müsste.«

»Ohhh, wie eklig. Sei still, ich will gar nichts mehr davon hören.« Frederike schüttelte sich.

Sie beschlossen, zum Abschluss ihres Besuches noch ein Runde durch den Garten zu drehen. Die Stockmalven blühten um die Wette.

»Die hätte ich gerne noch in Dunkelrot in meinem Garten.« Frederike hielt Ausschau nach Samenständen.

Da hielt Klara einen älteren Mann an. »Mensch, Horst, gut, dass ich dich sehe.«

Horst schaute sie irritiert von oben herab an. »Du weißt schon, dass ich bei der Trauerfeier für Käthe neben dir gesessen habe?«

»Ja, schon, aber da habe ich dich noch nicht gebraucht.«

Horst richtete sich auf. »Du brauchst mich? Ich fühle mich geehrt«, bemerkte er mit leichtem Sarkasmus.

Frederike betrachtete ihn amüsiert. »Und das ist …?«, fragte sie Klara.

»Darf ich vorstellen? Horst Blume, Steuerberater a. D. ... Horst, das ist meine Nachbarin ... also, meine frühere Nachbarin Frederike Suttner«, stellte Klara die beiden einander vor.

Beide nickten sich zu, dann wandte sich Horst wieder an Klara: »Also, was erfreut dich so an meiner Gegenwart?«

»Bestimmt nicht das, was du hoffst«, schnauzte Klara.

Horst grinste. »Schade! Vielleicht später?«

»Lass gut sein, du bist mir zu alt. Nein, wir haben eine Frage zu Käthe. Weißt du, wie ihr Neffe heißt?«

»Ich kenne nur den Spitznamen, der kleine Jogi.«

Frederike mischte sich ein: »Wissen Sie vielleicht, wie Käthe finanziell gestellt war?«

Horst schaute sie mit hochgezogenen Augenbrauen an. »Ist das wichtig?«

»Das weiß ich noch nicht.«

Er nickte. »Also gut, jetzt kann es ja nicht mehr schaden. Sie hat mich vor einiger Zeit mal um einen steuerlichen Rat gebeten. Daher weiß ich, dass Käthe über einige Immobilien verfügte.«

Klara machte große Augen. »Wirklich? Das hätte ich jetzt nicht gedacht.«

Horst lächelte. »Sie war noch eine feine Dame vom alten Schlag. Über Geld spricht man nicht, das hat man.«

Frederike bedankte sich für die Information und ließ beide im Garten zurück. Immobilien? Das könnte spannend werden.

Eins hatte die Erfahrung Frederike gelehrt: Die meisten Morde geschahen, wenn die Liebe verloren ging oder Geld ins Spiel kam. Doch war es hier Mord? Frederike spürte dieses innere Jucken – ihr Instinkt sagte ihr, dass die Todesfälle keine natürlichen Ursachen haben konnten. Sie fragte sich, wieso hier noch keine Ermittlungen aufgenommen worden waren. Auf jeden Fall könnte es sich lohnen, der Spur des Geldes zu folgen. Für alle Fälle ...

Zu Hause angekommen, wartete ihr Nachbar Max schon auf sie und übergab ihr ein Paket mit Blumenstützen, das der Paketbote bei ihm abgegeben hatte. Sie kaufte vieles im Internet, denn die Auswahl vor Ort war oft zu bescheiden für ihre noch aus Düsseldorfer Zeiten geprägten Ansprüche. In ihrer Nachbarschaft waren inzwischen fast alle schon im Rentenalter, sodass ihre Päckchen und Pakete stets irgendwo in der Nachbarschaft landeten und kein Paketbote zweimal kommen musste. Man hatte hier viel Zeit. So setzten sich Frederike und Max erst einmal auf die Bank vor dem Haus und plauderten über Gott und die Welt. Max zündete sich genüsslich ein Pfeifchen an und zog die Luft geräuschvoll ein.

»Du hörst dich an wie Darth Vader«, kommentierte Frederike den Lungenzug. »Ich habe mal gehört, dass man Pfeife nicht auf Lunge raucht.«

»Mache ich auch gar nicht«, rechtfertigte sich Max, »ich atme immer so!«

»Dann solltest du mal über ein anderes Laster nachdenken. Das hört sich ja furchtbar an.« Frederike betrachtete ihn aufmerksam. »Geht es dir gut?«

»Schlechten Leuten geht es immer gut!«, brummelte Max. Er gehörte zu den wenigen Menschen in Frederikes Umfeld, die nicht alle naselang von ihren Krankheiten redeten, was sie sehr erholsam fand.

»Was treibst du so in letzter Zeit? Du bist viel unterwegs.« Auch wenn Max nicht zu den neugierigen Menschen zählte, war ihm nicht verborgen geblieben, dass sie in den letzten Tagen häufiger als gewöhnlich das Auto aus der Garage geholt hatte.

»Ach, ich war öfter mal Klara Limes in Hillesheim besuchen.«

»Klara? Das ist schön. Wie geht es ihr?«, fragte Max interessiert.

»Wie soll es ihr schon gehen? Sie sitzt im Altersheim und dreht Däumchen. Gesundheitlich und geistig ist sie aber noch richtig gut zurecht.« Frederike reckte sich. »Was machen eigentlich deine Enkel? Ich habe sie schon ewig nicht mehr in meinem Garten gesehen.«

Max winkte ab. »Die haben jetzt einen E-Scooter bekommen und sind die ganze Zeit hier auf den Feldwegen unterwegs. Da sind wir Alten abgemeldet.«

»Dürfen die denn schon mit so einem Teil fahren?«

»Ach, du weißt ja, wie das hier läuft. Auf den Feldwegen interessiert das doch keinen. Früh übt sich ...«

»... wer sich mit achtzehn den Hals brechen will«, vervollständigte Frederike das Sprichwort sarkastisch. »Na, die werden sich schon irgendwann an meinen Kuchen erinnern und wieder auf der Matte stehen.« Sie stand auf. »So, ich hab zu tun.«

»Überarbeite dich nicht«, spottete Max und blieb noch eine Weile auf der Bank sitzen.

Als Frederike ins Haus trat, griff sie nach dem Telefon. Auch bei ihrem Gespräch mit Max war ihr Käthe Gilles nicht aus dem Kopf gegangen. Ihre Gedanken kreisten um den Nachlass und um die Rolle des Neffen. Kurz entschlossen wählte sie ihre alte Büronummer.

»Frau Suttner, das ist ja eine Überraschung«, begrüßte sie ihr junger Ex-Kollege, der inzwischen aber wohl auch schon über fünfzig war.

»Guten Morgen, Herr Wieland. Es ist schön, dass ich Sie erreiche.« Sie erinnerte sich gerne an den Kollegen, den sie damals eingearbeitet und mit dem sie lange Jahre eng zusammengearbeitet hatte. »Ich bin heute Nachmittag in Düsseldorf unterwegs und wollte fragen, ob Sie Lust hätten, mit mir eine Tasse Kaffee zu trinken?«

Wieland wirkte zunächst etwas verdutzt, aber durchaus erfreut, und so verabredeten sie sich für sechzehn Uhr im Bazzar Caffè in der Düsseldorf Altstadt.

Frederike hatte sich früh auf den Weg gemacht und die diversen Staus rund um den Kölner Ring eingeplant, sodass sie schon gegen halb vier im Café eintraf. Es dauerte eine Weile, bis ein Tisch frei wurde. Sie hatte diesen gerade in Beschlag genommen, als auch schon Klaus Wieland eintraf. Nachdem sie sich begrüßt hatten, bestellten beide einen Cappuccino. Frederike beschloss, direkt mit der Tür ins Haus zu fallen. »Können Sie mir einen Gefallen tun?«

Wieland lachte. »Ich dachte mir schon, dass Sie nicht nur mit mir über alte Zeiten sprechen wollen. Was liegt an?«

Frederike zögerte kurz. »Ich bin bei mir in der Eifel auf eine Sache gestoßen, die ich merkwürdig finde.«

Klaus Wieland wurde hellhörig. »Dann schießen Sie mal los. Wenn Sie etwas merkwürdig finden, steckt auch etwas dahinter. Ich habe noch nie erlebt, dass Ihr Instinkt Sie im Stich gelassen hat.«

»Und mein Instinkt arbeitet gerade auf Hochtouren. In einem Altersheim bei mir in der Nähe gab es mehrere Todesfälle. Das ist eigentlich nichts Ungewöhnliches. Aber die Häufung verwundert mich. Und dass es anscheinend auch Leute erwischt hat, von denen man dachte, dass die noch hundert werden.«

»Was vermuten Sie?«

»Für Vermutungen ist es zu früh. Aber ich möchte sichergehen, dass hier keiner nachhilft.«

»Wird in der Sache schon ermittelt?«

»Nein, nicht offiziell. Aber ich habe mitbekommen, dass die letzten Todesfälle in der Pathologie in Gerolstein gelandet sind.«

»Das ist sehr vernünftig. Die meisten Mediziner schreiben viel zu schnell den Totenschein aus, zumal bei alten Menschen. Ich möchte nicht wissen, wie hoch die Dunkelziffer hier ist.«

»Genau! So eine Erbtante ist schnell aus dem Weg geräumt, wenn keiner genauer hinschaut.«

Klaus Wieland grinste. »Aber das sind da ja anscheinend ganz schön viele Erbtanten und -onkel. Um wie viele Tote handelt es sich denn?«

»Zwölf, von denen ich weiß.« Frederike erschrak selbst, als sie sich die Zahl nennen hörte.

Klaus Wieland sog die Luft zwischen den Zähnen ein. »Das ist eine ganze Menge. Das sollte sich wirklich die Polizei ansehen.«

»Ich denke, das ist nur noch eine Frage der Zeit. Vor Ort läuft schon die Gerüchteküche heiß.«

»Wollen Sie, dass wir uns hier einschalten?«

»Nein, das ist ja nicht Ihr Bereich. Aber eine der Toten kommt aus dem Düsseldorfer Umland und hat anscheinend einiges an Vermögen hinterlassen. Das interessiert mich.«

Wieland schmunzelte. »Also daher weht der Wind. Vielleicht doch ein Erbfall? Wollen Sie, dass ich ein wenig recherchiere?«

»Lieb, dass Sie fragen. Ja. Können Sie mir Auskünfte einholen über die Vermögensverhältnisse einer Käthe Gilles, früher wohnhaft in Meerbusch?«

»Meerbusch? Die Hochburg der deutschen Millionäre?«

»Genau. Bei uns strolcht nämlich auch noch ein Neffe herum. Da lohnt sich vielleicht ein Blick.«

»Bauchgefühl? Ihr Riecher fehlt uns hier wirklich. Haben Sie nicht ab und zu Sehnsucht nach uns und Ihrer alten Tätigkeit? So etwas wie eine externe Beraterin? Ich räume für Sie auch gerne wieder meinen Schreibtisch«, scherzte er. »Wissen Sie eigentlich, dass man Sie intern immer noch als den ›Bluthund‹ rühmt?«

»Ach herrje, ist Ihnen allen da nichts Besseres eingefallen?«

»Zumindest nichts Passenderes! Wenn Sie an etwas dran waren, ließen Sie nicht locker, unter keinen Umständen! Das war schon beeindruckend und manchmal auch ein wenig angsteinflößend. Also überlegen Sie es sich. Wir hätten da gerade einen ganz besonders interessanten Fall!«

»Stopp! Das will ich gar nicht wissen. Ich komme gerne mal ab und an vorbei, um mit Ihnen einen Cappuccino zu trinken. Aber die Arbeit fehlt mir nicht. Mein Leben besteht nun aus Katzenpflege und Gartenarbeit. Das wöchentliche Highlight ist die Probe des Kirchenchors. Ich lese nicht mal Krimis.«

Klaus Wieland lachte. »Das kann ich gut verstehen. Wenn meine Frau abends den *Tatort* einschaltet, gehe ich ins Nebenzimmer und lese Zeitung.«

»Die ist doch auch voll von schlechten Nachrichten. Probieren Sie es mal mit Unkrautjäten – das macht den Kopf frei.«

»Ich werde es mir merken. Ist das jetzt Ihr neues Hobby?«

Frederike nickte. Sie tauschten sich noch eine Weile über die Entwicklungen der letzten Jahre aus, dann schaute Wieland auf die Uhr. »Ups, schon so spät. Ich muss los!« Er stand auf. »Ich melde mich, sobald ich etwas weiß.«

»Wird es lange dauern?«, fragte Frederike schnell.

»Also trotz der entspannenden Gartenarbeit immer noch ungeduldig! Es hätte mich auch gewundert«, grinste Wieland, »nein, ich melde mich heute noch. Versprochen.«

»Klasse! Dafür zahle ich Ihren Cappu.« Frederike schwenkte ihre Geldbörse, und Wieland verließ winkend das Lokal.

Frederike bummelte noch eine Weile durch die Altstadt, stellte aber fest, dass der Trubel um sie herum sie einfach nur noch nervte. Also machte sie sich auf den

Heimweg. Sie war froh, in Kürze Informationen über Käthe Gilles zu bekommen. Irgendwie hatte sie den Eindruck, dass hinter diesem Tod mehr steckte. Oder war es doch bloß Zufall? Wie passte das Ganze zu den anderen Todesfällen? Sie wusste es nicht und beschloss, sich von ihren Zweifeln erst einmal nicht abhalten zu lassen. Tja, vielleicht war das Bild mit dem Bluthund gar nicht so falsch! Und irgendwie waren das ja auch ganz liebe Tiere, oder?

Ihre Gedanken wanderten zu Angela und ihrem neuen Galan. Sie machte sich Sorgen. Ein arbeitsloser Chemiker – in einer Region mit einer Arbeitslosenquote unter drei Prozent und nachgewiesenem Fachkräftemangel. Wo gab es denn so was? Hatte sie etwa Vorurteile gegen gut aussehende junge Männer, die auf Kosten der Allgemeinheit lebten? Oder war sie einfach bloß eifersüchtig? Trotzig schüttelte sie diesen Gedanken ab.

Als sie zu Hause ankam, hatte Klaus Wieland ihr schon auf den Anrufbeantworter gesprochen und um Rückruf gebeten. Sie wählte seine Handynummer und lobte: »Das ging ja wirklich schnell.«

»Ja, ich habe eben nicht geschaltet, als Sie mir den Namen sagten. Käthe Gilles – die kennt hier jeder. Sie ist in Düsseldorf als Stifterin und Sponsorin eine große Nummer gewesen, hat jahrelang die UNICEF-Gala organisiert und war eine große Kunstmäzenin. Sie kennen sie übrigens.« Klaus Wieland wartete auf ihre Reaktion.

»Lassen Sie mich nachdenken. Der Name Gilles ist hier in der Region häufiger vertreten, sodass ich keine Verbindung hergestellt habe, und ich bin der Dame hier nie begegnet. Käthe Gilles ... mmh ... war da nicht irgendetwas mit der Kunstsammlung?«, dachte Frederike laut nach.

»Genau, wir sind ihr im Rahmen der Ermittlungen im Fall Küpper begegnet. Eine nette ältere Dame, sehr vornehm. Klingelt es jetzt bei Ihnen?«

Frederike nickte: »Ja, jetzt wo Sie es sagen. Das war also Käthe Gilles. Eine angenehme Person. Wie schade, dass ich ihr hier nicht mehr begegnet bin. Sie war sehr aufmerksam und hochintelligent.«

»Und schwerreich«, ergänzte Klaus Wieland. »Sie verfügte in Düsseldorf über mehrere Immobilien, teils sogar in Kö-Lage. Dazu gibt es auch noch eine exquisite kleine Kunstsammlung. Die Lady war millionenschwer.«

Frederike pfiff durch die Zähne. »Na, wenn das kein Motiv ist. Gibt es direkte Nachkommen?«

»Soweit ich weiß, nicht. Der Ehemann ist bereits vor zwölf Jahren verstorben, und das Paar war kinderlos. Es gibt natürlich Verwandtschaft. Da wird das Rennen auf das Erbe jetzt losgehen!«

»Haben Sie vielleicht etwas über den Neffen herausgefunden?«

»Nein, so genau habe ich aber auch nicht recherchiert.«

»Man müsste mal einen Blick ins Testament werfen.«

»Da müssen Sie bis zur offiziellen Testamentseröffnung warten. Ohne konkreten Anlass können wir hier keinen Einblick nehmen.« Anscheinend waren die Grenzen von Klaus Wielands Hilfsbereitschaft erreicht.

Doch Frederike wollte auch gar nicht mehr. »Nein, das ist klar. Ich bin froh über die Infos. Damit kann ich arbeiten. Ich habe den Eindruck, dass zumindest der Neffe keine Zeit verlieren wird, einen Erbschein zu beantragen. Sollten Sie etwas hören oder lesen, vielleicht in der *Rheinischen Post*, lassen Sie es mich wissen.«

»Das mache ich. Es war schön, mal wieder mit Ihnen zu plaudern«, verabschiedete sich Klaus Wieland.

Käthe Gilles – Frederike erinnerte sich gut an die hochgewachsene stolze Frau mit dem klaren Blick und der melodischen Stimme. Ihre Begegnung war schon mehrere Jahre her. Das musste in den Neunzigern gewesen sein. Käthe Gilles entsprach überhaupt nicht dem blond gefärbten und braun gebrannten Klischee der typischen Düsseldorfer Hautevolee. Ihre Kleidung war schlicht und geschmackvoll, und sie hatte sich viel Zeit genommen für die Ermittler. Damals wieselte ein kleiner weißer Zwergpudel um sie herum, den sie sogar mit in die Kunstsammlung nahm. Das war aber auch das einzige Indiz, das für ihre Sonderstellung sprach, denn normalerweise herrschte hier striktes Hundeverbot. Frederike fühlte eine leichte Trauer, als sie sich an die Begegnung erinnerte. Sie hatte die Frau gemocht. Schade, dass es nun zu spät für ein Wiedersehen war. Es wäre schön gewesen, hier in der Eifel ein Gesicht aus der alten Heimat zu entdecken. Frederike fragte sich, was Käthe Gilles in die Eifel verschlagen hatte. Vielleicht war es Käthe ja genauso gegangen wie ihr – zurück zu den Wurzeln.

Sie atmete geräuschvoll aus, stand auf und ging in die Küche, um Hannelores Abendessen zuzubereiten.

Für den nächsten Tag hatte sich Frederike wieder Gartenarbeit verordnet. Dabei konnte sie ihre Gedanken fließen lassen. Jetzt, nachdem sie sich an die Begegnung erinnert hatte, war Käthe Gilles' Tod zu etwas Persönlichem geworden. Sie würde keine Ruhe geben, bis sie das Geheimnis um den Todesengel gelüftet hatte. Und sie war sicher, dass es ein Geheimnis gab. Noch kannte sie nicht alle Fakten, aber das wäre nur eine Frage der Zeit. Und der richtigen Herangehensweise.

Die Zeit verging im Nu. Nachmittags stand unerwartet Angela am Gartentörchen. »Na, kann ich helfen?«

Frederike erhob sich stöhnend aus dem Blumenbeet, das sie gerade von Unkraut säuberte, und zog ihre schmutzigen Arbeitshandschuhe aus. »Gut, dass du da bist. Pause!«

Angela lachte. »Da komme ich ja gerade richtig! Soll ich uns einen Kaffee machen? Ich habe Teilchen mitgebracht.« Sie hob eine Tüte von der Dockweiler Biobäckerei in die Höhe.

Frederike lief das Wasser im Mund zusammen. »Wundervoll! Du bist ein Engel.«

Beide gingen ins Haus. Frederike wusch sich die Hände und wechselte die Schuhe, während Angela den Kaffeekocher auf den Herd setzte. Kurz danach zog würziger Kaffeeduft durch die Küche. Die beiden nahmen sich Tassen und Teller aus dem Regal und setzten sich an den alten Küchentisch. Frederike schob einen Hocker heran und legte die Füße hoch. Beide tranken schweigend ihren Kaffee und verzehrten die Fruchtschnitten. So konnte man das Leben genießen!

»Schön, dass du hier bist. Ich wollte sowieso etwas mit dir besprechen«, eröffnete Frederike das Gespräch, nachdem beide ihren ersten Hunger gestillt hatten. »Aber zunächst interessiert mich mal dein neuer Freund: Wie läuft es mit Jochen?«

Angela begann zu strahlen. Sie sprang auf und umarmte Frederike. »Ach, Tantchen, ich bin so glücklich. Jochen ist so ein wunderbarer Mensch. Jeden Tag schickt er mir kleine verliebte Botschaften aufs Handy. Und wir telefonieren jeden Abend, manchmal stundenlang. Er ist so verständnisvoll.«

Sie plapperte wie ein Wasserfall von den Vorzügen ihres neuen Galans, und Frederike hörte ihr amüsiert zu. Sie genoss es, Angela so glücklich zu sehen, auch wenn sie sich für ihre Nichte einen anderen Partner gewünscht hätte. Aber es war ja sicher nur ein Flirt, beruhigte sie sich selbst.

Nach einer Weile kam das Gespräch auf das St. Ägidius. Angela war voller Bedauern. »Die arme Klara! Dass ihre Freundin nun auch gestorben ist, tut mir so leid! Und schon wieder ein Todesfall im St. Ägidius. Bei uns im Krankenhaus haben wir kaum ein anderes Thema. Die Pathologie arbeitet auf Hochtouren, aber es herrscht anscheinend immer noch keine Klarheit. Zumindest habe ich davon nichts mitbekommen.«

»Gibt es denn bereits offizielle Ermittlungen?«, fragte Frederike interessiert nach, »im Altersheim weiß man nichts davon.«

»Na, das würde ja wohl auch keiner an die große Glocke hängen«, bemerkte Angela trocken, »aber das ist sicher nur noch eine Frage der Zeit. Im Moment ist es aber, glaube ich, vor allem Frau Dr. Burkhardt, die Genaueres wissen will.«

Frederike nickte gedankenvoll. »Das hätte mich auch sonst gewundert. Ich wüsste zu gerne, was sie denkt, was hier vorgeht.«

Angela zuckte nur mit den Schultern und nahm sich noch einen Kaffee. »Und wie ist es mit dir? Ermittelst du schon? Bei so was kannst du doch sicher die Füße nicht stillhalten.« Sie stupste mit ihrem Zeh an Frederikes Bein.

»Ein bisschen. Ich habe mich etwas umgehört und bin im Kontakt mit Klara. Da hätte ich eine Bitte an dich.«

»Na, da bin ich mal gespannt.«

Frederike zögerte kurz. »Ich langweile mich in letzter Zeit ein wenig und fühle mich einsam.«

Angela starrte sie an. »Häh?«

Frederike schaute in ihre leere Tasse. »Ja, mir kam vorhin die Idee, ich könnte mir mal etwas Abwechslung verschaffen und ein paar Tage in die Tagespflege ins Altersheim gehen. Das war es, was ich mit dir besprechen wollte.«

Angela prustete los. »Du willst ins Altersheim? Also wirklich!«

Frederike zog einen Flunsch. »Die haben im St. Ägidius ein ganz tolles Programm. Singstunden, Seniorenturnen, Bingorunde und Nachmittagskaffee – das wird bestimmt schön.«

Angela lachte. »Ich weiß genau, was du willst. Spionieren! Dir reicht Klara nicht aus – du willst selbst undercover ermitteln!«

Frederike hob die Hände. »Ertappt! Kannst du mich anmelden? Ich glaube, das wirkt besser, als wenn ich selbst anrufe.«

»Klar, kann ich machen. Ab wann soll's losgehen?«
Angela stand auf und griff zum Telefon.

»So flott wie möglich. Ich will keine Zeit verlieren.« Frederike brannte förmlich darauf, selbst aktiv zu werden.

Angela telefonierte mit dem Seniorenheim und meldete ihre Tante an. Nachdem alle Daten erfasst waren, wurde ausgemacht, dass Frederike am nächsten Morgen gegen neun Uhr mit dem Seniorenbus zu einem Schnuppertag abgeholt werden sollte. Danach würde man weitersehen.

Als Angela aufgelegt hatte, meinte Frederike mürrisch, sie hätte doch auch selbst fahren können, doch Angela schaute sie mit ernstem Gesicht an.

»Du bist sowieso noch relativ jung für die Tagespflege. Wenn du auch noch selbst mit dem Auto vorfährst, nimmt dir keiner deine neue Rolle ab. Schick dich drein – du bist leicht dement und erholst dich zudem noch von einer Operation. Das ist perfekt für die Tagespflege. Und du kannst ungestört und naiv alle dummen Fragen stellen, ohne dass ein Todesengel oder was auch immer auf dich aufmerksam wird.«

Frederike lachte. »Ermittlungstaktisch an alles gedacht. Du würdest eine hervorragende Polizistin abgeben.«

Angela freute sich über das Lob, setzte aber noch nach: »Bitte, bitte, pass auf dich auf!«

Dann verschwand sie so schnell wie sie gekommen war.

Es war schon Jahre her, dass Frederike verdeckt im Einsatz gewesen war. Sie wurde jetzt doch nervös. Schließlich war sie nicht mehr die Jüngste und schon etwas eingerostet. Wie sollte sie dort auftreten, wie würde Klara reagieren? Und würde es ihr gelingen, dem mutmaßlichen Todesengel das Handwerk zu legen? Oder war sie doch zu sehr aus der Übung? Zu alt? Und wieso tat sie das eigentlich? Sie stellte den Wecker auf sieben Uhr, um nicht zu verschlafen. Doch nötig war das nicht, denn in der Nacht tat sie kein Auge zu.

7. Kapitel

Am nächsten Morgen stand Frederike früh auf und duschte erst einmal ausgiebig. Anschließend machte sie auf der Wiese am Haus ihre Tai-Chi-Übungen. Noch eine Tasse Kaffee und ein Frühstücksei, und sie fühlte sich den Herausforderungen des Seins wieder gewachsen.

Was sollte sie bloß anziehen? Sie stand nachdenklich vor dem Kleiderschrank. Machte man sich schick, wenn man zur Tagespflege fuhr? Oder sollte sie lieber etwas Praktisches tragen? Sie kicherte in sich hinein. Es war ein wenig wie bei einem ersten Rendezvous, wenn man noch nicht sicher weiß, was einen erwartet, man aber einen guten Eindruck machen will. Kurz entschlossen griff sie zu ihrem Jeansrock und einer geblümten Bluse. Hauptsache, sie fühlte sich wohl in den Klamotten. Einmal mit der Bürste durch die Haare. Ein Blick in den Spiegel. Fertig! Sie zögerte kurz. Leicht dement? Sie öffnete die Knöpfe der Bluse wieder und knöpfte sie falsch zu. Noch ein Blick. Ja, jetzt war es perfekt. Sie grinste sich an; da klingelte es auch schon an der Haustür.

Als sie gemeinsam mit drei weiteren älteren Damen und einem Herrn die Lobby des Altenstifts betrat, sah sie Klara schon von Weitem. Mist! Sie hätte sie doch besser am Abend zuvor noch anrufen und vorwarnen sollen, aber sie wusste, dass Klara sehr früh zu Bett ging, und hatte nicht mehr stören wollen. Hoffentlich ging das gut!

Klara machte große Augen, als sie Frederike mit ihrer Begleitung sah, und kam auf die Gruppe zu. Sie hörte, wie der Fahrer die Ankommenden an der Rezeption anmeldete. »Wir haben heute einen Neuzugang – Frederike Suttner. Kann sich jemand um sie kümmern und ihr hier alles zeigen?«

Das war Klaras Stichwort. Sie schob sich resolut nach vorne und meldete sich zu Wort: »Das kann ich doch machen. Ich bin eine alte Nachbarin von Friedchen – ich zeige ihr alles.«

Der Fahrer und die Dame an der Rezeption schauten sie erleichtert an. »Na, das ist ja prima. Also, Friedchen, ich darf doch Friedchen sagen? Die Klara wird sich um dich kümmern. Hab eine schöne Zeit hier. Heute Nachmittag geht es um siebzehn Uhr wieder nach Hause.« Der Fahrer klopfte Frederike kräftig auf die Schultern, sodass sie leicht in die Knie ging.

»Das ist schön!«, röchelte sie und funkelte Klara böse an. Beide entfernten sich von der Gruppe.

»Friedchen? Hast du sie noch alle? Du weißt, dass ich diesen Namen nie leiden konnte.«

Klara betrachtete sie ungerührt. »Du bist doch inkognito hier, hab ich recht? Dann freu dich, dass ich dir spontan unter die Arme gegriffen habe. Unter dem Namen kennt dich hier keiner. Warum hast du nicht Bescheid gesagt?«

Frederike knurrte: »Das war gestern ein ziemlich spontaner Entschluss. Angela hat mich dann hier angemeldet. Ich bin angeblich leicht dement und erhole mich von einer Gallenoperation.«

»Soso, leicht dement? Na, das dürfte dir ja nicht schwerfallen.«

»Na, ich verschlucke immerhin keine Hörgeräte!«

Klara lachte und hakte sie unter. »Dann komm mal mit – wir gehen zum Singen. Das ist gut fürs Gehirn.«

Frederike machte sich los. »Echt jetzt? Ich bin doch nicht zum Spaß hier.«

Doch Klara gab nicht nach. »Vertrau mir. Jetzt lernst du erst mal ein paar Leute kennen, und die lernen dich kennen. Du willst doch den Klatsch und Tratsch hier hören? Dafür müssen jetzt erst alle mal wissen, wer du bist, woher du kommst, mit wem du verwandt bist, welche Krankheiten du bereits überstanden hast und – ganz wichtig – ob du Kinder und Enkel hast, die dich besuchen kommen. Wenn das erledigt ist, erzählen die dir hier alles. Ach ja, sag bloß keinem, dass du in Düsseldorf gelebt und gearbeitet hast. Städtern gegenüber ist man zwar neugierig, aber auch misstrauisch. Das musste auch Käthe Gilles erleben. Kennt dich hier noch jemand außer mir?«

Frederike schaute sich um. »Kann sein. Im Moment sehe ich kein bekanntes Gesicht. Das müssen wir auf uns zukommen lassen. Gibt es eigentlich was Neues von deinem Akustiker?«

Klara winkte ab. »Ich war gestern bei ihm. Er hat erzählt, dass sich der Hersteller gemeldet hat. Man hat ihn wohl gefragt, was mit den Geräten passiert ist, die sähen ja total beschissen aus!«

Beide prusteten los.

»Er hat dann nur ›Genau!‹ gesagt. Na ja, die Geräte sind ein Fall für die Tonne. Ich muss in den sauren Apfel beißen und mir zwei neue kaufen. Die bezahlt die Kasse natürlich nicht.«

Frederike sah sie forschend an. »Kommst du klar?«

Klara zuckte mit den Schultern. »Das Geld aus dem Verkauf meines Hauses reicht bei den Kosten hier noch für zwei Jahre, dann werde ich zum Sozialfall. Ob das nun ein Monat früher oder später ist, spielt da keine große Rolle.«

Frederike nahm sie liebevoll in die Arme. »Und wenn du denkst, es geht nicht mehr, kommt von irgendwo ein Lichtlein her!«

Klara schob sie von sich. »Hab ich dir das nicht damals in dein Poesiealbum geschrieben?«

»Ja, das hast du. Und es hat mir immer geholfen, wenn es mir mal dreckig ging.«

»Gut so! Aber jetzt stürzen wir zwei uns erst mal ins Getümmel.«

Den Vormittag verbrachten Klara und Frederike Volkslieder singend, anschließend wurde die Tageszeitung vorgelesen. Frederike saß auf heißen Kohlen und dachte daran, was sie heute früh alles im Garten hätte erledigen können, machte aber mit und gab sich Mühe, sich die Gesichter und Namen der Menschen zu merken, die Klara ihr vorstellte. Für sie war das alles Zeitverschwendung, und sie dachte mit Wehmut an die Zeit zurück, wo ein Ausweis und eine Marke ausgereicht hatten, um an Türen zu klopfen und Leute zu verhören. Hier ging alles in einem gemächlichen Rhythmus, der nicht der ihre war.

Klara bemerkte ihre Unruhe. »Warte, gleich ist Mittag, da lernst du meine Freunde kennen. Die ermitteln hier schon auf eigene Faust.«

Frederike riss sich zusammen. Noch eine halbe Stunde! Das sollte zu schaffen sein.

In dem Essensraum traf sich das Grüppchen von Klaras Freunden wie gewohnt am großen Ecktisch. Horst saß bereits dort und war – die Lesebrille auf der Nase – in sein Sudoku-Heft vertieft. Frederike schob sich auf Käthe Gilles' alten Platz, was Klara mit einem Schlucken zur Kenntnis nahm. Ursula und Helga, die sich dazugesellten, machten große Augen, als Klara das »Friedchen« als Frederike Suttner vorstellte, die ehemalige Kommissarin, von der sie ja schon berichtet hatte. Schnell war das Eis gebrochen.

Horst hatte inzwischen sein Sudoku gelöst und übernahm das Verhör. »So, und Sie ermitteln hier also verdeckt?«

Frederike nickte. »Aber bleiben wir ruhig bei Friedchen und Du. Ich plane, die ganze Woche hier zu sein, da werden wir uns sicher öfter sehen. Meine Nichte hat hier erzählt, ich müsse mich von einer Operation erholen und wäre leicht dement, sodass ich alleine nicht mehr gut zurechtkäme. So kann ich mich hoffentlich ungestört umsehen. «

Ursula mischte sich ein. »Das finde ich total tapfer von dir. Ich wäre froh, wenn wir die Möglichkeit hätten, auszuziehen. Jeden Abend, wenn ich einschlafe, mache ich mir Sorgen, ob ich morgens wieder wach werde. Selbst das Essen schmeckt komisch. Ich glaube, ich koche wirklich lieber selbst.« Sie stocherte mit ihrer Gabel im Hackbraten herum.

Frederike sah sie ernst an. »Umso wichtiger, dass wir dem Elend ein Ende machen. Also, was denkt ihr über die ganze Sache?«

Ursula und Helga sahen sich an, dann begann Helga zu sprechen: »Wir haben inzwischen mit vielen hier geredet. Es gibt eine Fraktion, die abwiegelt und die Todesfälle für völlig normal hält, sie zwar bedauert, aber der Grundtenor ist dann immer: Er oder sie war dran. Alle müssen sterben, und bei denen war die Zeit auf Erden halt abgelaufen.«

»Dann haben wir die Leute, die überhaupt nichts mehr mitkriegen – Altersschwäche, Demenz, was es halt so gibt. Die können uns gar nicht helfen«, ergänzte Ursula.

Helga ergriff wieder das Wort: »Und dann gibt es noch eine große Gruppe, die sich wirklich Sorgen macht. Mehrfach wurde die Vermutung eines Todesengels geäußert. Wobei das noch eine nette Bezeichnung war.«

»Ja, Dietmar sprach von Massenmörder, Kathrin erwähnte eine Psychopathin – ich glaube, sie dachte dabei an Frau Dr. Burkhardt –, Margret verdächtigt die Russenmafia, die sich Pflegedienstleistungen erschwindelt. Natürlich sind auch der Koch und das Küchenpersonal verdächtig – ach, eigentlich jeder.« Ursula kratzte sich am Kopf. »Wir haben kein einheitliches Bild.«

»Das wundert mich nicht. Wir müssen der Sache systematisch auf den Grund gehen.« Frederike packte einen Notizblock und einen Kugelschreiber aus der Tasche und begann, Notizen zu machen. In eine Tabelle schrieb sie die möglichen Ursachen und möglichen Verdächtigen, die Ursula und Helga genannt hatten.

»Können es vielleicht auch einfach Unfälle gewesen sein?«, fragte Klara nachdenklich.

»An was denkst du?« Frederike schaute sie interessiert an.

»Na ja, vielleicht ist es ja eine allergische Reaktion auf irgendeinen Stoff? Wie bei Bienenstichen oder so.«

Horst mischte sich ein. »Eine Nahrungsmittelunverträglichkeit oder auch ein Wohngift. Oder eine Putzmittelallergie.«

Klara nickte. »Genau. Erst kürzlich hatte ich nach dem Einsatz der Putztruppe richtig Kopfschmerzen – das ganze Badezimmer roch nach Chlorreiniger.«

Helga ergänzte: »Es könnte auch eine Pflanze im Garten sein, Eisenhut zum Beispiel.«

Ursula schaute sie verächtlich an: »Glaubst du ernsthaft, dass die alle im Garten an den Pflanzen geknabbert haben?«

Frederike griff vermittelnd ein: »Vielleicht wurden ja Pflanzenteile verarbeitet, zu Tee oder so. Lasst uns erst einmal nichts ausschließen – das machen wir später.« Sie ergänzte ihre Tabelle. »Bei den Verdächtigen bin ich etwas ratlos. Das könnte dann ja eigentlich jeder oder jede sein.«

Klara nickte. »Sogar die dementen Bewohner kommen dann infrage, wenn da jemand im Tran aus Eisenhut einen leckeren Tee gebraut hat.«

Ursula schüttelte sich. »Ab sofort gibt's bei mir nur noch Teebeutel.«

Horst blickte nachdenklich auf seinen Teller. Frederike schaute ihn an. »Dir geht doch was durch den Kopf.«

Er nickte. »Ich habe mich ein wenig erkundigt. Die finanzielle Lage des Heims ist etwas angespannt. Durch die Todesfälle hat sich das dramatisch verstärkt, da anscheinend einige Anmeldungen zurückgenommen wurden. Vielleicht hat es ja jemand darauf abgesehen, das St. Ägidius zu sabotieren, es in den Ruin zu treiben.«

Ursula grinste fröhlich und schlug auf den Tisch: »Also doch die Russenmafia!«

Doch Horst ließ nicht locker. »Der Pflegemarkt ist für Investoren äußerst lukrativ. Tatsächlich hat auch das organisierte Verbrechen inzwischen bemerkt, dass bei legalen Geschäften gutes Geld zu verdienen ist – und das ganz ohne Risiko. Schau dir mal an, wie in Italien die Müllmafia funktioniert. Oder der Pharmabereich: Mit Medikamenten lässt sich deutlich mehr Geld verdienen als mit Drogen. Und die Geschäfte sind sauber – oder können es zumindest sein.«

Frederike nickte nachdenklich. »Gab es da nicht auch im letzten Jahr den Skandal mit den veruntreuten Pflegegeldern in NRW? Daran waren doch zahlreiche Pflegedienstleister aus dem Ostblock beteiligt: falsche Abrechnungen, falsche Patienten, fehlendes Fachpersonal. Da steckte schon ziemlich viel kriminelle Energie drin. Aber Mord ist natürlich noch mal eine ganz andere Liga.«

Horst warf ein: »Wenn man sich sonntags den *Tatort* anschaut – da wird für weniger Geld getötet.«

»Da hast du auch wieder recht. Das heißt, wir müssten uns auch mal den Markt anschauen. Wer hier eventuell Interesse gezeigt hat, das Heim zu übernehmen. Und wie die Konkurrenzsituation vor Ort ist. Wer davon profitiert, wenn das St. Ägidius Pleite macht.«

Klara seufzte. »Es ist so traurig, dass Käthe gestorben ist. Sie hätte das prima mit Andrea Bader besprechen können. Ich vermisse sie so.« Tränen traten ihr in die Augen. Alle schwiegen einige Sekunden und dachten an die selbstbewusste, feine alte Dame.

Frederike räusperte sich. »Wir sollten aber auch den Todesengel nicht aus den Augen verlieren. Wer hatte an den Tagen und in den Nächten Dienst, als es zu den Todesfällen kam? Hat das schon jemand recherchiert?« Sie schaute in die Runde.

Die vier Heimbewohner blickten einander an. »Schwierig. Da sind ja verschiedene Stationen betroffen.« Klara zuckte mit den Schultern. »Wir haben ein wenig rumgehört, aber nichts Eindeutiges gefunden.«

»Wir brauchen dringend ein Verzeichnis aller Todesfälle mit Datum, Uhrzeit und Station und müssen das dann mit den Dienstplänen abgleichen«, konstatierte Frederike.

»Das findest du wahrscheinlich in der Verwaltung«, mutmaßte Klara.

Inzwischen hatte sich der Speiseraum schon geleert, und nur das Grüppchen saß noch dort.

»Was macht ihr denn heute so lange?«, kam eine Stimme aus der Küche. »Wollt ihr keinen Nachtisch?«

»Wir wollen auch unseren Feierabend!«, ergänzte eine andere Stimme ungeduldig.

Die fünf blickten sich an, Frederike packte ihr Notizbuch weg, und Klara bestellte Pudding für alle.

Frederike spürte eine gewisse Nervosität – wie stets zu Beginn von Ermittlungen. Da sah man schnell vor lauter Bäumen den Wald nicht mehr. Und sie war sich noch nicht sicher, was sie von ihrem Ermittlerteam halten sollte. Schmerzlich vermisste sie die alten Kollegen und die geordneten Strukturen. War es wirklich eine gute Idee, auf eigene Faust zu ermitteln? Ihre Zweifel wuchsen. Gedankenversunken löffelte sie ihr Puddingschälchen leer.

Den Nachmittag verbrachte Frederike im Gespräch mit zahlreichen Heimbewohnern. Eigentlich wollte sie Fragen stellen, doch sie erkannte schnell, dass sie zunächst einmal Antworten liefern musste. Jedes neue Gesicht wurde hier mit Begeisterung und Neugier aufgenommen. Es dauerte eine Zeit, bis sich Frederike an ihre neue Rolle gewöhnt hatte. Um diese perfekt zu spielen, hatte sie sich noch in der Nacht mit den Symptomen einer Demenz befasst und sich entschieden, Wortfindungsschwierigkeiten und Störungen des Kurzzeitgedächtnisses zu simulieren. Auf das Verlegen von Gegenständen konnte sie verzichten, das passierte ihr sowieso schon oft genug, wie sie sich bedauernd eingestehen musste. Überhaupt hatten sie die Recherchen über das Krankheitsbild Demenz ziemlich verunsichert, da sie sich an vielen Stellen der Beschreibung wiedererkannt hatte. War sie wirklich schon so alt?

Die Gespräche kosteten viel Konzentration und ermüdeten sie schnell, zumal sich ein Großteil der Themen tatsächlich um Krankheiten und Verdauung drehte. Wie in einem schlechten Film, dachte Frederike, lauter Klischees wurden hier bedient. Besonders nervte sie, dass einige ihr die Geschichten nicht nur einmal, sondern gleich mehrmals erzählten oder ihr dieselbe Frage häufig öfter gestellt wurde, ohne dass sie den Eindruck bekam, man würde ihr zuhören. Das war also Demenz! Sie war beeindruckt von der Leistung der Pflegekräfte, die überwiegend liebevoll auf die Fragen und Geschichten eingingen und dabei flott ihre jeweiligen Tätigkeiten erledigten.

Frederikes Gedanken beschäftigten sich wieder mit den Todesfällen, als sie den Trubel um sich herum beobachtete. Altenpflege war wirklich eine aufreibende und emotional anstrengende Tätigkeit. Wäre da der Gedanke an einen Todesengel – jemanden, der vielleicht ernsthaft glaubt, er würde Menschen durch ihren Tod erlösen – so abwegig? Wahrscheinlich eine Frau, denn bisher hatte sie keinen männlichen Pfleger entdecken können. Natürlich wäre auch ein Soziopath eine Möglichkeit. Sie konnte sich vorstellen, dass es Menschen reizen könnte, Macht auszuüben über andere, die zudem aufgrund ihres hohen Alters körperlich und geistig geschwächt waren und sich kaum wehren konnten. Sadismus? Freude am Töten? Auch das wäre möglich. Sie war in ihrer Arbeit so vielen menschlichen Abgründen begegnet, dass sie sich einen Panzer zugelegt hatte und kritisch abwägen konnte, wer wohl als Täterin oder Täter infrage käme.

Dabei schüttelte sie sich innerlich. Wie wäre es für sie, tatsächlich in einer solchen Einrichtung zu leben? Die meisten der Bewohner, die sie kennengelernt hatte, waren ja noch recht gut dabei und lebensfroh. Doch was war mit den anderen? Mit denen, die ihre Zimmer nicht mehr verließen? Oder gar ans Bett gefesselt waren? Sie beschloss, sich selbst ein Bild zu machen. Wozu war sie schließlich dement, dachte sie in einem spontanen Anflug von Fröhlichkeit. Da gehörte es doch wohl dazu, sich zu verlaufen und an Orten aufzutauchen, an denen man nichts verloren hatte.

Sie stand auf und nahm ihre Tasche. Ihre Sitznachbarin, die gerade groß und breit von ihrer Gallenblasenoperation berichtete, sah sie leicht konsterniert an. »Aber ich bin doch erst bei der Narkose!«

»Ich komme gleich wieder«, bemerkte Frederike nur und nahm Kurs auf den nächsten Flur.

»Die nächste Toilette ist aber rechts runter!«, schallte es noch hinterher, doch sie ignorierte den eigentlich so wertvollen Tipp. Sie wollte zu den Zimmern. Klara hatte ihr berichtet, dass es in dieser Einrichtung mehrere Wohnformen gab. Im Betreuten Wohnen hatten die Bewohner ein komplettes Appartement oder sogar eine kleine Zweizimmerwohnung, jeweils mit Küchenzeile und Bad. Sie versorgten sich weitgehend selbst, nutzten aber bei Bedarf die Dienstleistungen des Heims.

Wer sich nicht mehr selbst versorgen konnte oder auch finanziell nicht so gut gestellt war, wohnte in einem Zimmer und teilte sich ein Bad mit dem nächsten Zimmernachbarn. Und es gab sogar einige wenige Zweibettzimmer. Hier lagen meist Patienten, die auf ein Einzelzimmer warteten oder nicht allein bleiben sollten. Zweibettzimmer standen in der Hierarchie der Räume ganz unten.

Frederike ging den langen Flur hinunter und entfernte sich von den Gesprächsgeräuschen des Foyers. Hier hinten war es deutlich stiller. Der Flur war hell und gut ausgeleuchtet. Überall hingen bunte Aquarellgemälde an den Wänden. An einigen standen Namen und Preise. Anscheinend konnte man sie also käuflich erwerben. Auf Hüfthöhe waren Holzgeländer befestigt, an denen man sich bei Bedarf festhalten konnte. In der Ecke stand ein großes Gesteck mit Trockenblumen. Frederike fand das Ambiente ein wenig kitschig, aber auch freundlich und heimelig. Doch Trockengestecke waren definitiv nicht ihr Ding. Sie nieste, als sie an dem Strauß vorbeiging. Sie entschloss sich, einen Blick in das nächste Zimmer links im Gang zu werfen. Da sie vermutete, dass die meisten Bewohner sich tagsüber im Speiseraum oder im Foyer aufhielten, klopfte sie nur kurz, öffnete dann einfach die Tür und schob ihren Kopf in das Zimmer.

Ein alter Mann lag dort im Bett und drehte den Kopf zu ihr. »Ja, wen haben wir denn da? Immer hereinspaziert«, krächzte er.

Frederike nutzte die Gelegenheit, betrat das Zimmer und fragte: »Darf ich mich setzen?«

»Aber klar!« Der Alte wies auf einen Stuhl, der an einem kleinen Tisch stand. »Und Sie sind?«

»Ich bin Friedchen Suttner und hier in der Tagespflege«, stellte sich Frederike vor. »Ich wollte mich mal umsehen.« Sie blickte im Zimmer umher.

»Wollen Sie hier einziehen?«, fragte der Alte neugierig.

»Bei Ihnen?«

Der Alte lachte keuchend. »Nein, ins Heim. Ich bin übrigens Willi, Willi Walter, und du kannst gerne Du sagen.«

Frederike hielt ihm die Hand hin: »Hallo, Willi, ich bin Friedchen.«

Der Alte ergriff ihre Hand mit einem erstaunlich festen Griff. »Hallo, Friedchen, schön, dass du da bist und ein wenig Abwechslung in mein Leben bringst.«

»Warum bist du nicht draußen im Foyer?«, fragte Frederike neugierig.

Er klopfte auf die Bettdecke. »Letzte Woche war die OP. Man hat mir ein Bein abgenommen. Diabetes!« Er seufzte. »Es heilt nicht gut.«

»Hast du Schmerzen?«

Er verzog das Gesicht. »Im Moment nicht.« Seine Augen leuchteten auf. »Die geben mir hier ein dolles Zeug. Besser als jeder Trip! Ich habe zwar nur noch Watte im Kopf und muss auch immer mal brechen, aber es stört mich nicht. Fühlt sich ganz gut an.«

Frederike zog sich ein Stück zurück. Himmel, das wäre die Krönung, wenn sie jetzt noch vollgekotzt würde. Aber sie war ja hier, um zu recherchieren. Und irgendwie wirkte Willi – obwohl er anscheinend zugedröhnt war – doch ziemlich helle im Schädel.

»Ich überlege, hier einzuziehen. Aber mir machen die Todesfälle Sorgen. Was weißt du darüber?«

»Nicht mehr als die anderen«, meinte Willi. »Der Tod hat in diesem Frühjahr reiche Ernte eingefahren.« Er verstummte.

»Und was denkst du darüber?«, fragte sie interessiert.

»Willst du eine ehrliche Antwort oder die offizielle Verlautbarung?«

Frederike lachte auf. »Na, das ist ja mal eine interessante Frage. Im Ernst, was denkst DU?«

»Die Todesfälle sind merkwürdig. Es betrifft unterschiedliche Stationen, Männer und Frauen, Menschen in unterschiedlichster körperlicher Verfassung.«

Frederike wurde hellhörig. Da hatte sich anscheinend jemand Gedanken gemacht und gut beobachtet. »Also gibt es kein Muster?«

Er blickte sie interessiert an: »Du bist die Erste, die das fragt. Ich weiß nicht, ob es ein Muster ist, aber die Toten, die ich gut kannte, waren sehr besorgt um ihre Gesundheit.«

»Was meinst du damit?«

»Na ja, du hast vielleicht schon mitbekommen, wie das hier läuft. Krankheit und Alter sind unsere Lieblingsthemen. Es wird kaum über etwas anderes gesprochen. Manche nehmen die Veränderungen des Alters mit Gelassenheit, manche jammern einem die Ohren voll, und manche strotzen vor Tipps, wie man das Altern aufhalten kann, und versuchen, einen zu missionieren.«

Frederike lachte. »Mir scheint, du hast damit Erfahrungen gemacht.«

»Das kannst du laut sagen. Die versuchen mir hier echt das Rauchen abzugewöhnen. Als ob das noch eine Rolle spielt.« Bitterkeit lag in seiner Stimme, und Frederike wechselte das Thema. »Wer könnte hinter den Todesfällen stecken?«

Er schaute sie forschend an. »Du zeigst großes Interesse an der Sache. Geht es dir wirklich nur darum, ob du hier einziehst?«

Frederike starrte ihn an. »Äh ... wie meinst du das?«

»Na ja, deine Fragen sind sachlich, ohne erkennbare Emotionen.«

»Verstehe. Zu wenig Drama?«

Er grinste. »Genau. Also, was steckt hinter deinen Fragen?«

Frederike beschloss, das Risiko einzugehen und ihm die Wahrheit zu sagen. Sie berichtete von ihren Nachforschungen und von ihrer Berufserfahrung bei der Kripo. »Ich weiß, dass es offiziell keine Ermittlungen gibt, und ich glaube, das ist ein Fehler«, schloss sie.

Willi schaute sie an. »Das bleibt jetzt bitte unter uns, aber ich habe zwei Menschen in Verdacht, denen ich so etwas zutraue.«

»Was zutraust?«

»Ein Todesengel zu sein.«

»Auf wen sollte ich deiner Meinung nach achten?«

»Zunächst einmal Heike Simonis.«

»Ist das nicht diese kleine nette und hilfsbereite Brünette, Mitte dreißig, mit lieblicher Stimme und viel zu engem T-Shirt?«

Willi grinste. »Eine gute Beschreibung. Ja, genau die.«

Frederike hatte erste Zweifel, ob es wirklich gut gewesen war, Willi ins Vertrauen zu ziehen. »Wieso denn Heike? Die kann doch keiner Fliege was zuleide tun.« Bei Heike hatte sich ihr Bauchgefühl auf jeden Fall nicht gemeldet.

»Vielleicht ist dir bei Heike aufgefallen, dass sie sehr hilfsbereit ist. Everybody's Darling. Sie liebt es, im Mittelpunkt zu stehen und die Welt zu retten. Ob man will oder nicht. Sie ist übergriffig und weiß, was das Beste für einen ist. Sie überschüttet einen mit ihren Gefühlen.

Vielleicht ist sie auf den Gedanken gekommen, dass es gut ist, den einen oder anderen von seinem Elend zu erlösen.«

Frederike machte sich ein paar Notizen. »Also Tod aus Barmherzigkeit? Okay. Und wer ist der oder die andere?«

»Silvio Hermanns. Ein echtes Arschloch. Wenn du noch länger hier sitzen bleibst, wirst du ihn kennenlernen.«

»Und was qualifiziert ihn für den Job des Todesengels?«

Willi kratzte sich die Nase. »Er wäre definitiv eher ein Todesteufel. Ich bin sicher, dass er eine sadistische Ader hat. Sein Machtmotiv ist stark ausgeprägt, er ist hochgradig manipulativ und schikaniert die Bewohner, wenn keiner hinschaut.«

»Hältst du ihn für einen Psycho?«

Willi zögerte kurz. »Ehrlich gesagt ja. Vielleicht nicht im klinischen Sinn, aber er erfüllt definitiv einige der Klassifizierungskriterien.«

»Und das weißt du, weil …?«

»Ich habe mehr als zwanzig Jahre Erfahrung als Knastpsychologe.«

Frederike atmete hörbar durch. »Das ist wertvoll. Ich danke dir.« Sie lächelte ihn an. »Aber lass uns noch mal auf das Muster bei den …«

Die Tür öffnete sich, und ein übergewichtiger, großer Pfleger mit Stiernacken blickte in den Raum. »Was ist hier los? Wer bist du denn? Du hast hier nichts zu suchen. Der Patient braucht Ruhe.« Frederike und Willi schauten sich an und sagten unisono: »Silvio!« Und noch ein typisches Klischee, seufzte Frederike innerlich.

Wo war sie hier bloß gelandet? Silvio betrat das Zimmer und zerrte Frederike vom Sitz hoch. »Bist du nicht in der Tagespflege? Man sucht dich schon. Das Nachmittags-Bingoturnier hat bereits begonnen. Das willst du dir doch sicher nicht entgehen lassen.«

Frederike wandte sich an der Tür noch einmal zu Willi um. Der hatte die Augen geschlossen und wirkte erschöpft. Vielleicht hatte sie ihm wirklich zu viel zugemutet.

Während des Bingospiels war Frederike abgelenkt. Klara hatte sich für den Nachmittag entschuldigt – ihr war das alles zu viel. Frederike hatte ihretwegen ein schlechtes Gewissen, nutzte dann aber die Zeit, um ihre Gedanken zu sortieren. Dabei hätte sie fast eine fertige Bingoreihe übersehen. Ihre Nachbarin, die anscheinend ihre Augen überall hatte, wies mit großem Getue darauf hin. Nachdem sich Frederike pflichtschuldigst gefreut und ihr kleines Präsent in Form einer selbst gebastelten Stoffblume entgegengenommen hatte, war der Nachmittag auch schon zu Ende.

Als sie sich an der Rezeption verabschiedete, wurde sie gefragt, ob es ihr denn gefallen habe. Sie spielte perfekt die Rolle des netten Friedchens und meldete sich gleich für die ganze Woche an. Dann ging es wieder im Seniorenbus nach Hause.

Auf dem Heimweg dachte sie verwundert darüber nach, dass Willi Walter zwei so unterschiedliche Menschen wie Silvio und Heike für potenzielle Massenmörder hielt, und beschloss, im Internet dazu zu recherchieren.

Zu Hause angekommen, bereitete sich Frederike zuerst einmal einen grünen Tee zu, während ihr Hannelore maunzend um die Beine strich. »Du bist auch gleich dran, mein Süßer!«, tröstete sie ihren Kater und griff zur Katzenmilch. Danach setzte sie sich an den Computer. Das Thema Todesengel interessierte sie. Bei ihren Recherchen stieß sie auf einen Kongressvortrag von 2016, Verfasser war ein Dr. Wilhelm Z. Walter, Kriminologe und Psychologe aus Wittlich. Sollte er das sein? Tatsächlich, bei der Vita lächelte ihr ein jüngerer, deutlich vitalerer Willi entgegen. Er war gar nicht so alt, wie sie auf den ersten Blick gedacht hatte.

Mit Interesse las sie seine Vita und die Zusammenfassung des Vortrags. Er hatte sich in der Vergangenheit intensiv mit dem Thema befasst – Serienmörder waren quasi sein Spezialgebiet. Für diesen Vortrag hatte er über die Krankentötungsdelikte der letzten zwanzig Jahre recherchiert. Das kam ihr jetzt natürlich gerade zupass. Das Wichtigste war kurz zusammengefasst: Erstens: Todesengel traten häufiger auf, als man glaubte, und sie handelten aus unterschiedlichsten Motiven – Sadismus, Narzissmus, sexuelle Erregung, Barmherzigkeit, Ordnungsliebe bis hin zu Bequemlichkeit. Frederike seufzte. Na, bei den Motiven war ja wirklich für jeden etwas dabei. Da war es ja fast schon ein Wunder, dass Willi nur zwei Menschen in seinem Umfeld in Verdacht hatte. Zweitens: Die meisten Todesengel agierten viele Monate, ja über Jahre hinweg, bevor sie gefasst wurden. Die Dunkelziffer dürfte erheblich sein. Das alles war nicht gerade beruhigend. Nachdenklich fuhr Frederike den Computer herunter.

Gemeinsam mit Hannelore saß sie anschließend im Garten und dachte über das Gelesene nach. Keine halbe Stunde später stand Angela vor der Tür: »Na, wie war es?«

»Setz dich erst einmal hin. Willst du auch einen Tee?«

Als auch Angela versorgt war, begann Frederike zu erzählen. Ihre lebendigen Schilderungen von Horst, Helga, Ursula und Willi amüsierten ihre Nichte.

»Da hast du ja am ersten Tag schon ganz schön viel geschafft«, resümierte sie. »Ein eigenes Ermittlerteam, einen Profiler, zwei Tatverdächtige, ein unklares Muster, die Spur des Geldes und den Verdacht auf Sabotage. Mann, Mann, Mann!«

»Tja, das kannst du wohl laut sagen. Aber so ist das eigentlich immer zu Beginn einer Ermittlung. Zunächst einmal wächst die Anzahl der Fragen, bevor die ersten Antworten eintreffen. Wir müssen jetzt systematisch das ganze Gedöns aufarbeiten.«

Frederike zeigte Angela ihre Tabelle und die Notizen, die sie gemacht hatte. »Du könntest uns einen Gefallen tun und die Todesdaten der Kandidaten bei euch in der Klinik recherchieren. Meine Leute waren sich da oft nicht sicher, und ich denke, dass bei euch alles ordentlich verzeichnet ist.«

»Kann ich machen«, murmelte Angela, während sie die Tabelle studierte. Frederike stand auf und holte sich noch einen Tee. »Lass uns lieber mal von etwas Schönem sprechen. Wie läuft es mit dir und Jochen?«

Angela strahlte, und schon waren die Notizen vergessen. »Ach, Tantchen, es ist so toll! Gestern waren wir am

Schalkenmehrener Maar zum Baden. Anschließend hat er mich zu einem Picknick eingeladen, oben beim Weinfelder Maar.«

»Am Totenmaar? Das ist aber mal richtig romantisch!«, grinste Frederike.

Angela streckte ihr die Zunge heraus. »Es war sehr romantisch – und mehr sage ich jetzt nicht dazu.«

Frederike spürte ihr Unbehagen. Die Beziehung entwickelte sich anscheinend sehr schnell. Hoffentlich ging das gut. »Erzähl mir mehr von ihm. Woher stammt er, und wer ...«

»... sind seine Eltern? Wie sind die so gestellt?«, vervollständigte Angela den Fragenkatalog leicht genervt. »Immer die gleichen Fragen! Du willst gar nicht wissen, was er für ein Mensch ist, sondern nur seinen Stammbaum sehen.«

Frederike nickte nachdenklich. »Stimmt schon irgendwie. Wir sind hier sehr fixiert auf: Wer ist mit wem verwandt, wer kennt wen? Weißt du, das schafft Vertrauen. Man kann den Menschen ja nicht ins Herz sehen. Deshalb verlässt man sich gerne auf das Sprichwort: Der Apfel fällt nicht weit vom Stamm.«

»Ja, ist schon gut. Ich verstehe ja, dass du neugierig bist. Aber kannst du dir vorstellen, dass wir gar nicht so viel erzählen, wenn wir uns treffen?«

Frederike blickte sie fragend an.

»Also wirklich! Warst du mal verliebt? Habt ihr da viel gequatscht?« Angela lachte, und Frederike stimmte mit ein.

»Da hast du recht. Es gab wesentlich Interessanteres!« Beide verloren sich kurz in Erinnerungen.

Angela blickte auf. »Aber wenn es dich beruhigt, werde ich ihm beim nächsten Mal ein wenig auf den Zahn fühlen.«

Langsam näherte sich Hannelore den beiden, drehte sich viermal um seine Achse und ließ sich dann mit einem Schnaufer ins Gras fallen.

»Na, dir geht es gut, was?« Angela beugte sich nach vorne und streichelte ihn. Der Kater begann laut zu schnurren, legte sich auf den Rücken und streckte Angela seinen Bauch entgegen.

»Da hast du was angefangen.« Frederike lachte. »Jetzt gibt er keine Ruhe mehr.«

Angela ließ sich ins Gras gleiten und bettete sich neben Hannelore.

In der Nacht träumte Frederike von ihrem Ex-Mann, und es war kein schöner Traum. Immer wieder verschwammen die Gesichter, und manchmal war es Jochen, der da plötzlich vor ihr stand und sie mit hämischer Miene bedrohte.

8. Kapitel

Punkt sieben Uhr wurde sie vom Vogelgezwitscher aus ihrem Lichtwecker aus dem Schlaf gequasselt. Zwar hatte sie das Gefühl, die ganze Nacht kaum ein Auge zugetan zu haben, aber jetzt war sie definitiv aus dem Schlaf gerissen worden. Sie fühlte sich wie gerädert. Am unteren Rand ihres Bewusstseins lag ein kleiner Zipfel Erkenntnis, der sich nicht packen ließ. Irgendjemand hatte etwas gesagt, das wichtig sein könnte. Doch wer? Und was war es gewesen? Je intensiver sie grübelte, was ihre Aufmerksamkeit geweckt hatte, umso schneller verschwand der Gedanke. Sie seufzte. Dann halt nicht! Ihr Leitspruch lautete hier: Was gut ist, kommt immer wieder!

Kaum eine Stunde später stand der Bus vor der Tür. Heute hatte sich Frederike nicht mehr die Mühe gemacht, ihre Bluse falsch zu knöpfen. So kaputt wie sie war, würde sie ausreichend verwirrt wirken.

Im Heim wartete Klara schon auf sie und schob sie direkt zu ihrem Appartement.

»Ich habe dich heute Vormittag von den Veranstaltungen abgemeldet und erzählt, wir würden nett bei mir zusammensitzen. Das ist okay.«

In Klaras Wohnzimmer saß schon das komplette Ermittlerteam. Auch Heike, die Pflegekraft, war zu Frederikes Missfallen zugegen. Frederike hatte noch keine Gelegenheit gehabt, den vieren von ihrem Gespräch mit Willi und von seinem Verdacht zu erzählen. Und das konnte sie jetzt schlecht tun, wenn eine der Hauptverdächtigen mit im Kreis saß. Also musste sie ein wenig improvisieren und direkt in die Offensive gehen.

»Heike, schön, dass Sie dabei sind. Wir bräuchten dringend Einblick in die Personalpläne, um sie mit den Todeszeitpunkten abzustimmen.« Jetzt würde sie ja sehen, wie Heike reagierte.

Diese zögerte. »Die Pläne liegen jeweils auf den Stationen aus, landen dann aber zentral in der Verwaltung. Ich könnte euch die von unserer Station beschaffen, aber ich weiß nicht, ob ich an die anderen herankomme. Und ich kann nicht einfach in die Verwaltung gehen und die Pläne für alle Gruppen und Stationen für die letzten drei Wochen anfordern. Mit welcher Begründung denn? Das macht doch direkt misstrauisch. Ich will ja meine Kollegen nicht bespitzeln.« Heike blickte herausfordernd in die Runde. »Das mache ich nicht!«

Klara schaute sie vorwurfsvoll an. »Du bist uns ja eine schöne Hilfe!«

»Nein, ernsthaft! Ich muss mit den Leuten arbeiten. Wenn einer von euch die Pläne besorgt, kann ich gerne einen Blick drauf werfen und sagen, ob hier noch Dienste getauscht wurden. Das kriegen wir schon untereinander mit. Aber ich gehe nicht in die Verwaltung.«

Frederike seufzte. »Wir müssen nehmen, was wir kriegen können. Gut, dann brauchen wir eine Idee, wie wir an die Pläne kommen. Was habt ihr noch herausgefunden?«

Horst räusperte sich. »Ich habe mich gestern Nachmittag ein wenig mit dem Altenheim-Sektor beschäftigt und war platt, wie viel Geld hier fließt. Wir reden von Milliarden.«

»Jemand einen Tee?«, unterbrach Klara, die sich gerade auf ihre gastgeberischen Pflichten besann und Plätzchen aus dem Schrank kramte.

»Nicht jetzt!«, beschied Frederike gebieterisch, und Helga machte: »Psst!«

»Also, es gibt in diesem Markt private Pflegeeinrichtungen, kirchliche Träger und Investorengruppen. Zumindest den Letzteren geht es vor allem um Rendite, aber letztendlich macht das keiner aus purer Nächstenliebe – auch die Kirchen nicht. Übrigens, ich hätte doch gerne einen Tee.« Horst räusperte sich. Er war es nicht mehr gewohnt, so viel an einem Stück zu sprechen.

Klara stand sofort auf und ging in die Küchenecke. »Kann mal jemand die Tassen aus dem Schrank holen?«

Alle wuselten umeinander, holten Zucker und Besteck, stellten Tassen auf und wollten eigentlich nur, dass es so schnell wie möglich weiterging.

Als endlich alle wieder saßen und mit Tee versorgt waren, meldete sich Heikes Pieper. »Kack, ich muss los!« Sie stand auf und verabschiedete sich.

Frederike seufzte resigniert und sehnte sich einmal mehr nach der Disziplin ihrer alten Einheit.

»So, können wir wieder?« Horst war bereit für die nächste Runde. »Den Bilanzen nach zu urteilen, ist das St. Ägidius solide aufgestellt. Die Auslastungszahlen sind in Ordnung, und es gibt einen recht guten Pflegeschlüssel. Das Haus und die Einrichtungen sind in gutem Zustand. Also ein durchaus interessanter Übernahmekandidat für einen Investor.«

»Aber es würde doch sicher keiner morden, nur um den Preis zu drücken«, bemerkte Helga entrüstet und biss in ein Plätzchen.

»Du würdest dich wundern, aus welch nichtigen Gründen manche Menschen morden«, konterte Frederike trocken.

»Ich frage mich, ob das überhaupt nötig ist«, meinte Ursula nachdenklich.

Alle schauten sie neugierig an.

»Na ja, wir wissen doch nicht viel über die Todesfälle. Es waren ziemlich viele, die Todesursachen sind auch nicht so klar, einige Leichen hat man nach Gerolstein in die Pathologie gebracht, und anscheinend sollen aktuell möglichst keine Leichen verbrannt werden. Nichts Genaues weiß man nicht!«

»Stimmt!«, meinte Klara. »Bisher sind es nur Gerüchte und Bauchgefühl.«

Helga stöhnte auf und erhob sich.

»Was ist los?«, fragte Ursula besorgt.

»Ich habe was unter der Prothese. Moment, wartet auf mich!« Helga ging zur Badezimmertür, während sie an ihren Zähnen herumfriemelte.

Frederike schloss müde die Augen.

Als alle wieder vollzählig waren, fuhr Horst fort: »Auch Gerüchte dürften schon reichen, um das Image zu ruinieren und die Auslastungszahlen zu senken. Der Kostenblock bleibt jedoch bestehen, der Druck zu verkaufen nimmt zu, und der Preis dürfte sinken. Es übernimmt ein neuer Investor, lässt ein paar Köpfe rollen, frischt den Anstrich auf, und schon kann es mit guter Rendite weitergehen.«

Frederike fasste zusammen: »Unsere Hypothese wäre demnach, dass jemand die ganz normalen Todesfälle nutzt, um eine gute Show zu inszenieren. Die Gerüchteküche wird angeheizt, bis alle ganz wuschig sind, dann geht das Geschäft über die Bühne?«

Alle blicken sich an. Könnte doch sein, oder?

Frederike dachte nach. »Ich kann mir nicht vorstellen, dass die Heimleiterin hinter der Show steht. Ihr Kopf dürfte bei einer Übernahme als Erstes rollen. Da fehlt mir das Motiv.«

Helga griff nach einem weiteren Plätzchen. »Jetzt nicht!«, funkelte Frederike sie an, »nicht dass du gleich wieder ins Bad verschwinden musst!« Sie nahm ihr das Gebäck aus der Hand und schob es sich selbst in den Mund.

Horst nickte zustimmend. »Ich glaube, dass es auch nur eine Person gibt, die das in dieser Qualität hätte einfädeln können.« Er machte eine Kunstpause, bis er sicher die Aufmerksamkeit aller gewonnen hatte. »Frau Doktor Burkhardt!«

»Stimmt, für die wäre es ein Leichtes. Sie bräuchte sich bloß ein bisschen zieren, die Totenscheine auszustellen, und ein paar Leichen zur Überprüfung nach Gerolstein schaffen lassen, schon ist das Misstrauen geweckt, und die Gerüchteküche brummt.« Klara schlug auf den Tisch, dass die Teetassen in die Höhe sprangen. »So ein Biest!«

»Ho, Brauner! So weit sind wir noch nicht! Eine Hypothese ist erst einmal nur Theorie. Das müssen wir noch beweisen«, beruhigte Frederike die aufgebrachte Gruppe. »Was wissen wir über Frau Dr. Burkhardt?«

»Nicht viel, sie ist noch relativ neu hier, hat im letzten Jahr den alten Dr. Mupp abgelöst, der in Ruhestand ging. Sie ist Mitte dreißig und macht einen ganz netten Eindruck. Ich war wegen meiner Knieschmerzen bei ihr«, erzählte Ursula. »Sie hat bei mir Akupunktur ...«

»Das interessiert jetzt gerade nicht«, unterbrach Klara sie barsch. »Bleib beim Thema!«

»Bin ich doch!«, keilte Ursula zurück, schwieg dann aber beleidigt.

»Sie hat also noch nicht allzu viel Erfahrung«, resümierte Frederike. »Aber es hilft nichts, wir sollten das verfolgen. Vielleicht braucht sie Geld.«

Klara nickte. »Ich mach das. Ich kenne ihre Mutter und werde der in den nächsten Tagen mal zufällig über den Weg laufen.«

Frederike grinste. Das war das Schöne an der Eifel. Hier kannte jeder jeden. »Gut! Wie sieht es mit Sabotage aus? Das war ja auch ein Gedanke. Jemand vom Personal.«

»Kappes! Genau um die Frage zu stellen, hatte ich Heike hergebeten«, ärgerte sich Klara.

»Nun, da werden wir uns möglicherweise einen neuen Informanten suchen müssen«, meinte Frederike und erzählte der Gruppe nun endlich von ihrem interessanten Gespräch mit Willi über seine Verdächtigen.

Alle waren sprachlos. Ursula fasste sich als Erste. »Nun, Silvio, das kann ich sofort sehen. Der Mann ist keinem hier wirklich geheuer, ein echter Unsympath. Aber Heike? Das kann ich mir nicht vorstellen. Da muss Willi sich irren.«

Helga und Klara nickten bestätigend.

Nur Horst wiegte seinen Schädel hin und her. »Willi ist ein verdammt kluger Kopf und hat in seinem Leben mit mehr Kriminellen gearbeitet, als wir hier alle zusammen in den Sonntags-*Tatorten* gesehen haben – dich mal ausgeschlossen«, nickte er Frederike zu. »Wenn Willi Heike verdächtigt, würde ich das nicht einfach auf die leichte Schulter nehmen.«

Klara war fix und fertig. »Und ich hole die auch noch in mein Wohnzimmer! Ich glaube es einfach nicht!« Sie schüttelte sich.

Frederike tätschelte ihr die Schulter. »Jetzt lass mal stecken. Es ist ja nichts passiert. Außerdem ist Heike nur eine Verdächtige unter vielen. Vielleicht waren es ja gar keine Morde. Willi kann sich auch irren. Aber wir sollten vorsichtig sein, wem wir von unseren Ermittlungen erzählen!«

Alle nickten zustimmend.

Plötzlich fiel Frederike der Erinnerungsfetzen wieder ein, den sie am Morgen nicht hatte fassen können. »Willi hat noch etwas Interessantes gesagt, was wir aber nicht weiter erörtern konnten, weil Silvio reinplatzte. Nämlich, es gäbe ein Muster bei den Todesfällen. Die Verstorbenen wären alle gesundheitsbewusst gewesen. Könnt ihr damit etwas anfangen?« Sie blickte in ratlose Gesichter. »Gut, ich werde ihn noch einmal besuchen und ihn fragen. Wir brauchen da nicht lange rumzurätseln.«

Die Runde beendete das konspirative Treffen, Ursula und Horst hatten jetzt Senioryoga.

Nach dem Mittagessen begab sich Frederike auf die Suche nach Willi, doch sein Zimmer war leer. Als sie auf das leere Bett blickte, wurde sie blass. Das durfte doch nicht wahr sein! Da sprach eine junge Frau sie von hinten an: »Kann ich Ihnen helfen?«

Sie drehte sich um und blickte in ein jugendlich frisches Gesicht von Anfang zwanzig. »Entschuldigen Sie, ja, ich wollte Willi Walter besuchen. Ist etwas mit ihm?«

»Das ist schade, dass Sie ihn verpassen. Er hätte sich sicher über Ihren Besuch gefreut.«

Frederike spürte geradezu, wie ihre Atmung wieder einsetzte und das Blut Fahrt aufnahm.

»Er ist zur Dialyse und wird erst spät zurückgebracht. Versuchen Sie es morgen noch einmal, ja?«

Die junge Frau klopfte ihr verständnisvoll auf die Schulter und wandte sich ab, doch Frederike rief sie zurück: »Warten Sie, mir ist ein wenig schwindelig. Meinen Sie, Frau Dr. Burkhardt könnte mal nach mir schauen?«

»So schlimm?« Die junge Frau schaute sie forschend an und zog dann einen Stuhl aus Willis Zimmer für sie heran. »Setzen Sie sich erst einmal. Ich werde sehen, was ich machen kann.«

Frederike machte es sich auf ihrem Sitz gemütlich und harrte nun der Dinge, die da kommen sollten. Vielleicht könnte sie den Nachmittag schon mal nutzen, um der Frau Doktor ein wenig auf den Zahn zu fühlen.

Nach wenigen Minuten kam die junge Frau wieder zurück. »Kommen Sie, ich bringe Sie zum Sprechzimmer. Sie haben Glück.«

Wenig später saß Frederike einem jungen Mädchen im weißen Kittel gegenüber, das sie auf höchstens zwanzig geschätzt hätte. Es beunruhigte sie, dass die Ärzte immer jünger wurden – fast noch Kinder. Wie sollte man da Vertrauen fassen!? »Und Sie sind Ärztin?«, fragte sie spontan.

Die junge Frau lächelte müde und gab ihr die Hand. »Ja, ich bin Frau Dr. Burkhardt. Da drüben hängt übrigens meine Approbationsurkunde.« Sie zeigte auf einen Bilderrahmen an der Wand.

Frederike lachte leise. »Anscheinend bin ich nicht die Erste, die sich so dumm anstellt. Entschuldigen Sie bitte.«

»Keine Ursache, mir passiert es sogar im Supermarkt, dass ich meinen Ausweis vorlegen muss, wenn ich eine Flasche Gin kaufe. Aber was kann ich für Sie tun?«

Die junge Ärztin nahm sich Zeit für Frederike, untersuchte sie eingehend und ließ sich die Schwindelgefühle genau schildern. Am Ende gab sie Frederike ein leichtes Medikament und bat sie, im Falle einer Wiederholung wiederzukommen. »Im Moment kann ich nicht viel für Sie tun. Der Schwindel ist doch sehr unspezifisch, und Sie spüren ihn ja anscheinend auch nicht oft.« Sie wirkte bemüht, aber auch ein wenig ratlos. Ihr fehlte völlig die professionelle Halbgott-Attitüde, die ältere Ärzte aus allen Poren ausstrahlten. Frederike bekam sofort ein schlechtes Gewissen, weil ihre Symptombeschreibung sehr diffus gewesen war. Sie nahm sich vor, abends nach »Schwindel« zu googeln, um beim nächsten Mal besser vorbereitet zu sein.

Aber eins hatte der Besuch ihr gezeigt – Frau Dr. Burkhardt war anscheinend nicht der hartgesottene abgebrühte Typ, der aus materiellen Gründen ein Haus wie dieses in Schwierigkeiten brachte, sondern eine junge Frau, die noch mit ihrer Rolle rang.

Frederike nutzte ihre kleine Schwäche aus, um das Angebot wahrzunehmen, sich vorzeitig mit dem Taxi nach Hause fahren zu lassen. Der Schreck über Willis Verschwinden saß ihr noch in den Knochen, und sie merkte, dass sie die Ermittlungen wesentlich mehr Energie kosteten als früher. Sie musste dringend etwas Ordnung in ihre wirren Gedanken bringen.

Zwei Stunden später wachte sie auf, am Küchentisch sitzend, den Kopf auf ihr Notizbuch gebettet. Hannelore strich ihr um die Beine und hatte sie geweckt, um sie an sein Abendessen zu erinnern.

9. Kapitel

Der frühe Morgen kam unerwartet schnell. Trotz des kleinen Nickerchens am Küchentisch hatte Frederike die Nacht recht gut geschlafen und verspürte jetzt nicht übel Lust, den Wecker zu ignorieren und eine Runde Schlaf dranzuhängen. Doch lockte die Sonne, und auch Hannelore forderte maunzend sein Recht auf Frühstück ein.

Als sie am Frühstückstisch saß, ließ sie den gestrigen Tag noch einmal Revue passieren. Alles in allem war sie nicht unzufrieden mit den Ergebnissen. Nicht dass es wirklich schon Antworten gegeben hätte, aber es gab genügend Spuren, denen man folgen konnte. Viel schlimmer hatte sie immer die Ermittlungsarbeit gefunden, wenn sich ein Fall zäh dahinzog und es kaum etwas gab, was man tun konnte.

Anscheinend hatte sie den Schlaf gestern dringend gebraucht, denn heute früh fühlte sie sich fit und energiegeladen. Sie hatte einen Plan.

Als sie später grinsend im Altersheim ankam – im Bus hatten alle zusammen inbrünstig *Hoch auf dem gelben Wagen* gesungen –, ging sie direkt auf Klara zu, die bereits im Foyer auf sie wartete, und zog sie in den Garten.

»Ich habe einen Plan. Ich werde mich heute in die Verwaltung schleichen und nach den Plänen Ausschau halten.«

Klara schaute sie beeindruckt an. »Mutig! Was willst du sagen, wenn man dich erwischt?«

»Ich hätte das Klo gesucht.« Frederike kicherte. »Demenz hat echt ihre Vorteile, man kann sich alles erlauben.«

Klara schnaubte. »Das brauchst du mir nicht zu sagen. Das kriege ich hier jeden Tag mit.«

»Was meinst du, was wäre ein guter Zeitpunkt, es zu probieren?«

»Vormittags besser nicht, da hält Frau Weißbrot die Stellung, aber sie ist nur bis mittags da. Nachmittags hättest du es höchstens mit der Heimleiterin zu tun. Aber die kommt und geht, wie sie will. Aber warum lässt du das nicht Helga erledigen? Das Weißbrot frisst ihr aus der Hand, seit sie den Kopierer repariert hat.«

»Ich will mich einfach selbst mal im Büro umschauen. Vielleicht entdecke ich ja noch etwas, was uns weiterhilft.«

Um die Zeit zu überbrücken, gingen beide ins Haus zurück und machten sich auf die Suche nach Helga und Ursula. Beide waren anscheinend in die Stadt gegangen. Weil Klara und Frederike nicht Besseres einfiel, gingen sie zum Singkreis. Singen machte Spaß und war gut fürs Immunsystem.

Nach der Mittagspause warteten sie ab, bis Frau Weißbrot ihren Arbeitsplatz verlassen hatte. Sie zog die Tür des Büros zu, schloss aber nicht ab.

»Das heißt, dass Frau Bader entweder in ihrem Büro sitzt oder aber jeden Moment zurückkommen kann.«

»Egal, ich werde es einfach probieren. Was soll mir schon passieren?« Frederike wuschelte sich einmal durchs Haar, straffte die Schultern und ging langsam auf die Bürotür zu.

»Ich halte die Stellung!«, rief Klara ihr noch hinterher.

Als Frederike die Tür erreichte, schaute sie sich kurz um, aber niemand schien sie davon abhalten zu wollen, das Büro zu betreten. Warum auch? Wahrscheinlich gab es hier immer mal wieder Publikumsverkehr. Wenn man etwas zu verbergen oder beschützen hätte, wäre die Tür sicher abgeschlossen.

Sie schaute sich interessiert im Büro um: zwei Arbeitsplätze mit Computern, dahinter eine weitere Tür, wahrscheinlich das Büro der Heimleitung. Überall lagen Flyer des St. Ägidius herum, aber Frederike entdeckte auch den Arztbericht einer Patientin. Schlamperei, so was sollte hier nicht offen herumliegen. Sie ging zu einem der Computer und drückte eine Taste. Mist! Der Rechner war passwortgeschützt, und anscheinend hatte auch keiner die dumme Angewohnheit, sich sein Passwort mit einem gelben Klebezettel an den Monitor zu pappen. Wäre auch zu schön gewesen. Sie wollte gerade zum anderen Computer wechseln, als sich die Tür von Frau Baders Büro öffnete und eine helle Stimme fragte: »Kann ich behilflich sein?«

Noch mehr Mist! Irgendwie schien Frederike die Suche nach der Toilette plötzlich wenig überzeugend zu wirken. »Ach, ich interessiere mich für das Betreute Wohnen und wollte mich umschauen.« Sie griff nach einem Flyer.

»Bedienen Sie sich. Sind Sie nicht in der Tagespflege? Ich habe Sie doch hier schon gesehen.« Andrea Bader kam um den Tisch herum und gab ihr die Hand. Anscheinend war man zu potenziellen Kunden nett.

»Richtig.« In diesem Moment fiel Frederikes Blick auf eine große Wandtafel mit Kalendereinteilung und Namen. Der Personalplan. Ober-Mist! Warum hatte sie sich nicht früher umgeschaut! Irgendwie war heute nicht ihr Tag. Aber wer sollte auch ahnen, dass die hier noch ganz altmodisch mit Plantafeln arbeiteten? Ob sie den wohl einfach abfotografieren konnte? Sie griff nach ihrem Mobiltelefon mit Kamerafunktion und näherte sich der Wand.

Die Heimleiterin betrachtete sie belustigt. »Wollen Sie mal einen Blick darauf werfen?«

Frederike blickte sie irritiert an, dann dämmerte es ihr. Andrea Bader hielt sie für das demente Friedchen, das sich ein bisschen umschauen wollte. Sie strahlte die Heimleiterin an. »Gerne. Sie sind nett!«

Andrea Bader erläuterte ihr kurz den Plan, mit den unterschiedlichen Stationen und dem Personalstamm. Dabei redete sie sehr langsam und bedächtig und wies immer wieder darauf hin, dass wirklich für jede Pflegestufe das richtige Konzept angeboten würde und man ganz viel gut ausgebildetes und sympathisches Personal hätte.

Frederike grinste innerlich. Ihr konnte es nur recht sein. Leider ging der Plan nur über einen Monat, das heißt, nur die letzten beiden Wochen waren noch abgebildet sowie die beiden kommenden. Sie vertiefte sich in die Daten. In der Nacht von Käthe Gilles' Tod war

Heike im Einsatz gewesen, aber das wusste sie ja schon. Wie war es bei den anderen? Seufzend kramte sie ihr Notizbuch hervor, wo die Daten, an die sich Klara noch erinnert hatte, notiert waren. Sie schlug das Buch auf.

»Kann ich Ihnen sonst noch etwas zeigen oder erklären?«, fragte Andrea Bader und versuchte, einen Blick in das Buch zu werfen.

Frederike studierte die Daten und glich sie grob ab. »Haben Sie auch noch den Plan vom letzten Monat?«

Die Heimleiterin war irritiert. »Was wollen Sie denn mit unserem Personalplan? Warten Sie – sind das nicht Namen von Bewohnern?«

Frederike beschloss, alles auf eine Karte zu setzen. »Von toten Bewohnern. Ich mache mir Sorgen, wenn ich hier einziehe.«

Andrea Bader wirkte wie vor den Kopf geschlagen. Sie ließ sich auf einen der Bürostühle sinken. »So weit ist es schon?«, flüsterte sie, und Tränen stiegen ihr in die Augen. Dann riss sie sich zusammen, erhob sich und packte Frederike am Arm. »Sie sollten jetzt gehen. Ist jetzt nicht der Vortrag über den Eifelvulkanismus?«

Doch Frederike machte sich los. »Gibt es hier einen Todesengel?«

Frau Bader schaute sie forschend an. »Sie sind nicht dement! Wer sind Sie und was wollen Sie?«

Frederike straffte die Schultern und schob das Kinn nach vorne und bellte in schönster Kommissarinnen-Attitüde: »Ich bin Frederike Suttner, und ich brauche den Personalplan der letzten vier Wochen.« Halb erwartete sie, dass Andrea Bader sie aus dem Büro warf, aber welche Möglichkeiten hätte sie sonst noch, an den Plan zu kommen?

Doch der Blick der Heimleiterin hellte sich unerwarteterweise auf. »Friedchen Suttner – ich dachte doch, dass der Name bei mir irgendetwas auslöst, aber ich bin nicht draufgekommen.«

Frederike schaute sie fragend an.

»Ich habe von Ihnen gehört. Natürlich bekommen Sie die Pläne.« Andrea Bader drückte ihr noch einmal die Hand und eilte dann in ihr Büro.

Frederike war konsterniert. Was ging hier vor? Sie folgte der Heimleiterin in ihr Refugium. Einem geschenkten Gaul et cetera et cetera …

»Woher kennen Sie mich?«, fragte sie zögernd, während Frau Bader auf ihrem Schreibtisch herumkramte.

»Natürlich von Käthe Gilles.«

In Frederikes Gesicht standen nur Fragezeichen.

»Käthes Nachbarin Klara hatte ihr von Ihnen erzählt, auch, dass Sie sich mit den Todesfällen beschäftigen wollen. Und Käthe konnte sich noch gut an Sie erinnern von dieser Sache bei der Kunstakademie. Sie war voll des Lobes und hat in den höchsten Tönen von Ihnen geschwärmt.«

Frederike musste sich setzen. »Aber ich habe sie doch gar nicht mehr persönlich getroffen.«

Andrea Bader nickte traurig. »Stimmt, dabei hatte sie sich so auf Ihr Gesicht gefreut, wenn Sie ihr hier begegnen. Deshalb hatte sie auch Klara nichts davon erzählt, dass sie Sie kennt.« Wieder schossen ihr die Tränen in die Augen. »Ich vermisse sie so. Sie hat mir in den letzten Tagen viel Mut gemacht, die Sache hier durchzustehen. Sie fehlt mir.«

»Welche Sache?«

»Wenn ich das wüsste!«, schnaubte Andrea Bader und schniefte in ihr Taschentuch. »Ich weiß nicht mal, was hier wirklich passiert. So was habe ich noch nie erlebt, und ich mache den Job jetzt schon fast fünfzehn Jahre.«

»Erzählen Sie mir, wie Sie die Sache sehen.« Frederike zückte ihr Notizbuch.

»Ich weiß gar nicht, wo ich da anfangen soll.«

»Am besten am Anfang. Wie hat alles begonnen?«

»Da hole ich uns erst einmal eine Tasse Tee, das kann dauern.« Frau Bader stand auf, holte zwei Tassen aus dem Regal und goss Fencheltee ein. »Fenchel soll beruhigen, wirkt bei mir aber nicht wirklich.«

Frederike schwieg und ließ sie einfach reden.

»Also, neulich kam Frau Dr. Burkhardt zu mir. Sie hatte wohl Skrupel, bei Ernst Müller einen Totenschein auszustellen. Ich habe mir erst einmal nichts dabei gedacht. Sie ist noch sehr jung und hat nicht viel Erfahrung. Wir haben dann geredet, und sie sagte mir, dass sie schon bei einigen der letzten Todesfälle sehr unsicher gewesen sei, weil sie die Patienten kannte und eigentlich nicht erwartet hatte, dass diese in nächster Zeit sterben. Sie hatte Angst, etwas übersehen zu haben.« Sie nahm einen Schluck Tee. »Also habe ich ihr erst einmal zugeredet, dass das bei alten Menschen schon mal passieren könne, und habe sie beruhigt.«

»Welchen Eindruck haben Sie von ihr?«, unterbrach Frederike den Redefluss.

»Ich halte sie für eine sehr gute Ärztin, aber da war sie ziemlich durch den Wind. Ihr fehlt die Erfahrung. Unser alter Arzt hat die Todesfälle meist so durchgewunken, aber sie ist halt noch frisch im Geschäft.«

Ich möchte nicht wissen, wie viele Morde so unentdeckt bleiben, kommentierte Frederike innerlich das »durchgewunken«, sprach den Gedanken aber nicht aus.

»Als dann einen Tag später Werner Blohme starb, war sie nicht mehr zu halten. Sie forderte mich auf, die Polizei einzuschalten. Das wollte ich aber natürlich nicht. Dafür war mir ihr Verdacht viel zu vage. Wir haben überlegt, was wir tun können, und sind dann gemeinsam auf den Gedanken gekommen, die Pathologie in Gerolstein einzuschalten und um eine zweite Meinung zu bitten.«

»Es gibt also noch keine offiziellen Ermittlungen?«, hakte Frederike nach.

»Gott bewahre! Nein, bisher haben wir es vermeiden können. Allerdings finden die Pathologen in Gerolstein auch keine Ursachen, die die plötzlichen Tode erklären würden – und schon gar nicht in der Häufung. Deshalb sind wir im Gespräch, wie wir weiter vorgehen sollen.«

»Auf jeden Fall die Polizei einschalten!«, sagte Frederike streng.

»Meinen Sie wirklich? Der Imageschaden für unser Haus ist jetzt schon erheblich.« Andrea Bader war ganz verzweifelt.

»Eben drum. Wenn Sie nicht aktiv werden, wird man Ihnen unterstellen, Sie wollten etwas vertuschen.«

»Aber ich weiß doch gar nicht, was ich vertuschen soll! Wir. Wissen. Nichts!«

»Na ja, aber Sie haben sich schon Ihre Gedanken gemacht, stimmt's?« Frederike deutete auf den Stapel mit Dienstplänen.

»Ja, Frau Dr. Burkhardt liegt mir in den Ohren. Sie hat Sorgen, dass ein Todesengel hier seine Kreise zieht. Wir waren sogar schon so weit, dass wir Essensreste aus der Kantine zu einer Laborprobe einschicken wollten. Leider hat mein Küchenchef da seine ganz eigene Meinung zu gehabt.« Sie seufzte.

»Ich hörte davon.«

»Von wem?«, fragte Andrea Bader aufgebracht.

»Das spielt keine Rolle. Aber Sie sehen doch selbst, dass Sie die Sache nicht unter den Teppich kehren können. Die Gerüchteküche kocht auf voller Flamme. Und wenn das hier wirklich ein Tatort ist, dann müssen die Spuren so schnell wie möglich gesichert werden. Sie wollen sich doch nicht der Verdunklung oder Beihilfe schuldig machen.« Frederike schloss ihr Notizbuch und stand auf. »Wirklich, Sie haben keine andere Wahl!«

Die Heimleiterin nickte verzagt. »Sie haben ja recht! Ich rufe die Polizei an.«

»Aber sagen Sie mir zuerst noch, ob bei Ihren Recherchen bezüglich des Personals etwas herausgekommen ist.«

»Nichts! Wir sind zwar knapp mit Personal, sodass es immer mal zu Überschneidungen kommt. Aber dass eine bestimmte Person immer vor Ort war, nein, das ist nicht so.«

»Sind Sie ganz sicher?«

»Sie können das selbst gerne noch einmal nachprüfen. Vier Augen sehen mehr als zwei.« Andrea Bader ging zum Kopierer und kopierte die Pläne. »Hier! Sagen Sie Bescheid, wenn Sie etwas finden.«

Klara saß draußen bereits auf heißen Kohlen, als Frederike mit dem Stapel Papier das Büro verließ.

»Du meine Güte, das hat ja ewig gedauert. Was hast du da drin bloß gemacht?« Sie stand auf. »Ich muss dringend aufs Klo. Ich habe mich hier nicht weggetraut.«

Frederike lachte. »Okay, dann lass uns in dein Appartement gehen. Ich habe Interessantes zu berichten.«

Klara hängte sich bei ihr ein und hüpfte beinahe – vor Neugier oder aus anderen Gründen. »Was hast du rausgefunden? Und was trägst du da in der Hand?«

Frederike stopfte die Kopien in ihre Strohtasche. »Das schauen wir uns bei dir in Ruhe an.«

In Klaras Appartement breitete sie die Pläne auf dem Wohnzimmertisch aus, während Klara erst einmal ins Bad eilte.

»So, das sind die Personaleinsatzpläne der letzten vier Wochen. Und hier habe ich auch eine Aufstellung der genauen Todesdaten«, sagte Frederike, als Klara zurückkehrte.

»Woher hast du die denn?«

Frederike kaute an ihrem Kugelschreiber und studierte die Listen. »Von Frau Bader.«

Klara schnappte nach Luft. »War die etwa im Büro? Und ich habe mir fast in die Hosen gemacht vor Angst, dass die jeden Moment um die Ecke biegt!«

Frederike blickte auf und fragte interessiert: »Was hättest du gemacht?«

»Ich dachte an einen kleinen Schwächeanfall. Ich war früher in der Theatergruppe und musste öfter mal in Ohnmacht fallen. Das habe ich noch ganz gut drauf.« Klara legte theatralisch die Hand an die Stirne, stöhnte auf und sackte in sich zusammen.

»Wirklich sehr überzeugend! Schade, dass uns das entgangen ist. Nein, Andrea Bader war nicht nur im Büro, sondern auch sehr kooperativ.«

»Das hätte ich jetzt nicht gedacht.«

»Ich auch nicht, aber das haben wir wohl deiner Freundin Käthe zu verdanken.«

Klara schaute verwundert. »Was hatte die denn damit zu tun?«

»Du hattest ihr wohl von mir erzählt und dabei auch meinen Namen genannt. Sie kannte mich noch aus Düsseldorf und hat mich bei Andrea Bader in den höchsten Tönen gelobt.«

»Ach Mensch, Käthe – sie war so eine Gute!« Klara schossen die Tränen in die Augen. »Aber sie hat mir gar nicht erzählt, dass sie dich kennt.«

»Laut Frau Bader wollte sie uns wohl überraschen. Schade, ich hätte sie gerne einmal wiedergetroffen. Es ist eine Ewigkeit her, dass ich sie in Düsseldorf befragt habe. Sie war mir direkt sympathisch – eine tolle Frau. Und ein niedlicher Hund, den sie damals hatte.«

Klara lächelte. »Ja, sie hat mir Fotos von Flori gezeigt. Der war ihr ein und alles. Sie hat ihn als Welpen aus einem Tierheim geholt. Er war anscheinend ausgesetzt worden. Nachdem er gestorben war, wollte sie keinen neuen Hund mehr, aber sie hat sich sehr für das Tierheim eingesetzt.«

Frederike nickte bedächtig. »Das kann ich gut verstehen. Ich wüsste auch nicht, ob ich nach Hannelore eine andere Katze haben wollte. Ein solcher Kamerad lässt sich nicht so einfach ersetzen. Aber das versteht wohl nur jemand, der selbst Tiere liebt.«

»Gut, was hat Andrea Bader denn nun alles erzählt, nachdem sie wusste, wer du bist?«

Frederike berichtete ausführlich von dem Gespräch und den Befürchtungen der Heimleiterin. »Ich habe ihr dringend empfohlen, die Polizei einzuschalten, auch wenn die ganzen Todesursachen unklar sind«, schloss sie ihren Bericht. »Jetzt sollten wir der Theorie des Todesengels nachgehen. Wenn hier tatsächlich einer unterwegs ist, müsste sich das doch anhand der Personalpläne zeigen.«

Beide brüteten über den Plänen und glichen die Daten ab, doch zeigten sich kaum Übereinstimmungen.

»Das wäre wohl auch zu einfach gewesen«, seufzte Frederike und streckte die Schultern durch. »Silvio war bei drei Todesfällen vor Ort, Heike sogar bei vier, das gilt aber auch für Birgit, Julia und Thomas. Aber keiner war öfters im Einsatz.«

»Dann lass uns mal das Küchenpersonal anschauen«, schlug Klara unternehmungslustig vor. »Gibt es dazu auch eine Aufstellung?«

»Ja, hier. Die hat sich Frau Bader schon von Heinz Fernmüller geben lassen.«

Wieder beugten sich die Köpfe über die Kopien und verglichen die einzelnen Todeszeitpunkte. »Das sieht schon ein wenig besser aus. Heinz Fernmüller selbst war zu mindestens zehn Zeitpunkten vor Ort, und diese beiden hier auch.« Frederike zeigte auf zwei weitere Namen. »Hier und hier war allerdings eine ganz andere Crew in der Küche.«

Klara nickte. »Mmh, da müssen wir uns anscheinend doch mit der Küche beschäftigen.«

»Ja, vielleicht hatte Heinz Fernmüller ja gute Gründe, die Essensreste zu vernichten.«

Klara konnte sich das zwar immer noch nicht vorstellen, musste aber einsehen, dass die Indizien eher gegen den Küchenchef und sein Team als gegen das Pflegepersonal sprachen.

»Vielleicht sollten wir doch noch einmal Heike ansprechen. Sie ist ja nach den Daten entlastet und bekommt wahnsinnig viel mit«, überlegte Klara. »Ich finde, dass Willi spinnt, was Heike angeht. Sie ist viel zu nett und hilfsbereit.«

Frederike gab nach. »Wahrscheinlich schadet es nicht. Und wir müssen ja nicht jedes ihrer Worte glauben. Auch in Lügen kann sich Wahrheit verstecken.«

Klara schnaubte: »Wie poetisch!«, und griff zum Telefonhörer. Doch Heike hatte für heute ihren Dienst schon beendet.

»Na gut!« Frederike erhob sich. »Ich wollte sowieso noch mal bei Willi vorbei. Mir geht dieses Muster bei den Todesfällen nicht aus dem Kopf.«

Sie verließ Klaras Appartement und ließ die Pläne dort. Klara wollte noch einmal drüberschauen und sich dann ein Stündchen hinlegen. Auch Frederike war eigentlich erschöpft, aber der Fall ließ ihr keine Ruhe. Jetzt, nachdem Andrea Bader eingeweiht war, hatte sie ganz andere Bewegungsspielräume im Haus. Auf ihre Rolle als leicht verwirrtes Friedchen in Tagespflege konnte sie gut verzichten.

Zügig ging sie durch die Flure zum Zimmer von Willi Walter. Silvio stand direkt vor der Tür und schnauzte: »Was willst du denn schon wieder hier? Hast wohl ein

Auge auf den alten Knacker geworfen, was?« Er zwinkerte ihr zu.

Frederike erstarrte. Was für ein Idiot! Für so etwas hatte sie keine Zeit. Sie schob den großen Mann einfach beiseite und fauchte: »Verzieh dich, du Penner!«

Silvio war so konsterniert, dass er tatsächlich zur Seite trat und sie mit offenem Mund anschaute. Anscheinend war er Gegenwehr nicht gewohnt. »Du kannst da nicht rein!«

Frederike reichte es nun. Sie wandte sich ihm zu, richtete sich auf, die Hände in die Hüften gestützt, und bellte in lautem Befehlston: »Gehen Sie zur Seite. Ich werde nun dieses Zimmer betreten.«

Er wich unwillkürlich zurück und erblasste. »Aber da ist leer. Äh, wer sind Sie?«

Frederike schloss aus seinem Verhalten, dass er bereits einschlägige Erfahrungen mit staatlichen Autoritäten gemacht hatte. Mit solchen Typen konnte sie umgehen. Das war wie Fahrradfahren, das verlernte man nicht.

»Meine Name ist Frederike Suttner. Mehr muss Sie hier nicht interessieren. Was heißt das: ›Da ist leer‹?«

Silvio riss sich zusammen. »Der ist noch im Krankenhaus.«

»Wer ist im Krankenhaus? Willi Walter?«

»Genau.«

»Aber der sollte doch gestern noch zurückgebracht werden?«

»Anscheinend gab es Komplikationen. Man hat ihn dabehalten.«

Na also, Silvio konnte also auch ganz normale Gespräche führen. Wahrscheinlich so ein Typ, der nach oben buckelt und nach unten tritt, dachte Frederike. Jetzt, nachdem er sie als Autorität anerkannte, war er sogar ein wenig devot.

»Danke.« Sie verzichtete darauf, das Zimmer zu betreten, und wandte sich ab.

Nachdenklich ging sie zum Foyer zurück. Das passte ihr gar nicht. Sie musste dringend mit Willi sprechen. Gleichzeitig machte sie sich Sorgen um ihn. Offensichtlich hatte er die Operation wirklich nicht so gut überstanden.

Kurz entschlossen wollte sie sich ins Auto setzen und nach Gerolstein fahren, als ihr bewusst wurde, dass ihr Mini nicht auf dem Parkplatz, sondern vor ihrem Haus stand. Der Bus fuhr sie erst in einer Stunde nach Hause. Ärgerlich! Sie hasste es, Zeit zu verschwenden. Also begab sie sich in die hauseigene Gartenanlage, schnappte sich einen bequemen Stuhl und schloss die Augen zu einem Nickerchen. In der Ruhe liegt die Kraft!

Nachdem sie zu Hause angekommen war, hatte sie eigentlich vor, gleich weiter nach Gerolstein zu fahren, doch Hannelore machte ihr einen Strich durch die Rechnung. Lautstark maunzend forderte er nicht nur frisches Futter, sondern auch diverse Streicheleinheiten und eine Runde Fellbürsten.

So war es schon recht spät, als sich Frederike auf den Weg machte. Aber was sollte es, es gab keine festen Besuchszeiten in der Klinik, und Willi hatte sicher nicht viel anderes zu tun, als im Bett zu liegen.

Als sie in der Klinik ankam, lief ihr Angela über den Weg und begrüßte sie freudestrahlend, »Das ist aber schön, dass du mich mal besuchst. Komm, lass uns einen Kaffee trinken, ich habe hier was für dich.«

Sie zog die leicht widerstrebende Frederike in die Cafeteria. Ach, was soll's, dachte die, auf die halbe Stunde kommt es jetzt auch nicht mehr an.

In der Cafeteria holte Angela ihr iPad aus der Tasche.

»Schau mal, ich habe hier alle Todesfälle mit den Todeszeitpunkten und den bisher vorliegenden Diagnosen rausgeschrieben. Kannst du damit etwas anfangen?« Sie sah Frederike hoffnungsvoll an.

Diese nahm das iPad und warf einen Blick darauf. »Prima. Kannst du mir die Liste mailen? Ich schaue sie mir zu Hause in Ruhe an.«

Um Angela nicht zu enttäuschen, verschwieg sie, dass sie bereits eine ähnliche Liste von Andrea Bader erhalten hatte. »Und wie läuft es hier so?« Frederike schaute sich um. Außer ihrem war nur noch ein weiterer Tisch besetzt. Alles wirkte sehr ruhig.

»Ach, ab fünf Uhr ist hier nicht mehr so viel los. Ich habe noch Dienst bis zehn Uhr, dann kommt Jochen mich abholen.«

Frederike zuckte leicht zusammen. »Der treibt sich hier aber spät herum.«

»Er bringt mich nach Hause und übernachtet auch bei mir.« Ein Hauch von Röte überzog Angelas Gesicht.

»Na, das ging ja schnell«, meinte Frederike trocken.

Angela blickte ihr trotzig ins Gesicht. »Wenn es passt, passt es halt! Ich bin ja keine achtzehn mehr.«

»Jetzt sag nicht, dass du deine biologische Uhr schon ticken hörst?«

»Na ja, das nicht gerade, aber ich hätte wirklich gerne Kinder, und gute Männer wachsen auch in der Eifel leider nicht auf Bäumen.«

Frederike seufzte. »Dann will ich hoffen, dass Jochen zu den Guten gehört.«

»Lass mich nur machen – das wird schon!« Angela erhob sich und küsste Frederike auf die Stirn. »So, ich muss los. Schön, dass du da warst.«

»Äh, ich wollte noch Willi Walter besuchen. Wo liegt der denn?«

Angela lachte. »Und ich dachte, du wärst wegen mir hier. Immer im Dienst, was? Komm, ich bring dich zum Empfang. Die können dir weiterhelfen.«

Nachdem Angela verschwunden war, machte sich Frederike auf den Weg zu Willi. Er lag in einem Einzelzimmer, was sie dankbar zur Kenntnis nahm. So konnte man wenigstens in Ruhe reden. Als sie das Zimmer betrat, war sie betroffen, wie schlecht Willi aussah. Kein Wunder, dass man ihn hierbehalten hatte. Er sah mehr tot als lebendig aus.

Als sie näher trat, öffnete er die Augen und musterte sie. »Ach, du bist es. Ich dachte mir schon, dass ich dich wiedersehe.«

»Wie geht es dir?«

»Wie soll es mir gehen? Ich denke, ich werde es nicht mehr lange machen. Die Wunde hat sich entzündet. Ich bekomme jetzt starke Antibiotika, aber die Nieren machen halt auch nicht mehr mit.«

»Das hört sich nicht gut an.«

»Und außerdem darf ich hier nicht rauchen«, schnaubte Willi erbost.

Frederike grinste. »Ich nehme an, das ist das Schlimmste an der ganzen Sache.«

Er grinste zurück. »Mädchen, du verstehst mich. Hast du nicht vielleicht Zigaretten dabei?«

»Echt jetzt? Du willst hier auf dem Zimmer rauchen?« Sie blickte zur Zimmerdecke. »Dann geht wahrscheinlich zuerst der Rauchmelder an und dann auch gleich die Sprinkleranlage.«

Er blickte niedergeschlagen hoch. »Auch wieder wahr! Na gut, was kannst du mir sonst Gutes tun?«

»Ich kann dich ein bisschen ablenken, damit du auf andere Gedanken kommst.«

»Leg los!«

Frederike berichtete ihm von ihren Ermittlungen und dem Gespräch mit Andrea Bader. »Sie hat mir versprochen, die Polizei einzuschalten«, schloss sie ihren Bericht.

»Da hast du ja einiges geschafft. Hast du ein Auge auf Heike und Silvio?«

»Auf beide. Mit Silvio bin ich heute aneinandergeraten.« Sie erzählte Willi von ihrer Begegnung.

»Na, da dürftest du ihn ziemlich beeindruckt haben«, grinste Willi, wurde aber gleich wieder ernst. »Bitte unterschätze ihn nicht. Er ist hinterhältig. Es könnte sein, dass er sich so über seine eigene Reaktion ärgert, dass er auf Vergeltung aus ist.«

Frederike nickte. »Ja, das sehe ich auch so. Aber bevor wir hier wieder unterbrochen werden – was war das mit dem Muster? Du sprachst davon, dass die Verstorbenen alle überaus gesundheitsbewusst waren.«

Willi schloss kurz die Augen, und Frederike befürchtete schon, er könne vor Erschöpfung eingeschlafen sein. Doch dann öffnete er die Augen wieder, und sein Blick war wach und konzentriert.

»Es gibt beim Thema Gesundheit verschiedene Typen von Menschen in unserem Altersheim. Typ eins sind die ewigen Patienten. Sie vertrauen auf die Schulmedizin, sitzen mindestens einmal in der Woche bei Frau Dr. Burkhardt auf dem Schoß und verbringen alles in allem mehr Zeit im Wartezimmer als in der Cafeteria und nehmen mindestens sechs verschiedene Medikamente täglich. Typ zwei sind ›Echt deutsche Eiche‹. Die ignorieren ihre Gesundheit so weit wie möglich, gehen nicht zum Arzt und pflegen den Wahlspruch: Ist von allein gekommen, muss auch von allein wieder gehen.«

Frederike nickte. »So einer bist du, stimmt's?«

Er grinste. »Stimmt! Aber unterbrich mich nicht. Typ drei sind die Jammerer, die sitzen den ganzen Tag in der Cafeteria oder im Foyer und erzählen allen Leuten von ihren vielen Krankheiten und den zahlreichen Symptomen.«

Frederike nickte und erinnerte sich an ihren ersten Tag in der Tagespflege. »Die habe ich kennengelernt.«

»Ja, das sind so Typen, wenn du eine Krankheit hast, hatten sie das auch schon, aber noch viel schlimmer. Die brauchen keine Medizin, denn dann hätte man vielleicht nichts mehr zu jammern, und worüber soll man dann noch reden!? Denen geht es erst richtig gut, wenn's ihnen schlecht geht.«

Beide grinsten sich an.

»Und dann gibt es noch Typ vier, die Gesundheitsbewussten. Die kümmern sich akribisch um ihre Gesundheit, vertrauen dabei aber nicht auf die Schulmedizin. Stattdessen werden alle möglichen Mittelchen und Pülverchen ausprobiert, die man frei kaufen kann. Die klassische Zielgruppe der Anzeigen in diesen Fernsehzeitungen. Da wird alles Mögliche ausprobiert: Matcha, Gojibeeren, Omega-3-Kapseln, Ernährungstipps wie Brokkoli, Blaubeeren und Walnüsse, vegane Ernährung und natürlich alle möglichen alternativen Heilmethoden. Für die ist Gesundheit quasi so was wie eine Ersatzreligion. Oft versuchen sie auch, andere zu bekehren.«

»Das sind wohl die Typen, die dir das Rauchen abgewöhnen wollen?«

»Ach, da spielen inzwischen alle mit«, winkte Willi ab. »Aber zurück zu den Todesfällen. Ich habe den Eindruck, dass es vor allem die Leute von Typ vier betrifft. Es gibt zwei oder drei Ausreißer, die so dement sind, dass man sie eigentlich keiner Gruppe mehr zurechnen kann. Aber ein Großteil der Toten gehörte zu den Gesundheitsbewussten.«

»Gibt es denn eigentlich auch Menschen, die gar keinem Typ angehören?«, fragte Frederike nervös und hoffte inständig, dass sie in keine der erwähnten Kategorien passte.

»Es gibt mehr oder weniger starke Ausprägungen, es gibt Mischtypen, und manches verändert sich auch im Alter. Du darfst nicht vergessen, dass meine Kategorisierung auf Basis von Beobachtungen im Altersheim gemacht wurde. Da gibt es außer der Gesundheit beziehungsweise besser den Krankheiten kaum nennenswerte andere Themen.«

Frederike nickte. »Ich verstehe, was du meinst. Was war Käthe Gilles für ein Typ?«

Willi überlegte. »Die passt tatsächlich nicht ins Raster. Am ehesten noch Typ zwei, insgesamt aber viel zu vernünftig, um etwas Ernstes zu ignorieren. Stimmt, meine Theorie ist vielleicht doch nicht so genial.« Er grinste.

Frederike machte sich einige Notizen. »Das hört sich ganz spannend an, ich weiß aber wirklich noch nicht, ob uns das weiterführt. Wie passt das zu der Todesengel-Theorie?«

»Vielleicht hat ein Pfleger eine Antipathie gegen die Anhänger alternativer Heilmethoden?«, überlegte Willi mit einem gewissen Sarkasmus. »Du glaubst gar nicht, was es für durchgeknallte Typen gibt.«

»Ich weiß, was es für durchgeknallte Typen gibt«, sagte Frederike mit deutlicher Betonung auf »weiß«.

»Oder es ist ein überambitionierter Pharmavertreter«, zählte Willi weiter auf.

»Oder Frau Dr. Burkhardt fühlt sich in ihrer Berufsehre gekränkt«, ergänzte Frederike ironisch.

Willi nickte ihr anerkennend zu.

»Oder es gibt ein Mittel, das man besonders gut Menschen mit Vorlieben für alternative Heilmethoden unterjubeln kann«, schloss Frederike die Aufzählung. »Gut, ich verstehe, was du meinst. Das gibt mir einiges zum Nachdenken.«

Willi schloss die Augen. Er war sichtlich erschöpft. »Halt mich auf dem Laufenden!«, nuschelte er noch, dann schlief er einfach ein.

»Das mache ich«, flüsterte Frederike. »Halt dich tapfer!« Dann verließ sie auf Zehenspitzen das Krankenzimmer.

Während sie zu Abend aß, überflog Frederike die Aufstellung von Angela und glich sie mit der Liste der Heimleiterin ab. Während des Essens zu lesen, war ihr so in Fleisch und Blut übergegangen, dass sie sich inzwischen langweilte, wenn sie einfach nur essen sollte. Also lagen immer eine Zeitung, ein Buch oder ihr Tablet in Reichweite. Notfalls las sie auch die Aufschrift auf der Milchpackung.

Die Daten stimmten so weit überein, allerdings fanden sich in Angelas Aufstellung auch noch Kommentare zu den Todesursachen. Anscheinend hatten alle vor ihrem Hinscheiden unter ähnlichen Symptomen gelitten: Übelkeit und Atemnot. Bei den obduzierten Leichen zeigten sich Entzündungen der Atemwege. Doch war unklar, was diese Reizung verursacht hatte. Konnte es eine Vergiftung sein? Sie hatten in ihrem kleinen Kreis ja schon über diese Möglichkeit gesprochen. Da kamen viele Substanzen infrage. Alles in allem war sie erleichtert, dass endlich die Polizei ermittelte.

10. Kapitel

Am nächsten Tag fuhr sie mit ihrem Mini zum St. Ägidius und verzichtete auf ihre »Tarnung« als dementes Friedchen in Tagespflege. Die würde ihr jetzt auch nicht mehr helfen. Stattdessen ging sie gleich zu Klaras Appartement. Diese kontaktierte sofort Horst, Ursula und Helga, sodass nach wenigen Minuten das kleine Wohnzimmer überfüllt war. Als endlich alle einen Platz gefunden und eine Tasse Tee oder Kaffee vor sich stehen hatten, berichtete jeder von seinen Fortschritten.

Klara hatte sich mit Heike die Dienstpläne angeschaut. Anscheinend war es ziemlich üblich, untereinander Dienste zu tauschen oder abzugeben. Da brauchte jemand Geld, da hatte jemand keine Zeit oder einen anderen Termin.

»Es ist nicht so, als ob die Pläne gar nichts taugen, darauf verlassen kann man sich aber nicht. Hier gibt es zum Beispiel Änderungen, hier und hier.« Klara zeigte auf die Einträge, wo Heike Korrekturen vorgenommen hatte.

»Anscheinend war Silvio doch häufiger im Einsatz, als wir gedacht haben«, bemerkte Horst interessiert. »Ich wusste gar nicht, dass der so erpicht auf Arbeit ist.«

»Heike hat erzählt, dass er ständig in Geldnot ist. Außerdem schätzt er wohl die Nachtdienste besonders wegen der Zuschläge und weil meist nicht so viel zu tun ist. Zumindest nicht, wenn man großzügig Schlafmittel verteilt – sprach Heike«, erklärte Klara.

»Das sollten wir mal im Auge behalten«, meinte Frederike, »allerdings könnte Heike auch die Gelegenheit genutzt haben, Silvio zu belasten, um selbst aus der Schusslinie zu kommen.«

Dann berichtete sie von Willi Walters Typenlehre zum Thema Gesundheit.

Klara seufzte. »Wie peinlich! Ich bin, glaube ich, Typ drei, wenn ich überlege, wie oft ich im Foyer mit Gudrun und Birgit sitze und über Krankheiten rede. Danach geht es uns zwar allen schlechter als vorher, aber wir hatten doch einen gemütlichen Nachmittag.«

Helga lachte. »Ja, wenn man euch belauscht, überkommt einen das Grausen. Zusammen habt ihr mehr Krankheiten als die komplette Bevölkerung von Bolsdorf.«

»Dabei bist du doch noch so fit!«, wunderte sich Frederike.

»Stimmt, aber mit Fitness kann man da nicht punkten«, konterte Klara, »da kommt man dann gar nicht zu Wort. Und außerdem ist ein bisschen Mitleid auch ganz schön!«

Ursula dachte laut nach: »Ich glaube, ich bin Typ vier. Alternative Heilmethoden finde ich viel besser als Schulmedizin.«

»Aber du gehst doch regelmäßig zu Frau Dr. Burkhardt«, wunderte sich Horst.

»Ja, aber nur wegen der Akupunktur. Die Medikamente nehme ich nicht.«

»Dich kann ich brauchen«, meinte Frederike. »Ist dir irgendetwas aufgefallen? Gibt es vielleicht ein neues Zaubermittel, eine Pille gegen Alter oder sonstige Gebrechen?«

»Na ja, im Moment schwören alle auf grünen Tee. Maria hatte so eine Quelle im Internet – eine ganz tolle Mischung und nur achtundzwanzig Euro die Packung! Sie hat mir auch eine bestellt.«

»Ist ja fast geschenkt«, bemerkte Helga trocken. »Warum kaufst du nicht einfach die Teebeutel im Supermarkt?«

»Spinnst du? In den industriellen Mischungen ist doch alles Mögliche an Schadstoffen und Pestiziden drin, das weiß doch jeder!«, verteidigte Ursula ihren Nobel-Tee.

»Ja, und der Internet-Tee wird wahrscheinlich von buddhistischen Mönchen im Hochland von Tibet per Hand gepflückt und Blatt für Blatt einzeln verlesen«, spottete Helga.

»Du hast doch keine Ahnung!«, fauchte Ursula zurück.

»Könntet ihr eure geschwisterlichen Streitereien später austragen? Wir haben Wichtigeres zu tun«, intervenierte Horst.

Frederike notierte den grünen Tee. »Gibt es sonst noch etwas, das dir einfällt?«

»Maria sprach von einem speziellen Spray mit Ginsengwurzel, das garantiert gegen Demenz hilft und die Lebensgeister weckt.«

»Ein Potenzmittel?«, fragte Horst interessiert.

Ursula sah ihn konsterniert an. »Das weckt das Gehirn, nicht deinen kleinen Prinzen!«

Klara und Helga prusteten los, während Frederike sachlich nachfragte: »Ein Spray? Was für ein Spray?«

»So ein Nasenspray! Ein weißer Pumpzerstäuber mit chinesischen Schriftzeichen drauf. Es soll ein uraltes Rezept sein aus der chinesischen Heilkunde. Maria meinte, das würde verhindern, dass das Gehirn abbaut. Leider hat die Pharmaindustrie kein Interesse daran, das Medikament in Deutschland zuzulassen. Dann können die ja keine Geschäfte mehr machen!«

Helga rollte mit den Augen.

»Hast du zufällig ein solches Fläschchen?«, fragte Frederike hoffnungsvoll.

»Nein, es gab nur eine kleine Lieferung. Ich habe keins mehr abbekommen«, bedauerte Ursula.

»Ich würde gerne mal mit Maria sprechen.« Frederike schaute Klara auffordernd an.

Die zuckte mit den Schultern. »Da kommst du zu spät. Sie ist vor zwei Wochen gestorben.«

»Na, so kann man natürlich auch den Abbau von Gehirnzellen stoppen«, bemerkte Horst ein wenig kaltherzig, was ihm böse Blicke von Klara und Ursula einbrachte.

»Na, ist doch wahr. Wenn man sich überlegt, was gerade Maria alles für ihre Gesundheit getan hat – vegane Ernährung, jeden Morgen eine halbe Stunde Gehen, Yoga, Atemübungen am offenen Fenster und die ganzen Wundermittelchen einschließlich sündhaft teurer grüner Tees – die hätte doch mindestens hundert werden müssen.«

»Vielleicht sollten wir uns das mal genauer anschauen. Ursula, weißt du, wer das Nasenspray genommen hat?«

»Nein, das lief alles unter der Hand. Maria hatte Sorgen, dass Frau Dr. Burkhardt das Spray in die Finger bekommt und konfisziert. Die ist ja so schulmedizingläubig – mal abgesehen von der Akupunktur. Das macht sie wirklich gut! Anscheinend ist der Stoff hier in Deutschland nicht zugelassen.«

Frederike erhob sich und beendete die Sitzung. »Also los, ihr wisst, was zu tun ist. Besorgt uns das Spray, irgendwo muss doch noch ein Fläschchen zu finden sein. Und, Ursula, bring beim nächsten Mal von dem grünen Tee mit. Ich denke, beides sollte untersucht werden.«

Frederike ging in Richtung des Foyers. Sie wollte noch ein paar Worte mit Andrea Bader wechseln und nachhören, ob die inzwischen mit der Polizei gesprochen hatte. Auf dem Weg dahin erfreute sie sich an den Blumenaquarellen, die in den Fluren hingen. Das Haus war wirklich sehr liebevoll eingerichtet.

An ihrer Stimmung erkannte sie, dass sie einen großen Fortschritt gemacht hatten. Wenn eine Ermittlung begann, spürte sie häufig großen Druck und fühlte sich niedergeschlagen. Die Taten lasteten auf ihrer Seele. Doch irgendwann im Verlauf ihrer Recherchen kam immer ein Punkt, an dem sich der Nebel lichtete und sie ein mögliches Muster erkannte. Dann fühlte sie sich plötzlich energiegeladen. Ein solcher Punkt war anscheinend jetzt erreicht. Dieses Nasenspray! Könnte das der Schlüssel zu den Todesfällen sein?

Im Foyer sprach Frau Weißbrot an der Rezeption gerade mit zwei Männern, die sich nach der Heimleitung erkundigten. Der eine um die fünfzig, bereits leicht ergraut, im beigefarbenen Trenchcoat, der andere deutlich jünger, in Jeans und Lederjacke. Frederike erkannte an ihrem Auftreten sofort, dass es sich um Polizisten handeln musste, auch wenn sie keine Uniform trugen. Sie grinste. Wenn man sich den verknautschten Trenchcoat anschaute, machte der Ältere anscheinend einen auf Columbo. Hoffentlich war er auch so schlau! Sie näherte sich den beiden. Der Ältere wies sich aus als Kriminalhauptkommissar Engel von der Kriminalinspektion Wittlich in Begleitung von Kriminalkommissar Junge – er deutete auf den jüngeren Kollegen. Frau Weißbrot erblasste, bat um einen Moment Geduld und ging in das Verwaltungsbüro, um Andrea Bader zu informieren.

Während die Männer warteten, nutzte Frederike die Gelegenheit und trat zu den beiden. »Guten Tag, mein Name ist Frederike Suttner. Ich denke, ich weiß, in welcher Angelegenheit Sie hier sind. Ich würde mich dazu gerne mit Ihnen unterhalten.«

Der Kriminalhauptkommissar blickte sie nachdenklich an. »Soso, Sie wissen also, warum wir hier sind. Sehr interessant. Ich denke, wir werden später die Gelegenheit haben, miteinander zu sprechen. Sind Sie eine Bewohnerin hier?«

Frederike schüttelte den Kopf, als auch schon Frau Weißbrot zurückkam und sie unterbrach. »Frau Bader erwartet Sie. Würden Sie bitte mitkommen?«

Die beiden Polizisten ließen Frederike einfach stehen und wandten sich ab.

Nun gut, es würde sich sicherlich später noch eine Gelegenheit ergeben. Da die Heimleiterin ja nun beschäftigt war, beschloss Frederike, erst einmal in die Stadt zu fahren. Sie würde es später noch einmal probieren.

Während die Polizisten das Büro durchquerten, sprach der Kommissar kurz mit Frau Weißbrot. »Da hat mich draußen gerade eine Frau Suttner angesprochen. Können Sie mir sagen, wer das ist?«

»Ach, unser Friedchen!«, lachte die junge Frau, »die ist hier in Tagespflege und erholt sich von einer Operation. Die dürfen Sie nicht zu ernst nehmen, die ist leicht dement. Aber eine ganz Liebe!«

Himmel, das hatte ihm gerade noch gefehlt!

Dann öffnete Frau Weißbrot auch schon die Tür zum Büro der Heimleiterin.

Nach einem kurzen Abstecher in die Innenstadt, um notwendige Einkäufe zu tätigen, fand sich Frederike nach knapp zwei Stunden wieder im St. Ägidius ein. Sie war doch zu neugierig, wie das Gespräch mit der Polizei gelaufen war. Vorsichtshalber hatte sie vorab angerufen und mit Andrea Bader einen Termin vereinbart, sodass sie direkt an der leeren Rezeption vorbei in das Büro durchgehen konnte.

»Ich habe heute Vormittag die beiden Polizisten gesehen. Wie lief es?«, erkundigte sie sich.

Andrea Bader rollte mit den Augen. »Ich bin mir nicht sicher. Zuerst gab man mir zu verstehen, dass ich viel zu lange gewartet hätte, bis ich die Polizei informiert habe, und dann meinte der Ältere, das wäre doch alles sehr unklar und ob überhaupt ein Verbrechen vorläge.«

Frederike runzelte die Stirn. »Haben Sie den beiden denn die Liste mit den Todesfällen gezeigt?«

»Natürlich!«, schnaubte die Heimleiterin. »Jetzt wollen sie wohl erst einmal mit unserer Ärztin reden, was an der Sache dran ist.«

»Gut, das ist das normale Vorgehen. Aber Frau Dr. Burkhardt ist ja noch besorgter als Sie.«

»Das kann man wohl sagen. Sie war heute Morgen bereits in meinem Büro und hat nachgefragt. Wissen Sie was? Ich rufe sie einfach mal an.« Und schon griff sie zum Hörer und wählte.

Nach einem kurzen Gespräch mit der Ärztin stellte sich heraus, dass die beiden Polizisten diese tatsächlich befragt und sich anschließend auf den Weg in die Kantine gemacht hatten. Der Jüngere hätte wohl etwas von Spurensicherung gesagt.

Frau Bader wollte sofort aufspringen und zur Kantine eilen, doch Frederike hielt sie zurück. »Da können Sie jetzt sowieso nichts ausrichten. Wahrscheinlich werden sie erst einmal ausgiebig den Küchenchef befragen.«

»Mal sehen, wie sich Heinz Fernmüller rausredet, dass er die Essensreste entgegen meiner Order entsorgt hat.«

»Das haben Sie denen erzählt?«

»Natürlich! Ich ärgere mich jetzt noch darüber. Das muss er selbst auslöffeln.« Der Gedanke an diesen Vorfall regte Andrea Bader aufs Neue auf.

Doch Frederike folgte bereits einem neuen Gedankengang. »Sagen Sie mal, was können Sie mir über Jogi, den Neffen von Käthe Gilles, erzählen?«

»Jogi? Ach ja, ich habe mitbekommen, dass er mit Ihrer Nichte befreundet ist! Ein netter Junge!«

Frederike fiel aus allen Wolken. »Was? Sie meinen, der Neffe von Käthe Gilles ist ... Jochen Anstruth?«

»Ja, ich dachte, das wüssten Sie?«

Frederike schüttelte kraftlos den Kopf. Deshalb war ihr der junge Mann auf der Beerdigung so vertraut erschienen. Ach, sie wurde echt alt!

Sie berichtete Andrea Bader von der Begegnung auf der Trauerfeier von Käthe Gilles und schloss: »Ich fasse es nicht, dass ich ihn nicht erkannt habe!«

»Nun, Sie haben ihn ja nur von hinten gesehen. Der Arme. Er war ganz durch den Wind. Er hatte ein gutes Verhältnis zu seiner Tante. Haben Sie an dem Tag Klara begleitet? Jochen war ganz irritiert, Sie dort zu sehen.«

»Ach, dann hat er mich gesehen?«, wunderte sich Frederike. »Er hat mich nicht gegrüßt.«

»Ja, ich weiß. Das hat ihm hinterher auch leidgetan. Aber bei der Totenfeier war ihm nicht nach Small Talk.«

Frederike nickte verständnisvoll. »Das kann ich gut nachvollziehen.«

»Na, meine Pflegemädels sind ganz traurig, dass er in festen Händen ist!«, kicherte Andrea Bader. »Er war im Haus gerne gesehen – ist ja auch ein hübscher Junge.«

»Das ist wohl wahr ... Ich hörte übrigens, er sei Chemielaborant und arbeitslos.«

»Nein, nicht ganz. Er ist tatsächlich studierter Chemiker und hat bis vor Kurzem an seiner Promotion gearbeitet – schon seit vier Jahren! Unterstützt von Käthe Gilles' Geld.«

»Ach, hat er schon seinen Doktortitel?«, fragte Frederike interessiert nach. Das klang doch besser, als sie ursprünglich befürchtet hatte.

»Nein, und den wird er wohl auch nicht bekommen. Ich weiß nichts Genaues, aber anscheinend hat sein Doktorvater ihm die Unterstützung entzogen.«

Nun, das hörte sich allerdings deutlich schlechter an.

»Wie ist es dazu gekommen?«, hakte Frederike nach.

»Das weiß ich auch nicht, hat mich aber auch nicht interessiert. Auf jeden Fall hat ihm Käthe danach den Geldhahn abgedreht und gemeint, er solle sich jetzt einfach einen Job suchen. Das hat ihm wohl überhaupt nicht gepasst.«

»An was hat er denn gearbeitet?«

Doch Andrea Bader zuckte nur mit den Schultern. »So genau kann ich Ihnen das nicht sagen. Von Chemie verstehe ich nichts. Irgendwas im Bereich der Grundlagenforschung. Fragen Sie ihn doch einfach selbst.«

»Und was halten Sie sonst von ihm?«

»Ganz nett. Wir sind uns nicht allzu oft begegnet. Er besuchte regelmäßig seine Tante, das war aber auch der einzige Berührungspunkt zwischen uns. Wir sind zwar verwandt, aber über sieben Ecken. Jetzt hat er natürlich keinen Grund mehr zu kommen.« Sie stutzte. »Obwohl – ich glaube, ich habe ihn vorgestern hier noch gesehen.«

»Vorgestern? Was wollte er denn wohl hier?«

»Keine Ahnung! Vielleicht war er noch mal in der Wohnung von Käthe Gilles. Ich wollte die schon geräumt haben, aber durch das ganze Gedöns hier bin ich noch nicht dazu gekommen. Unsere Warteliste ist ja auch inzwischen leer. Was soll es also?«, schloss sie bitter.

»Mmh, das ist interessant.«

»Unsere Warteliste?«

»Nein, dass Jochen vorgestern noch hier war. Da werde ich direkt mal nachhören lassen, was er hier wollte.«

Die Heimleiterin grinste. »Ach ja, Sie haben hier ja vor Ort Ihr eigenes Ermittlerteam. Ihre konspirativen Treffen sind nicht verborgen geblieben.«

»Ja, die vier sind sehr engagiert. Dabei fällt mir ein: Horst Blume meinte, dass vielleicht ein potenzieller Investor hinter den üblen Gerüchten stecken könnte.«

Andrea Bader dachte nach. »Unmöglich ist es nicht. Auf den Gedanken bin ich noch gar nicht gekommen. Ich werde mich bei der Trägergemeinschaft mal erkundigen, ob es dort Anfragen oder Offerten gibt.«

»Tun Sie das. Je mehr Informationen wir haben, desto schneller können wir dem Spuk hier ein Ende machen.«

Frederike verabschiedete sich und ging wieder zu ihrem Fahrzeug. Ihr gingen Jochen Anstruth und seine Verbindung zu Käthe Gilles nicht aus dem Kopf! Soso! Auf dem Weg fiel ihr ein, dass sie vor lauter Überraschung ganz vergessen hatte, die Heimleiterin auf das Nasenspray anzusprechen.

Bei ihrem Auto angekommen, entdeckte sie an der Fahrerseite einen tiefen Kratzer, der sich über die gesamte Länge das Fahrzeugs zog. Das durfte doch nicht wahr sein! Auch wenn sie ihren schwarzen Mini weniger als Statussymbol, sondern mehr als praktisches Werkzeug sah und sich um kleine Dellen und Beulen nicht scherte, machte sie dieser Akt des Vandalismus doch richtig wütend. Silvio!, schoss es ihr durch den Kopf. Sie schaute sich um. Wenn sie den erwischte ...!

Tatsächlich stand der grobschlächtige Pfleger im Eingangsbereich, grinste hämisch zu ihr herüber, warf demonstrativ seinen Schlüsselbund in die Luft und fing ihn gekonnt wieder auf. Während sein Blick dem Schlüssel folgte, eilte Frederike bereits wutentbrannt zu ihm hin. Das würde sie sich nicht bieten lassen! Sie dachte keinen Moment daran, ihn bei der Polizei anzuzeigen – das war für die doch nur eine Lappalie. Stattdessen trat sie so nahe an Silvio heran, dass sich ihre Nasen fast berührten, blickte ihm starr in die Augen und zischte: »Das wirst du mir büßen!« Gleichzeitig griff sie gekonnt in seine Kronjuwelen, sodass er laut aufjaulte und zusammenknickte. Der Schlüssel fiel zu Boden. Doch Silvio war zwar angeschlagen, aber das würde er sich von einer alten Frau nicht bieten lassen. Er holte mit der Faust aus, um Frederike niederzuschlagen, als ein junger Mann in Jeans und Lederjacke sein Handgelenk festhielt. »Na, na, na!« Im gleichen Moment dröhnte aus dem Inneren des Hauses eine laute Stimme: »Silvio! Sofort zu mir! SOFORT!« Andrea Bader stand in der Tür zum Verwaltungsbüro und kochte vor Wut. Silvio zögerte noch kurz, blickte Frederike drohend an, drehte dann aber ab und folgte der Aufforderung seiner Chefin.

Der junge Polizeibeamte, der Frederike zu Hilfe gekommen war, schaute sie ebenso bewundernd wie argwöhnisch an. »Was war das denn? Haben Sie ernsthaft geglaubt, Sie könnten es mit dem aufnehmen?«

Frederike blickte ihn an. »Vertun Sie sich da mal nicht. Solche Typen verspeise ich zum Frühstück!« Sie drehte sich um und wollte zu ihrem Wagen zurück, da fiel ihr Blick auf den Schlüsselbund, an dem auch ein Autoschlüssel hing. Sie dachte nicht lange nach, sondern warf die Schlüssel in weitem Bogen ins nächste Blumenbeet. Sollte Silvio den doch suchen, bis er schwarz wurde!

Von der Tür her erschollen Beifallsbekundungen. Sie blickte sich um und sah Klara und Horst dort stehen, die sie angrinsten und klatschten. Kommissar Junge starrte sie nur entgeistert an. Man konnte ihm förmlich ansehen, dass er sich ernsthaft Gedanken über ihren Geisteszustand machte.

Sie winkte ihren Freunden noch einmal zu und machte sich dann auf den Heimweg. Von Weitem grüßte die Burg Kerpen. Sie mochte das alte Gemäuer, auch wenn es lange nicht so alt war, wie es auf den ersten Blick aussah. Aber das war ja oft so, dass nicht alles so ist, wie es auf den ersten Blick scheint.

Vor ihrem Haus übten Lena und Kai mit dem neuen E-Scooter, Lena stand vorne und Kai hinter ihr und klammerte sich fest.

»Darf man da zu zweit drauf fahren?«, erkundigte sich Frederike neugierig.

»Nee, eigentlich nicht. Aber wir haben doch nur den einen!«, beklagte sich Lena.

»Das macht ihr aber schon ganz prima«, lobte Frederike. »Ist das schwer?«

Kai strahlte sie an. »Überhaupt nicht! Willst du auch mal fahren?«

»Warum nicht?«

Unternehmungslustig griff Frederike nach dem Lenker, den Lena ihr nur widerstrebend überließ. »Aber nicht kaputtmachen!«

»Dann zeig mir mal, wie das geht.« Frederike ließ sich von Lena kurz die Handhabung zeigen und rollte schon kurz danach mit stolzgeschwellter Brust durchs Dorf.

Ihr Nachbar Max kam gerade vom Friedhof und kommentierte ihre Fahrkünste: »Je oller, je doller!« Doch Frederike streckte ihm nur die Zunge heraus.

Nach einer kleinen Runde stand sie wieder bei den beiden Kindern, die sie schon sehnlichst erwarteten. »Das macht ja richtig Spaß! Wie lange kann man denn damit fahren?«

Während Kai mit den Schultern zuckte, kannte Lena die technischen Daten: »Bestimmt zwanzig Kilometer!«

Frederike staunte. »Das ist ja prima. Damit kann man dann sogar zum Einkaufen fahren. Vielleicht gönne ich mir auch so ein Teil.«

»Au ja«, freute sich Kai, »dann können wir ein Wettrennen fahren!«

Frederike lachte und strubbelte ihm durchs Haar. »Auf jeden Fall!« Dann ging sie in ihr Haus, wo Hannelore sie bereits sehnsüchtig erwartete.

11. Kapitel

Am nächsten Tag fuhr Frederike bereits früh nach Hillesheim. Es lag noch Nebel in den Tälern, doch es versprach, ein schöner Tag zu werden. Sie musste Klara einfach erzählen, dass es Käthes Neffe war, der nun mit Angela befreundet war. Gleichzeitig war sie neugierig auf die Fortsetzung der Geschichte mit Silvio und die Reaktion der Heimleiterin. Insgeheim war sie doch froh gewesen, dass der junge Kommissar sich gestern eingemischt hatte. Sie hatte früher regelmäßig Kampfsport gemacht, war aber inzwischen deutlich aus der Übung. Das hatte sie heute Morgen feststellen müssen, als sie anstelle ihres morgendlichen Tai Chi ein paar Tritt- und Schlagtechniken trainierte. Da fehlte die Power. Sie beschloss, sich nach einem Seniorenkurs in Taekwondo umzuschauen. Mit Silvio an den Hacken konnte das nicht schaden. Sie dachte an Willis Worte. Durch ihren riskanten Griff hatte sie sich Silvio definitiv zum Feind gemacht. Wenn er wirklich ein Soziopath war, musste sie mit Vergeltung rechnen. Sie schüttelte innerlich den Kopf über sich – manchmal reagierte sie einfach zu unbeherrscht!

Der junge Polizist schien recht pfiffig zu sein. Vielleicht könnte sie mit ihm mal ein paar Worte reden. Die

Polizei hatte sich auf jeden Fall noch nicht bei ihr gemeldet, obwohl sie ihre Telefonnummer an der Rezeption hinterlegt hatte.

Bei Klara angekommen, wurde zuerst einmal Kaffee aufgesetzt und zunächst über Jochen getratscht. Im Gegensatz zu Frederike war Klara nicht besorgt. »Also ist Jogi, der Neffe von Käthe, identisch mit Jochen, dem Freund von Angela. Na und? Das spricht doch eigentlich für ihn«, wischte Klara Frederikes Befürchtungen beiseite. »Ich kann mir nicht vorstellen, dass Angela so einen schlechten Männergeschmack hat, wie du glaubst.«
Frederike schnaubte und fühlte sich unverstanden. »Okay, lass uns das Thema wechseln und die anderen dazuholen!«
Klara lächelte leise in sich hinein und rief dann bei Horst und den Zwillingen an, die kurz danach eintrafen. Man war gestern nicht untätig gewesen.
Klara stöhnte ein wenig. »Ich war ja ganz froh, dass hier mal was los ist und ich was anderes machen kann, als nur über Krankheiten zu sprechen, aber das ist echt aufreibend. Mir ist gestern fast das Herz stehen geblieben, als du Silvio an den Eiern gepackt hast.«
»Was hat Frederike gemacht?« Ursula, die von dem Vorfall nichts mitbekommen hatte, kreischte fast vor Entzücken, während Helga nur trocken fragte: »Hat es sich gelohnt?«
Frederike überlegte kurz. »Es war weniger als erwartet!«
Alle prusteten los. Natürlich wollten die Schwestern nun genau wissen, was passiert war, und Horst und

Klara erzählten genüsslich, was sich gestern am späten Nachmittag abgespielt hatte.

»Ich sah Silvio übrigens gestern noch auf Knien durch den Garten kriechen. Irgendjemand hat ihm wohl gesteckt, dass du seinen Autoschlüssel ins Grüne geworfen hast«, vervollständigte Horst seinen Bericht mit Blick auf Frederike.

»Hat er ihn gefunden?«

»Wohl eher nicht, er wurde später von einem Kumpel auf dem Motorrad abgeholt. Der trug übrigens eine Kutte mit der Aufschrift *DEVILS* auf dem Rücken.«

Frederike schluckte kurz. Das hatte ihr gerade noch gefehlt! Die DEVILS waren berüchtigt für Bandenkriminalität und Gewalt. Spontan beschloss sie, ihre Taekwondo-Übungen auch abends zu machen und sich das Pfefferspray in die Handtasche zu packen. Plötzlich sehnte sie sich nach ihrer Dienstwaffe.

»Ich glaube, Silvio sehen wir nicht mehr wieder«, meinte Helga.

»Wie kommst du darauf?« Horst schaute sie fragend an.

»Ich sah, wie er gestern seinen Spind ausräumte. Zuerst habe ich mir nichts dabei gedacht, aber nachdem ihr jetzt diese Geschichte erzählt habt, kann ich mir vorstellen, dass Frau Bader ihn vor die Tür gesetzt hat.«

»Na ja, im Moment braucht sie auch nicht mehr so viel Pflegepersonal, bei den ganzen Todesfällen. Da hat sie sicher gerne die Gelegenheit genutzt, einem Mitarbeiter fristlos zu kündigen«, kommentierte Horst etwas gefühlskalt.

Ursula schüttelte sich. »Ich bin froh, dass er weg ist. Er war manchmal ganz schön gemein zu mir.«

Frederike betrachtete sie genauer. »Was meinst du damit?«

»Na ja, er hat gemeine Sachen gesagt, sich über mich lustig gemacht, weil ich meine Haare färbe.« Ursula traten Tränen in die Augen, und Helga zog sie tröstend an sich.

»Gut, dass er weg ist!« Klara hob wie zum Toast die Kaffeetasse.

»Wenn er denn weg ist!«, ergänzte Frederike, hob aber auch ihre Tasse und prostete den anderen zu.

Helga übernahm wieder das Wort. »Ich habe also gestern in den Zimmern unserer lieben Verblichenen nach den Nasensprays gesucht, als ich Silvio beobachtete. Leider bin ich nicht fündig geworden, obwohl ich dort auch die noch nicht geräumten Schränke und Kommoden durchgeschaut habe. Ich habe alles Mögliche gefunden an Vitamintabletten, Brillen, Hörgeraten und Gebissen, Heinz hat Schnaps gebunkert und Gisela Mon Chéri, aber weit und breit kein Nasenspray oder sonstige Zerstäuber. Nur das hier habe ich gefunden.« Sie hielt einen leeren Asthma-Inhalator hoch. »Der lag bei Werner, aber jeder weiß, dass der starkes Asthma hatte.«

»Gib ihn mir trotzdem. Ich veranlasse, dass man ihn untersucht.« Frederike nahm das kleine Gerät an sich.

»Dabei ist mir allerdings noch etwas aufgefallen. Ich weiß aber nicht, ob das was zu bedeuten hat.« Helga wirkte nachdenklich.

»Erzähl!«

»Als ich in das Zimmer von Justus trat, war eine junge Frau von der Putzkolonne da. Sie hatte gerade die Schublade der Nachtkommode geöffnet. Als sie mich sah, schob sie sie direkt wieder zu und lief aus dem Raum. Normalerweise haben die Putzen in den Schränken nichts zu suchen.«

»Hast du sie gefragt, was sie da macht?«, fragte Frederike interessiert, doch Helga winkte ab. »Die sprechen doch kaum Deutsch. Außer ›Nix verstehen!‹ kam da nichts.«

»Kanntest du das Mädchen denn nicht?«

Helga dachte nach. »Die gehört zum Service, der hier mit der Zimmerreinigung beauftragt ist. Die muss aber ganz neu dabei sein, die hatte ich hier noch nie gesehen. Und ich kenne die Gesichter eigentlich alle ganz gut.«

»Vielleicht wollte sie ja einfach nur klauen. Du würdest staunen, was hier alles gestohlen wird. Wenn du mal ins Heim kommst, Frederike, lass auf jeden Fall die Wertsachen im Schließfach auf der Bank.« Dieser fürsorgliche Ratschlag kam von Horst.

»Ich werde das Thema mal mit Andrea Bader besprechen. Die hat beim Personal anscheinend mehr Baustellen als gedacht«, meinte Frederike und schaute auf die Uhr. »Mittagszeit! Kommt, lasst uns in die Kantine gehen. Vielleicht gibt es ja schon etwas Neues.«

Ursula und Helga verabschiedeten sich, da sie selbst gekocht hatten und ihnen das Kantinenmenü heute nicht zusagte, und so zogen Frederike, Klara und Horst alleine los.

Vor der Kantine hatten sich bereits zahlreiche Bewohner eingefunden. Obwohl die Uhr schon zwölf Uhr fünfzehn anzeigte, waren die Türen noch verschlossen. Die Ersten beschwerten sich bereits wütend und klopften an die Tür. Andere stellten Mutmaßungen an, was da passiert sein könnte, und manche standen ganz entspannt da oder saßen auf ihren Rollatoren und harrten der Dinge, die da kommen sollten. Es war eine ganz schöne Geräuschkulisse.

»Hallo, meine Damen, meine Herren«, drang die helle Stimme von Andrea Bader durch das Stimmengemurmel. »Kommen Sie doch bitte mit in den Aufenthaltsraum. Heute gibt es Pizza!«

Aufgeregt folgte ihr die Gruppe. Die meisten freuten sich wie die Kinder. Pizza! Und zwar die richtige vom Italiener. Das war mal etwas Besonderes. Für Käseverächter gab es auch Varianten ohne Käse, sodass für alle etwas dabei war.

»Gott sei Dank sind die Hillesheimer Pizzerien fix«, sprach Andrea Bader Frederike von der Seite an. »Ich wurde erst vor einer halben Stunde informiert, dass die Kantinenküche gesperrt wurde. Alle Bediensteten werden im Nebenraum befragt, und Heinz Fernmüller hat man direkt nach Wittlich verfrachtet.«

»Wurde er verhaftet?«, fragte Frederike argwöhnisch.

»Keine Ahnung! Kommissar Engel hat mich nicht eingeweiht. Hier geht jetzt alles drunter und drüber. Ich zweifele schon, ob es so eine gute Idee war, die Polizei einzuschalten. Das geht hier ohne Rücksicht auf Verluste. Ich kann doch die alten Leutchen nicht hungern lassen.« Sie redete sich zunehmend in Rage und blickte Frederike anklagend an. »Da haben Sie mir ja was Schönes eingebrockt!«

Doch Frederike konterte sachlich: »Sie hatten keine andere Wahl. Solche Ermittlungen stören immer die normalen Abläufe. Binden Sie Ihr Team ein, um ein Notfallkonzept zu erarbeiten. Das wird alle ablenken. Den

Bewohnern scheint ein wenig Abwechslung nicht zu schaden.«

»Warten Sie es ab. Hier gibt es genügend, die auf kleinste Veränderungen ihres Tagesablaufs sehr aggressiv reagieren.« Andrea Bader seufzte. »Ich bin froh, wenn das hier vorbei ist.«

Frederike drückte ihren Arm. »Das sind wir alle.« Sie zog die Heimleiterin in eine ruhige Ecke. »Was war gestern noch mit Silvio Hermanns?«

Frau Bader zuckte zusammen. »Ich habe gesehen, dass er Sie schlagen wollte, da hab ich ihn fristlos vor die Tür gesetzt. Gewalt gegen Bewohner – das geht gar nicht. Da habe ich keinen Spielraum. Er konnte sofort seine Sachen packen. Was war da eigentlich los?«

Doch Frederike winkte ab. »Das erzähle ich Ihnen später.«

Der ganze Trubel wurde Frederike schnell zu viel. Sie verabschiedete sich von Klara und Horst und fuhr erst einmal wieder nach Hause. Auf der Rückfahrt hielt sie am Berndorfer Steinbruch an, stieg aus und ging ein paar Schritte. Sie genoss die Stille und die beruhigende Landschaft und leerte ihren Kopf. Ein Rotmilan kreiste über dem Feld. Sie mochte die riesigen Vögel mit der markanten Schwanzform.

Als sie zu Hause ankam, war von Hannelore weit und breit nichts zu sehen. Wahrscheinlich streunte er wieder in der Nachbarschaft rum. Sie setzte sich in den Garten und dachte über den Stand der Ermittlungen nach.

Die Geschichte mit Silvio beunruhigte sie wirklich. Wenn er aktives Mitglied der DEVILS war, durfte sie die Gefahr nicht unterschätzen. Die Gruppe war einschlägig bekannt. Silvio alleine war schon schlimm genug, aber Silvio mit Verstärkung – das war richtig übel. Sie beschloss, mit dem jungen Polizisten zu sprechen. Er hatte den Angriff ja mitbekommen. Wenn er hörte, dass Silvio mit den DEVILS in Kontakt stand, würde er vermutlich ein Auge auf ihn haben. Sie würde auch mit ihrem alten Kollegen Klaus Wieland noch einmal sprechen. Vielleicht gab es ja einen Kontakt bei der Motorradgang, den man anzapfen konnte.

Nach diesen Überlegungen beschloss sie, die Gedanken an Silvio zunächst einmal beiseitezuschieben und sich mit den Ermittlungen rund um Heinz Fernmüller zu beschäftigen. Dass man ihn wirklich verhaftet hatte, hielt sie für unwahrscheinlich. Da hätte er schon ein Geständnis ablegen müssen. So schnell mahlten die Mühlen der Justiz nicht. Die Essensproben mussten zunächst einmal ausgewertet werden.

Also konzentrierten sich die Ermittlungen auf das Essen. Sie verstand das Vorgehen von Kommissar Engel nicht ganz – viel zu eindimensional. Was war mit dem Pflegepersonal? Der Putzkolonne? Den Bewohnern? Würde sie die Ermittlungen leiten, hätte sie das Haus komplett auf den Kopf gestellt und heftig durchgeschüttelt. Vielleicht war es Rücksichtnahme gegenüber den Heimbewohnern? Quatsch, da müsste sich eine sozialverträgliche Lösung finden lassen. Sie befürchtete, dass Kriminalhauptkommissar Engel womöglich nicht die hellste Kerze auf der Torte war. Das machte ihre Ermittlungen nicht unbedingt einfacher. Sie seufzte. Noch eine Frage, die sie Klaus Wieland stellen könnte.

Das entspannende Umfeld tat seine Wirkung. Kurz darauf war Frederike eingenickt.

Zwei Stunden später schreckte sie auf. Anscheinend hatte sie schlecht geträumt, konnte sich aber nicht mehr an den Traum erinnern. Sie streckte sich, der alte Korbsessel war zwar bequem, aber so bequem nun auch wieder nicht. Sie rollte mit den Schultern und machte ein paar Dehnübungen. Wenn sie schon dabei war, konnte sie gleich wieder ihre Taekwondo-Kata üben. Mitten in den Bewegungen bemerkte sie aus den Augenwinkeln eine Gestalt an der Gartenpforte, die sie beobachtete. Silvio, dachte sie prompt und fuhr herum, doch es war nur Angela, die ihr lächelnd applaudierte. Sie kletterte mit ihren langen Beinen über das Gartentörchen, ohne sich die Mühe zu machen, es zu öffnen.

»Hast du kurz Zeit? Ich möchte gerne etwas mit dir besprechen.«

Frederike nickte. »Klar, komm mit in die Küche. Da sind wir ungestört.«

Beide machten es sich am Küchentisch gemütlich, Frederike hatte Teewasser aufgesetzt, ihre Marzipanschnecken aus der Plätzchendose geholt und auf zwei Teller verteilt.

»Mmh, lecker!« Angela kaute hingebungsvoll und krümelte dabei auf ihr T-Shirt.

»Was willst du besprechen?«, fragte Frederike neugierig.

»Jochen wird nächste Woche bei mir einziehen.« Angela blickte sie vorsichtig an. »Ich weiß, dass das alles sehr schnell geht, aber ich freue mich total.«

»Ist deine Wohnung nicht etwas klein für zwei Personen?« Frederike überlegte blitzschnell, wie sie Angela davon abhalten konnte, diesen Schritt zu gehen. »Sucht euch doch lieber gemeinsam etwas Größeres.« Das würde das Ganze noch einige Monate nach hinten schieben.

»Nein, das geht schon. Er hat ja nicht viel.«

»Na ja, aber ihr müsst ja nichts überstürzen. Vielleicht ist dein Vermieter gar nicht einverstanden.«

»Doch, den hab ich schon gefragt«, winkte Angela ab. »Zum nächsten Ersten zieht Jochen ein.«

»Aber er behält doch noch seine Wohnung?« Frederike griff nach jedem Strohhalm.

Angela zögerte. »Nein, wird er nicht. Ehrlich gesagt hat man ihm die Wohnung gekündigt.«

»Hat er das erzählt?« Frederikes Misstrauen wuchs schlagartig.

»Ja, er muss da schnellstmöglich raus. Für uns schien das wie ein Wink des Himmels.« Angela strahlte.

»Aber das geht doch nicht, dass man jemanden mal gerade mit einer Woche Kündigungsfrist aus der Wohnung schmeißt.«

»Ehrlich gesagt hat man ihm fristlos gekündigt. Er hat wohl seine Miete nicht bezahlt«, druckste Angela herum und schlang sich die Arme um die Brust.

Diese Geste kannte Frederike zur Genüge. Angela fühlte sich selbst nicht wohl bei der Sache.

»Jetzt mal Klartext! Wovon lebt er? Was tut er?«

»Er ist Chemiker und hat bis vor Kurzem promovieren wollen. Er war da in so einem Forschungsprojekt. Das ist aber gestoppt worden, und er hat seine Promotionsstelle verloren. Und jetzt hat er kein Geld mehr.«

»Dann soll er sich doch erst mal einen Job suchen, bevor er dir auf der Tasche liegt«, meinte Frederike erbost.

»Ach, sei doch nicht so Achtziger!« Angela funkelte sie an. »Das ist nicht mehr wie früher, wo der Mann das Geld verdient und die Frau das Heimchen am Herd spielt. Ich verdiene gut genug für uns beide.«

Frederike war pikiert. »Darum geht es doch gar nicht. Wie unverschämt! Als ob ich nicht selbst für mich gesorgt hätte. Heimchen am Herd – also wirklich.«

»Jochen würde gerne seine Forschungsarbeit fertigstellen. Das kann er aber nicht, wenn er sich irgendwo anstellen lässt. Das musst du doch verstehen!«, verteidigte Angela ihren Freund.

»Und wie stellt er sich das vor?«

»Er überlegt, eine eigene Firma zu gründen. Er wartet bloß noch auf das Geld von seiner Tante, die kürzlich gestorben ist. Käthe Gilles! Die hast du doch noch kennengelernt, stimmt's? Sobald das Geld da ist, wird er wieder durchstarten.«

Frederike schnaubte. Das hatte sie sich doch gedacht, dass Jogi seine Tante nicht aus Herzensgüte besucht hatte. Wie praktisch, dass sie just in dem Moment gestorben war, als er seine Promotionsstelle verloren hatte. Vielleicht ein bisschen zu praktisch! Sie war beunruhigt, sah aber auch keine Möglichkeit, Angela von ihrem Vorhaben abzubringen, ohne ihr von ihrem Verdacht zu erzählen. Und wenn sie sich ansah, wie verliebt Angela war, brauchte sie ihr ohne Beweise gar nicht zu kommen. Also legte sie eine Hand auf Angelas Arme, mit denen diese sich jetzt wieder entspannt auf den Tisch lehnte. »Versprich mir, dass du ihm kein Geld leihst!«

Angela lachte erleichtert auf. »Nein, das werde ich nicht tun. Ich bin froh, dass du einverstanden bist.«

Frederike grinste sie schief an. »Das wäre zu viel gesagt. Aber ich sehe, dass ich dich nicht daran hindern kann, auch wenn ihr eure Beziehung für meine Begriffe zu überstürzt angeht. Ich wünsche dir einfach viel Glück!«

Was sollte sie auch sonst tun? Sie würde da sein, wenn Angela in nächster Zeit mit Liebeskummer bei ihr auf der Matte stand.

Kurz danach brach Angela auf, um zum Dienst zu fahren.

Frederike griff zum Telefon und wählte ihre alte Dienstnummer, doch eine unbekannte Stimme teilte ihr mit, dass Kriminaloberkommissar Wieland heute bereits die Dienststelle verlassen hätte und erst morgen wieder erwartet würde.

Schade! Im Moment fühlte sie sich rastlos. Die Sache mit Angela hatte sie aufgewühlt, und sie musste nun mit ihrer Energie irgendetwas tun. Hecke schneiden? Nein, sie würde noch einmal ins St. Ägidius nach Hillesheim fahren. Vielleicht lief ihr dort ja der junge Kommissar über den Weg.

Doch als sie aus dem Haus trat, kamen ihr Lena und Kai entgegen und hielten ihr einen frisch gepflückten Strauß bunter Blumen hin. »Da, für dich!«

»Och, das ist aber lieb von euch.« Frederike nahm den Strauß entgegen. »Was haben wir denn da?« Sie schaute die Kinder forschend an. »Den habt ihr aber nicht auf der Wiese gepflückt, oder?«

»Nee«, meinte Kai freudestrahlend. »In deinem Garten.«

Frederike seufzte. Der Phlox und die Malven waren ihr doch gleich so bekannt vorgekommen. Auch die letzten Rosen hatten dran glauben müssen. »Kinder, das ist lieb, dass ihr mir Blumen schenken wollt, aber bitte pflückt die demnächst woanders. Ich mag es, wenn meine Blumen in meinem Garten stehen bleiben.«

»Bei Opa Max?«, fragte Kai.

Frederike stöhnte. Max liebte seine Blumen ebenso wie sie und hatte darüber hinaus wunderschöne Indianernesseln und Dahlien. »Bloß nicht! Blumen könnt ihr dahinten auf der Wiese pflücken oder an den Wegrändern.«

»Aber da wächst doch nichts Besonderes!«, maulte Lena.

»Ach was!«, sagte Frederike, »ich stelle schnell die Blumen ins Wasser, und dann zeige ich euch mal, was es für interessante Pflanzen und Kräuter auf der Wiese gibt.«

Der Ausflug ins Altersheim war gestrichen.

Hannelore ließ sich auch abends nicht blicken, obwohl Frederike im Garten mit einem Löffel gegen seinen Napf schlug – das Zeichen für frisches Futter. Merkwürdig, normalerweise kam er bei dem Geräusch schnell aus den Büschen gesprungen. Sie wartete noch eine Weile draußen und drehte eine Runde ums Haus, doch der Kater blieb verschwunden. Frederike beruhigte sich selbst. Wahrscheinlich war er außer Hörweite oder lauerte gerade auf eine Maus. Da ließ er sich ungern stören. Morgen früh würde er sicher wieder in seinem Körbchen liegen.

12. Kapitel

Am nächsten Morgen erwachte Frederike ausgeruht und unternehmungslustig. Gleich nach dem Frühstück würde sie ihren alten Kollegen anrufen. Ein Blick auf die Uhr zeigte ihr jedoch, dass es dazu noch viel zu früh war, gerade mal Viertel nach sechs. Also zog sie ihr Yoga-Outfit an und machte im Garten Tai Chi und danach – in Gedanken an Silvio – einige Karate-Übungen. Dort bemerkte sie, dass der Futternapf von Hannelore nicht angerührt war. Langsam begann sie sich Sorgen zu machen und ging rufend ums Haus. Max kam gerade vom Brötchenholen, doch auch er hatte den Kater nicht gesehen. Hannelore verschwand öfter mal ein paar Stunden – also eigentlich kein Grund, sich Sorgen zu machen. Aber der Gedanke an Silvio ließ ihr keine Ruhe. Hatte er etwas mit dem Verschwinden ihres Katers zu tun? Sollte er Hannelore etwas angetan haben ... allein der Gedanke ließ ihr den Atem stocken und erfüllte sie mit Mordlust.

Pünktlich um acht Uhr zum Dienstbeginn rief sie Klaus Wieland an. Er meldete sich bereits nach dem ersten Klingeln. »Hallo, Frau Suttner, Sie sind aber früh unterwegs.« Er hatte ihre Nummer im Display erkannt.

»Guten Morgen.«

»Womit kann ich Ihnen heute helfen? Oder wollten Sie nur meine schöne Stimme hören?«, flachste er.

Doch ihr war nicht nach Scherzen zumute. »Nein, ich habe gleich mehrere Anliegen.«

»Na, dass das nicht zur Gewohnheit wird.«

»Keine Sorge, sobald der Fall geklärt ist, lasse ich Sie wieder in Ruhe. Aber hier ist gerade einiges los.« Sie griff zu ihrem Notizblock. »Also, haben Sie etwas zum Schreiben?«

Er lachte. »Fertig zum Diktat, Chefin!«

Sie lächelte. Klaus Wieland war wirklich ein netter Kerl!

»Das Wichtigste zuerst: Inzwischen wurden offiziell Ermittlungen eingeleitet zu mehreren ungeklärten Todesfällen hier im Altenheim. Die Ermittlungen liegen bei der Kriminalinspektion Wittlich. Ein Hauptkommissar Engel hat die Leitung. Er ermittelt hier vor Ort gemeinsam mit einem jungen Kollegen, Frank Junge. Ich habe mit beiden noch nicht sprechen können.«

Klaus Wieland pfiff durch die Zähne. »Michael Engel? Ich glaube, den habe ich mal beim Europäischen Polizeikongress kennengelernt. Ein ziemlich mürrischer Typ? Wir haben uns noch über seinen gammeligen Trenchcoat lustig gemacht.«

Frederike nickte in den Telefonhörer. »Das dürfte er sein. Zumindest erkenne ich den Mantel.«

»Wie ich hörte, wurde er wohl weggelobt. Er war früher in Mainz. Hat man ihn jetzt also in der Provinz geparkt.«

Frederike stöhnte. »Ich hatte es schon fast befürchtet. Eigentlich hatte ich gehofft, Sie könnten ein nettes Wort für mich einlegen.«

Klaus Wieland lachte. »Sie wollen wohl offiziell mitmischen? Bei Engel kann ich nichts machen, aber ich schau mal, wen ich im Bereich Wittlich kenne.«

»Okay, dann ein paar konkrete Fragen: Silvio Hermanns – gibt es da eine Akte? Eventuell in Verbindung mit den DEVILS?«

»Seit wann engagieren sich die DEVILS denn in der Altenpflege?«, kicherte Wieland.

»Silvio Hermanns arbeitete als Pfleger im Altersheim.« Frederike erzählte in blumigen Worten von ihren Begegnungen mit Silvio.

»Sie sind verrückt!«, konstatierte Wieland kurz. »Das war viel zu riskant.«

Frederike seufzte. »Ja, das ist mir inzwischen auch klar. Aber da wusste ich ja nichts davon, dass er Verbindungen zu dieser Motorradgang hat.«

Doch Klaus Wieland winkte verbal ab: »Ich kann mir nicht vorstellen, dass er seine Kumpels um Unterstützung bittet. Dann müsste er denen doch erklären, dass er sich von einer Oma – bitte entschuldigen Sie dieses harte Wort – hat an den Eiern packen lassen und damit allein nicht klarkommt.«

»Ja, wenn Sie es so schön zusammenfassen, hört sich das wirklich nicht sehr überzeugend an. Aber gibt es etwas über Silvio Hermanns?«

Klaus Wieland tippte auf seiner Tastatur herum. »Er ist ziemlich sauber. Es gab mal was mit dem Verkauf von Steroiden in einem Fitnessstudio, aber nichts Ernstes.«

Frederike hakte nach: »Vielleicht mit Vandalismus und Sachbeschädigung? Oder Tierquälerei? Seit gestern ist mein Kater verschwunden. Das macht mir gerade große Sorgen.«

»Auch nichts. Vielleicht war das bei Ihrem Mini seine Premiere. Behalten Sie ihn auf jeden Fall im Auge.«

Sie seufzte. »Und wie soll ich das Ihrer Meinung nach machen, jetzt, wo er entlassen wurde?«

»Dann halten Sie eben die Augen auf!«, beharrte Klaus Wieland. »Ich werde das auch machen. Kann ich sonst noch etwas für Sie tun?«

»Gibt es etwas zu Jochen Anstruth, zurzeit wohnhaft in Trier? Das ist ein Neffe von Käthe Gilles. Ist das Testament übrigens bereits eröffnet?«

»Da muss ich mich erkundigen. Im Moment habe ich leider keine Zeit mehr, ich sehe gerade, dass unser Meeting bereits vor zwei Minuten begonnen hat – und ich bin der Leiter.«

»Dann aber los! Schicken Sie mir eine Mail«, verabschiedete Frederike sich schnell. Doch Wieland hatte schon aufgelegt.

Während sie ihr Frühstücksgeschirr abspülte, dachte sie über das Gehörte nach. Tja, die Geschichte mit den DEVILS war vielleicht wirklich gar kein Thema. Vielleicht hatte ja bloß ein Kumpel Silvio einen Gefallen getan und ihn nach Hause gebracht. Ob er inzwischen seine Autoschlüssel wiedergefunden hatte? Wenn er von der Heimleitung Hausverbot bekommen hatte, wäre das wohl gar nicht so einfach. Das konnte seinen Ärger wieder neu entfachen. Sie beschloss, auf jeden Fall mit Frank Junge, dem Kommissar, zu sprechen und ihm von ihren Befürchtungen zu berichten. Vielleicht sah er ja eine Möglichkeit, Silvio an die Leine zu legen.

Mittags traf sie wieder im Altenheim ein und ging sofort zur Rezeption. Dort erkundigte sie sich nach den Polizisten und ließ sich von Frau Weißbrot die Telefonnummer von Kommissar Junge aufschreiben. Diese war zunächst irritiert, als sie nach den Kontaktdaten fragte, und versuchte, sie abzuwimmeln. Erst nach dem Hinweis auf Andrea Bader und einer kurzen Nachfrage bei der Heimleiterin rückte sie die Telefonnummer sichtlich peinlich berührt heraus. Frederike lächelte in sich hinein. Damit war die Geschichte vom dementen Friedchen hoffentlich vom Tisch!

»Frau Bader lässt nachfragen, ob Sie kurz Zeit für sie hätten«, meinte die junge Frau, nachdem sie Frederike den Zettel ausgehändigt hatte. »Sie können direkt durchgehen.« Auffordernd zeigte sie mit der Hand Richtung Büro.

»Danke, ich kenne den Weg.« Frederike nahm den Zettel und ging in das Verwaltungsbüro.

Andrea Bader saß an ihrem Schreibtisch und blickte sie erwartungsvoll an. »Schön, dass Sie da sind. Sie wollten mir doch noch die Geschichte mit Silvio Hermanns erzählen. Hier im Heim kursieren die wildesten Gerüchte. Haben Sie ihm wirklich in den Schritt gefasst?« Sie schaute Frederike mit aufgerissenen Augen an.

Diese lachte. »Ich habe die Erfahrung gemacht, dass dieses Vorgehen hocheffizient ist.« Sie erzählte der Heimleiterin ausführlich, was sich zugetragen hatte.

»Ich hörte, Kommissar Junge hat Schlimmeres verhindert.«

»Ja, alles in allem bin ich froh, dass er eingegriffen hat. Ich bin mir nicht sicher, ob meine Selbstverteidigungskünste ausgereicht hätten, um Silvio auszuschalten.«

Andrea Bader nickte. »Da bekomme ich direkt ein wenig Mitleid mit Silvio. Tatsächlich hätte er mit der Geschichte gute Argumente, gegen die fristlose Kündigung vorzugehen. Ich nehme an, vor dem Arbeitsgericht würde er gewinnen.«

Frederike bestätigte das. »Allerdings glaube ich, dass das nicht einfach ein Ausrutscher von ihm war. Mir ist vorher schon aufgefallen, wie lieblos und abwertend er mit den Bewohnern – auch mit mir – sprach. Auch Worte sind eine Waffe!«

»Ja, mit Worten kann man ebenso verletzen wie mit Fäusten. Und was ich da inzwischen alles gehört habe – von den Mitarbeitern und auch von einzelnen Bewohnern –, ist es um Silvio Hermanns wirklich nicht schade.«

»Was gibt es Neues von den Ermittlungen?«, wechselte Frederike das Thema.

Andrea Bader verzog das Gesicht. »Sie werden es nicht glauben, aber Heinz Fernmüller hat tatsächlich akribisch von allen Speisen in den letzten drei Wochen Proben genommen und eingefroren. Unglaublich! Er hat mich richtig vorgeführt.«

»Ernsthaft?«, staunte Frederike. »Dann vermutet er selbst, dass der Auslöser der Todesfälle in der Küche zu finden ist?«

»Ich finde das unglaublich. Als ich Essensreste ins Labor schicken wollte, hat er mir ins Gesicht gesagt, dass nichts mehr da ist. Und jetzt das!« Die Heimleiterin hatte augenscheinlich ein Autoritätsproblem mit ihrem Küchenchef.

»Aber jetzt sind die Proben im Labor?«, hakte Frederike nach.

»Ja, die Ergebnisse werden in Kürze erwartet. Anscheinend hat er eine seiner Küchenhilfen in Verdacht. Davon hat er mir natürlich nichts gesagt«, ergänzte sie bitter. »Er hat dem Kommissar erzählt, dass er die Frau genau beobachtet habe.«

»Na, das wird ihm eine gehörige Portion Ärger einhandeln. Denn selbst wenn er die Proben gebunkert hat – er hat die Untersuchung verschleppt. Möglicherweise hätten sich Todesfälle verhindern lassen«, spekulierte Frederike.

»Ärger ist genau das richtige Wort. Er bekommt auf jeden Fall eine Abmahnung. Damit kommt er bei mir nicht durch. Ich habe das viel zu lange schleifen lassen. Damit ist es jetzt vorbei. Erst Silvio, jetzt Heinz Fernmüller – ich bin mal gespannt, was als Nächstes kommt.«

»Bei Ermittlungen ist das immer so – da wird das Innerste nach außen gedreht. Glauben Sie mir, Sie werden noch so manche Überraschung erleben«, orakelte Frederike und erhob sich aus dem Besuchersessel. »So, ich werde nun zu Klara Limes gehen … falls Sie mich später brauchen.«

Andrea Bader stand auf und gab ihr die Hand zum Abschied. »Ich bin froh, dass Sie hier sind. Kommissar Engel wirkt so feindselig. Als hätte ich die Menschen selbst auf dem Gewissen.«

Frederike drückte ihr nur fest die Hand. Was sollte sie auch sagen?

Klara war nicht in ihrem Appartement. Da es bereits Essenszeit war, versuchte Frederike es im Aufenthaltsraum. Die Küche war immer noch gesperrt.

Dort fand sie Klara. Diese stand gerade in der Schlange, um sich ihr Essen abzuholen. Anscheinend gab es nun interimsweise Essen auf Rädern. Jeden Tag Pizza hielt wohl der stärkste Magen nicht aus.

Klara schaute prüfend auf ihren Teller. »Na ja, es sieht schon ein bisschen matschig aus.« Sie schob eine Gabel mit Sauerkraut in ihren Mund und kaute ausgiebig.

»Kartoffelpüree mit Sauerkraut und Rostbratwürstchen«, guckte ihr Frederike auf den Teller. »Das sieht doch immer matschig aus. Schmeckt es denn wenigstens?«

»Ist schon recht!« Klara beugte sich nach vorne und raunte Frederike zu: »Sie haben Heinz Fernmüller verhaftet. Meinst du, ich bekomme Ärger, weil ich in seiner Küche gebacken habe? Nicht dass ich es nachher noch schuld bin.« Sie wirkte tatsächlich besorgt.

Frederike beugte sich ebenfalls vor. »Bist du sicher, dass man ihn verhaftet hat? Vielleicht haben sie ihn nur zu einer Befragung abgeholt.«

Klara zuckte mit den Schultern: »Was heißt sicher? Ich habe es von Horst gehört, der hat es von Heike erfahren, und woher die es weiß, kann ich dir auch nicht sagen.«

Frederike lehnte sich entspannt wieder zurück. Das hörte sich doch sehr nach »Stille Post« an. Drei Zuhörer weiter in der Kette wäre Heinz Fernmüller wahrscheinlich bereits überführt und verurteilt. Da waren ihre Informationen von Andrea Bader wahrscheinlich näher an der Wahrheit.

»Lass uns in dein Appartement gehen, dann erzähle ich dir, was ich gehört habe.«

»Gleich!«, nuschelte Klara mit vollem Mund, schluckte herunter und freute sich: »Das Schöne bei diesem Essen ist, dass man das auch ohne Zähne locker essen kann. Man kann kauen, aber man muss nicht.« Sie deutete grinsend zum Nebentisch, wo eine ältere Dame ihre Zähne gerade in ein Taschentuch packte, in die Tasche steckte und sich anschließend wieder genüsslich dem Kartoffelpüree widmete.

Frederike schüttelte sich. »Das wollte ich eigentlich nicht sehen. Dieses Gebiss wird mich jetzt wahrscheinlich bis in den Schlaf verfolgen.«

Klara kicherte. »Das wird bestimmt ein super Thriller – das *Killergebiss* oder *Biss zum Ende des Lebens*.«

Frederike schaute sie anerkennend an: »Oh, ein Twilight-Saga-Fan!«

»Ja, obwohl ich Jacob ja viel interessanter als Edward fand.«

»Wollen wir das jetzt im Ernst diskutieren?«

»Nein«, Klara schob den leeren Teller von sich. »Müssen wir nicht. Ich habe sowieso recht! Lass uns nach nebenan gehen.«

Gemeinsam verließen sie den Raum. Beim Rausgehen wurden sie von Helga angesprochen: »Habt ihr schon gehört? Der Heinz Fernmüller war's. Der hat sie alle umgebracht!«

Frederike rollte nur mit den Augen und schob Klara weiter.

Nach der Mittagspause traf sich das Ermittlerteam bei Horst. Alle suchten sich ein Plätzchen auf der Ledergarnitur.

»Ist das Le Corbusier?«, fragte Frederike neugierig.

Horst nickte stolz. »Die Sessel standen früher in meiner Kanzlei. Sehen immer noch wie neu aus!«

Ursula stellte einen nach Bratapfel und Zimt duftenden Apfelkuchen auf den Couchtisch.

»Mmh!« Horst sog genüsslich den Duft ein. »Mensch, Ursula, hast du den selbst gebacken? Der riecht ja köstlich.«

»Jawohl!«, freute sich Ursula über das Kompliment, »in meinem kleinen Backofen. Aber ich kann euch sagen, das ist eine ganz schöne Umstellung gegenüber meinem alten Herd.«

»Auf jeden Fall ist der dir richtig gut gelungen!«, meinte Frederike und schob sich eine Gabel voll in den Mund.

Alle mampften eine Weile vor sich hin. Gefräßige Stille!

Nach einer Weile legte Klara die Gabel gesättigt beiseite. »War das lecker! Viel besser als vom Bäcker.«

Horst schaute Ursula liebevoll an, nahm ihre Hand in seine und fragte: »Bei diesem Apfelkuchen – willst du mich heiraten?«

Ursula lachte laut auf. »Und meine Beamtenpension verlieren? Nie im Leben!« Als ehemalige Grundschullehrerin stand sie sich gut. »Du bist nur scharf auf meine Pension.«

Horst trug die Zurückweisung mit Fassung. »Hauptsache, du backst weiter Kuchen für uns.«

Ursula lächelte. »Versprochen! Dafür brauchst du deine Freiheit nicht zu opfern.«

Helga stupste Ursula in die Seite. »Überlege es dir. Das ist vielleicht die letzte Gelegenheit, es noch mal richtig krachen zu lassen.« Sie grinste ihre Schwester an.

»Nee, lass mal! So viel Aufregung ist gar nicht gut für mein Herz.«

Klara unterbrach das Geplänkel, indem sie ihre Notizen aus ihrer Handtasche holte. »Ich war fleißig!«

Schnell konzentrierten sich alle wieder auf ihre Aufgabe.

Klara war als Erste an der Reihe. »Mir ist es endlich gelungen, mit der Mutter von Frau Dr. Burkhardt zu telefonieren. Ich kenne Heidelinde noch von den Landfrauen, aber wir hatten uns ewig nicht mehr gesehen. Das war ein richtig nettes Gespräch, nachdem sie sich erst einmal an mich erinnert hat. Die hat ja seit einigen Jahren so mit der Hüfte zu kämpfen. Und dann den kranken Mann zu Hause, das große Haus und der Garten, aber sie hat jetzt eine Hilfe …«

Horst verzog das Gesicht. »Komm auf den Punkt!«

»Ach ja, 'tschuldigung!« Klara sortierte ihre Gedanken und ihre Notizen. »Also, ich musste ein wenig ausholen, bevor ich auf ihre Tochter zu sprechen kam. Die habe ich in den höchsten Tönen gelobt. Damit war das Eis dann gebrochen. Also, Frau Dr. Burkhardt spielt mit dem Gedanken, eine Praxis in Daun zu übernehmen. Das kostet aber richtig Geld. Wie viel, wusste die Heidelinde auch nicht so genau, aber die Übernahme der

Geräte macht schon eine fünfstellige Summe aus. Darüber hinaus hat Eva – so heißt Frau Dr. Burkhardt mit Vornamen – aber auch noch rund dreißigtausend Euro BAföG-Schulden, die sie ab kommendem Jahr zurückzahlen muss. Zwar in Raten, aber das wird eine ganz ordentliche monatliche Belastung mit den Kreditabtragungen und den ganzen Zinsen. Denn Geld ist keins da.« Klara schob die Notizen zusammen. »Heidelinde macht sich da aber keine Sorgen. Eva Burkhardt hat ihr gesagt, dass das bei jungen Ärzten ziemlich normal ist. Und tatsächlich hat die Bank auch nicht gezuckt bei der Kreditanfrage. Aber Frau Dr. Burkhardt hat sich wohl noch nicht entschieden, ob sie das jetzt macht oder nicht oder doch vielleicht lieber im Krankenhaus als Internistin anfängt.«

»Sie wäre also wahrscheinlich nicht undankbar, wenn eine größere Summe Geld ins Haus flattert«, vermutete Frederike. »Auch wenn ich sie persönlich nicht für einen Menschen halte, der mutwillig im Auftrag eines Investors in einem Übernahmepoker durch böse Gerüchte das St. Ägidius sabotiert.« Sie verließ sich da ganz auf ihre Menschenkenntnis. »Auf mich wirkt sie sehr engagiert, aber auch ein wenig überfordert.«

Doch Horst wackelte mit dem Kopf: »Ich glaube es zwar auch nicht, aber ich habe mich mal umgehört. Es gibt anscheinend tatsächlich eine Investorengruppe – nämlich die Lebensfreude Invest AG –, die hier schon mal vorstellig geworden ist. Letztes Jahr, um genau zu sein. Damals gab es von Seiten des Trägers kein Interesse an einer Veräußerung. Aber das könnte sich ja nach so einem Skandal ändern.«

»Lebensfreude Invest!«, staunte Helga, »heißen die wirklich so? Das ist ja schon peinlich.«

»Ja«, nickte Horst, »die sind in der Branche auch nicht gerade für das Stiften von Lebensfreude bekannt. In den Heimen soll ein strenges Regiment herrschen. Da steht der Profit definitiv über der Lebensfreude.«

»Na ja, zumindest die Aktionäre freuen sich des Lebens, wenn die Rendite stimmt und der Euro rollt. Für die Bewohner ist das wahrscheinlich nicht halb so lustig.« Ursula stopfte resigniert das letzte Stückchen Apfelkuchen in den Mund.

»Gibt es irgendeine Verbindung zwischen der Lebensfreude Invest und Frau Dr. Burkhardt?«, fragte Frederike.

Horst zuckte mit den Achseln. »Keine Ahnung.«

Klara schaltete sich ein: »Ich telefoniere noch mal mit Heidelinde. Vielleicht weiß die ja was«, und griff zum Handy.

Sie hatten Glück, Heidelinde war zu Hause. Die beiden plauderten kurz über das Wetter und die Hüfte, da kam Klara auch schon zur Sache und fragte nach der Lebensfreude Invest. Die anderen hörten interessiert zu. Heidelinde sprach so laut, dass man sie auch ohne Freisprechanlage problemlos im Raum verstehen konnte. Und so bekamen alle mit, dass ihr der Name nichts sagte.

Nachdem Klara das Gespräch beendet hatte, herrschte zunächst einmal Schweigen in der Runde.

Horst fasste dann die Erkenntnisse zusammen. »Was wissen wir? Es gibt also einen möglichen Interessenten für eine Übernahme. Zumindest hat die Lebensfreude Invest im letzten Jahr ihr Interesse bekundet, auch wenn das zu diesem Zeitpunkt nicht auf Gegenliebe stieß. Durch die Vorfälle und die Ermittlungen wird sich die Verkaufssituation für die Träger deutlich verschlechtert haben, denn der Imageschaden ist enorm und strahlt aus. Damit dürfte zum jetzigen Zeitpunkt ein Angebot erheblich niedriger ausfallen als noch vor einem Jahr. Der Verlust der Reputation wurde durch die Befürchtungen von Frau Dr. Burkhardt verursacht, die sich geweigert hat, quasi Blanko-Totenscheine auszustellen. Ihre Schulden könnten ein mögliches Motiv sein. Sie sieht hier anscheinend nicht ihre berufliche Zukunft und denkt bereits über einen Wechsel nach Daun nach. Da wäre eine Geldspritze durch die Lebensfreude Invest doch ganz schön. Und sie hat sich ja nichts zuschulden kommen lassen. Sie ist einfach nur vorsichtig. Vielleicht übervorsichtig, aber das kann ihr keiner zum Vorwurf machen. Wenn in ein paar Wochen die Untersuchungen erfolglos eingestellt werden, kann sie ihre Hände in Unschuld waschen, aber der Imageschaden bleibt bestehen. Und möglicherweise werden bereits hinter den Kulissen die ersten Verhandlungen für eine Übernahme geführt.«

»Frau Bader weiß nichts von solchen Gesprächen, sonst hätte sie mir das erzählt«, meinte Frederike zögernd.

Helga schaute sie an. »Du kannst sicher sein, wenn da etwas läuft, wird es Andrea Bader als Letzte erfahren und als Erste spüren. Die werden sie das Heim sicher nicht mehr lange leiten lassen – egal wer hier das Sagen hat.«

Frederike nickte. Helga hatte ja recht. Sie hatte das viel zu oft gesehen. Mal war es ein Bauernopfer, mal eben ein Damenopfer. Aber irgendeiner würde immer für solche Skandale bezahlen, und das waren meist nicht die Verursacher. Schade, sie mochte die patente Frau.

»Gut«, schloss sie das Thema ab. »Im Moment gibt es keine Hinweise auf eine Verbindung zwischen dieser Firma und der Ärztin, aber wir müssen hier vielleicht noch weitere Nachforschungen anstellen. Ich habe gerade bloß überhaupt keine Idee, wie und wo.«

Klara sah sie fragend an. »Wie habt ihr das denn früher gemacht?«

Frederike winkte ab. »Wenn du den Staatsapparat im Rücken hast, kannst du ganz anders agieren und den Leuten auf den Zahn fühlen. Aber wir?« Sie schaute sich in der Runde um. »Wir können ja schlecht bei der Lebensfreude Invest vorstellig werden und mal nachhören, wer da so ein und aus geht.«

Klara nickte. »Stimmt! Aber die Polizei kann das.«

Frederike schaute sie mit offenem Mund an und schlug sich dann mit der Hand gegen die Stirn. »Stimmt ja, ich bin selten dämlich.«

Ursula schaute verwirrt zwischen den beiden hin und her. »Ähm – ich kann euch nicht folgen.«

»Wir werden die Polizei über unseren Verdacht informieren und denen dann die Laufarbeit überlassen. Das ist doch deren Kerngeschäft«, bekräftigte Frederike. »Ich wollte sowieso mit denen sprechen.«

»Ach, wie schade! Sind wir dann raus?« Helga machte sich anscheinend Sorgen, dass ihre Hilfe nicht mehr gebraucht würde.

»Nein, nein, es gibt hier noch genug zu tun, was wir vor Ort viel besser erledigen können«, besänftigte Frederike sie. »Aber es ist eine gute Idee, die Polizei auf die Spur zu setzen.« Sie warf Klara ein Luftküsschen zu. »Die können auch gleich mal nachhören, ob es eine

Verbindung zwischen Jochen Anstruth und der Lebensfreude Invest gibt. Er ist ja auch hier ein und aus gegangen. Und dem traue ich zu, in dieser Sache aktiv für Ärger gesorgt zu haben.«

Ursula und Helga guckten sie verwirrt an.

»Wer zum Teufel ist denn jetzt Jochen Anstruth?«, fragte Ursula, und Helga meinte auch nur: »Der Name sagt mir jetzt gar nichts. Was habt ihr uns verschwiegen?«

Frederike wurde plötzlich bewusst, dass sie zwar mit Klara und Horst kurz über Käthe Gilles' Neffen gesprochen hatte, die Schwestern aber tatsächlich nichts von ihrem Verdacht wussten.

»Jochen Anstruth ist Jogi, der Neffe von Käthe.«

»Jogi?« Ursula quickte fast vor Aufregung, doch Frederike fuhr einfach fort: »Ich habe ein Auge auf ihn, weil Käthe Gilles seine Erbtante war und er anscheinend Geldsorgen hat.«

»Und weil er deine Nichte beglückt«, ergänzte Klara.

Frederike guckte sie stirnrunzelnd an. »Ja, das auch. Aber das gehört nicht hierher.«

»Na, das hättet ihr uns doch sagen müssen«, beklagte sich Helga.

Ursula hatte die Hände vors Gesicht geschlagen. »Jogi, ich glaub's nicht!«

Frederike schaute die Schwestern leicht konsterniert an. »Na, so schlimm ist das jetzt auch wieder nicht. Wir haben ja auch noch andere Spuren.«

»Aber Jogi hat doch das Nasenspray besorgt!« Ursula hatte die Hände gesenkt und blickte frustriert in die Runde.

Alle schauten sie entgeistert an.

»Na ja, ich habe mich nach den Pumpzerstäubern umgesehen und mit Marias Freundin gesprochen. Die hat mir erzählt, dass Jogi das Spray aus Luxemburg besorgt hat. Das Mittel ist hier nicht zugelassen, also illegal. Deshalb hat er es sich teuer bezahlen lassen. Geldsorgen? Bei den Preisen, die er hier gefordert hat für das Wundermittel«, Ursula machte mit ihren Fingern Gänsefüßchen in der Luft, »kann ich mir das kaum vorstellen. Fünfundachtzig Euro kostete das Nasenspray, das garantiert gegen Demenz wirkt.«

Frederike war sprachlos. War das der Durchbruch bei den Ermittlungen? Sie musste unbedingt an eins der Fläschchen kommen.

»Jetzt erzählt aber erst einmal: Was wisst ihr über Jogi oder Jochen oder wie auch immer er jetzt heißt? Und wieso spekuliert er auf Käthes Erbe? So betucht war sie doch gar nicht.« Helga forderte Aufklärung.

»Doch, war sie!« Horst erläuterte kurz, was sie über die Vermögensverhältnisse von Käthe Gilles wussten. Frederike ergänzte die Fakten mit ihren Informationen aus Düsseldorfer Zeiten.

Klara mischte sich ein: »Doch, eins weiß ich über Käthe Gilles«, sie betonte das »Ich«: »Sie hätte niemals ein Nasenspray gegen Demenz benutzt. Wozu auch? Sie war ja völlig klar.«

»Bist du sicher?« Frederike wollte es genau wissen.

»Ganz sicher! Sie war mit ihrer Gesundheit durchaus pingelig, nahm aber nur ihre Blutdrucksenker.«

»Typ zwei?«, forschte Horst interessiert nach.

»Dass du dir das merken kannst!«, staunte Ursula bewundernd.

»Wie auch immer – was ist mit Jochen?« Helga ließ nicht locker.

Frederike holte ihre Notizen aus der Tasche, breitete sie vor sich aus und stellte der Gruppe ihre Erkenntnisse vor – ungeduldig, denn sie interessierte sich brennend für Ursulas neueste Informationen. »Aber was hat es jetzt mit dem Nasenspray auf sich?« Auffordernd schaute sie Ursula an.

»Dazu muss ich wohl erst mal etwas erklären«, begann Ursula, doch Horst unterbrach direkt: »Aber kurz!«

Sie blickte ihn böse an. »Das ist wichtig, um zu verstehen!« Sie sammelte sich wieder. »Also, ihr habt ja von den Gesundheitsbewussten gesprochen.«

»Typ vier!«, warf Horst ein.

Klara schubste ihn.

»Ich gehöre da wohl auch zu. Wir tauschen uns regelmäßig aus. Hier geht es um Tipps, Anregungen, Adressen von Heilpraktikern und Heilern, neue Heilmittel, alternative Medizin, Ernährung – halt das ganze Programm.«

»Wer ist ›wir‹?«, wollte Frederike wissen.

»Ach, das wechselt immer mal wieder. Aber tatsächlich gehörten einige der Verstorbenen zu diesem Kreis.« Sie zählte an den Fingern auf: »Hilde, Rolf, Hubert, Werner, Gertrud, Justus und auch Gisela.«

»Was ist mit Ernst Müller und Heinz Mauer?«, fragte Klara nach, doch Ursula winkte ab. »Die beiden definitiv nicht. Ernst und Heinz konnten ja kaum noch selbstständig essen.«

»Und Änne, meine Sangesschwester?«, wollte Frederike wissen.

»Die habe ich nicht kennengelernt, die ist ja kaum aus ihrem Zimmer gekommen. Ich glaube nicht, dass die sich hier schon heimisch fühlte.«

Frederike nahm diese Einschätzung bedrückt zur Kenntnis. Die Sangesschwestern hatten sich fest vorgenommen, Änne hier zu besuchen, doch hatte man sich Zeit gelassen, und jetzt war Änne tot. Sie fand den Gedanken schrecklich, dass Änne sich hier so unwohl gefühlt hatte. Sie riss sich zusammen. »Okay, zurück zu Jogi. Wie passt der ins Bild?«

»Vor ein paar Wochen hat Maria von einem Zaubermittel gesprochen. Es sollte Demenz vorbeugen und auch Eiweißablagerungen im Gehirn rückgängig machen. Und gleichzeitig gegen Depressionen wirken.«

»Also ein echtes Wundermittel?«, empörte sich Klara. »Wie kann man bloß auf so etwas hereinfallen?«

»Na, das ist etwas ganz Neues, hier in Europa noch nicht zugelassen. Der Wirkstoff selbst kommt wohl aus China und wurde dort schon seit Jahrtausenden erprobt. Aber durch das Nasenspray geht das jetzt direkt ins Gehirn«, rechtfertigte sich Ursula, »das hörte sich sehr überzeugend an.«

»Warum hast du es nicht genommen?«, fragte Horst interessiert nach.

Ursula zuckte mit den Schultern. »Zu teuer! Ich wollte erst einmal sehen, ob es wirklich was bringt bei den anderen. Hier hat schon einiges kursiert, was viel Geld gekostet, aber nur wenig oder gar keine Wirkung gezeigt hat.«

Helga schnaubte: »Na, wenigstens hat dein gesunder Menschenverstand noch nicht völlig gelitten!«

Frederike war verwirrt. »Wieso wird so etwas denn nicht unterbunden? Die Ärztin muss doch wissen, welche Medikamente hier eingeworfen werden. Das kann doch zu schlimmen Neben- oder Wechselwirkungen führen. Und überhaupt: Hier kann doch nicht jeder einfach reinkommen und Medikamente oder sogar Drogen verticken.«

»Es ist ja nur ein wenig Cannabis«, sagte Horst kleinlaut.

Alle Blicke wandten sich erstaunt ihm zu.

Frederike stöhnte auf. »Das wird ja immer schlimmer mit euch!«

»Gegen mein Rheuma! Manchmal ist es unerträglich«, rechtfertigte Horst sich, und Klara fasste tröstend nach seiner Hand.

Ursula ergriff wieder das Wort. »Natürlich wird das vom Pflegepersonal und auch von Frau Dr. Burkhardt nicht gerne gesehen. Die sind doch alle so schulmedizingläubig. Dabei gibt es so tolle alternative Heilmethoden und ganz viel altes Wissen, das verloren zu gehen droht. Frau Dr. Burkhardt bietet ja auch Akupunktur an, aber bei anderen Sachen ist sie gar nicht aufgeschlossen. Wir sind uns sicher, dass die Pharmaindustrie auch Einfluss auf die Trägergesellschaften der Altenheime nimmt. Deshalb sind die hier so streng mit solchen Sachen.«

Frederike verdrehte die Augen. Solche Verschwörungstheorien kannte sie zur Genüge.

»Aber nicht mit uns! Wir sorgen schon dafür, dass das alles unter der Hand verteilt wird«, trumpfte Ursula auf.

»Also hat Jochen Anstruth hier ganz unauffällig gegen gutes Geld Nasenspray verkauft. Über welche Mengen reden wir da?«, brachte Frederike das Gehörte auf den Punkt.

Ursula überlegte kurz. »Den meisten war das Spray zu teuer. Viele haben ja nur ein kleines Taschengeld. Und manche – wie ich – wollten erst einmal abwarten. Also, ich weiß sicher, dass Maria, Gertrud, Hilde, Rolf und Justus gekauft haben, vielleicht auch Werner.«

»Werner?«, fragte Klara erstaunt nach, »der war doch mehr der Typ ›Echt deutsche Eiche‹. Wie passte der in diesen Kreis?«

»Er wusste plötzlich sein Geburtsdatum nicht mehr. Das hat ihm total Angst gemacht!« Ursula sah traurig aus.

»Altern ist nichts für Feiglinge!«, murmelte Helga, um dann mit neuer Energie fortzufahren: »Lasst uns schauen, wie wir an das Nasenspray kommen. Bisher haben unsere Durchsuchungen nämlich nichts gebracht.«

Frederike schaute sie an. »Ihr habt also schon konkret in den ehemaligen Zimmern der Verstorbenen geguckt?«

»Noch nicht systematisch. Wir haben in alle möglichen Schränken und Schubladen geguckt. Wo es halt gerade ging.«

»Dann ist das jetzt unsere wichtigste Aufgabe. Wir brauchen dringend ein Fläschchen, um den Inhalt zu überprüfen.«

Ursula machte einen nahe liegenden Vorschlag: »Könntest du nicht einfach Jochen Anstruth ein Nasenspray abkaufen?«

Frederike winkte ab. »Das könnte ich probieren. Die Frage ist aber doch, welche Inhaltsstoffe zum Zeitpunkt der Todesfälle in den Fläschchen waren.«

Helga war verunsichert. »Aber ich verstehe die Logik nicht. Warum sollte er hier Leute vergiften, wenn er auf das Erbe seiner Tante spekuliert?«

»Im Auftrag des Investors vielleicht?«, mutmaßte Horst.

»Oder er wollte die sprichwörtliche Nadel im Heuhaufen verstecken ... Wie auch immer: Diese Spur scheint mir wesentlich vielversprechender zu sein als die Überprüfung der Kantine«, meinte Frederike.

»Das macht ja auch schon die Polizei«, ergänzte Klara trocken. »Wolltest du nicht auch mit denen sprechen?«

»Stimmt!« Frederike blickte auf ihre Uhr. »Ich werde gleich mal nachsehen, ob Kommissar Junge noch im Haus ist. Was macht ihr jetzt?«

Ursula hob die Arme und jauchzte: »Vinyl-Party!«

Horst zeigte auf seinen Schallplattenspieler und die umfangreiche Plattensammlung. »Wir hören gemeinsam ein paar Platten. Rolling Stones ...«

»Led Zeppelin!«, hauchte Klara.

»The Who ...«, kam es schmachtend von Ursula, und Helga seufzte verträumt: »Jethro Tull! Wegen Ian Anderson habe ich von der Alt- zur Querflöte gewechselt. Göttlich!«

Klara kicherte. »Altflöte? Darunter habe ich mir immer was anderes vorgestellt.«

Horst schaute sie konsterniert an und drohte mit dem Finger. »Ich weiß genau, woran du jetzt denkst.«

»Cool!«, kommentierte Frederike. Da hatten ja anscheinend die Richtigen zusammengefunden. Wieso glaubten die Leute eigentlich immer, WDR 4, Helene Fischer und der Musikantenstadl wären das passende Seniorenprogramm? Auch Rocker gingen in Rente.

»Schade, dass ich schon was vorhabe!« Sie verabschiedete sich von der Runde und machte sich auf in Richtung Verwaltung.

Auf dem Weg dorthin checkte sie auf ihrem Smartphone ihre E-Mails. Tatsächlich lag eine Nachricht von Klaus Wieland in ihrem Postfach. Zu ihrer Freude bat er sie, ihn noch einmal anzurufen. Anscheinend hatte er neue Informationen.

Die Rezeption war nicht mehr besetzt und das Verwaltungsbüro abgeschlossen. Schade, aber anscheinend konnte sie hier heute nichts mehr tun. Sollte sie doch zur Vinyl-Party zurückkehren? Vielleicht hatte Horst ja auch *Sgt. Pepper's Lonely Hearts Club Band*. Die Platte hatte sie schon ewig nicht mehr gehört. Sie schaute auf ihre Uhr und seufzte. Dienst ist Dienst und Schnaps ist Schnaps! Vielleicht erwischte sie ja noch Klaus Wieland in der Dienststelle. Kurz überlegte sie, ob sie es direkt probieren sollte, aber ein Blick auf die nicht vorhandenen Sendebalken ließ sie von dem Vorhaben Abstand nehmen. So fortschrittlich die Eifel inzwischen in vielen Dingen war – der Netzausbau bot noch einiges Optimierungspotenzial. An manchen Stellen musste man auf Bäume klettern, um telefonieren zu können. Zeit, nach Hause zu fahren.

Zu Hause schaute sie erst einmal nach, ob Hannelore inzwischen wieder aufgetaucht war. Nichts! Auch der Napf war noch voll. Sie machte sich inzwischen richtig Sorgen um ihren Weggefährten. Sie griff zum Telefonhörer und hatte Glück, Klaus Wieland war noch am Platz und nahm sofort ab.

»Ich dachte mir doch, dass Sie mich heute noch anrufen«, begrüßte er sie. »Ich habe extra noch eine Überstunde drangehängt.«

»Als ob Sie davon nicht schon genug hätten!«

Er lachte. »Stimmt. Aber hier liegt noch einiges an Schreibarbeit und Berichten auf dem Tisch. Da konnte ich ein wenig wegarbeiten.«

Sie machte es kurz: »Was haben Sie für mich?«

Sie hörte ihn blättern.

»Also, es gibt tatsächlich etwas. Ich bin nicht sicher, ob es für Sie interessant genug ist, aber …«

»Legen Sie los!«, unterbrach sie ihn.

»Jochen Anstruth hat eine Vorstrafe wegen Drogenbesitzes. Nichts Dramatisches, es ging wohl nur um eine geringe Menge für den Eigengebrauch. Und Anfang des Jahres gab es eine Anzeige der Universität Trier. Dabei ging es wohl um Diebstahl. Er soll Stoffe und Geräte aus dem Labor entwendet haben. Allerdings wurde der Vorwurf fallen gelassen und die Anzeige zurückgezogen. Deshalb kann ich Ihnen nicht mehr dazu sagen.«

»Das könnte der Grund sein, weshalb er seine Promotion abbrechen musste. Vielleicht dachte man dort, das und seine Entlassung seien Strafe genug.«

»Kann sein. Vielleicht hat man dort aber auch nur eine weitergehende Untersuchung und unnötiges Aufsehen vermeiden wollen. Sie wissen doch, wie das ist.«

Beide kannten das zu gut. Nicht selten waren Ermittlungen dadurch blockiert worden, dass es plötzlich Erinnerungslücken gab oder Anzeigen zurückgezogen wurden, obwohl jeder wusste, dass hier etwas vertuscht werden sollte.

»Sind Sie bei Ihren Recherchen zufällig auf eine Firma mit dem liebenswerten Namen Lebensfreude Invest gestoßen?«

»Du liebe Güte, was für ein Name! Nein, das sagt mir nichts.« Klaus Wieland konnte ihr hier anscheinend nicht weiterhelfen.

»Haben Sie schon neue Informationen über die Testamentseröffnung?«, fragte Frederike hoffnungsvoll.

»Das Testament wird am Freitag eröffnet. Das Notariat Lehmann in Meerbusch ist da zuständig. Die Vollstreckung wird aber auf jeden Fall ausgesetzt, bis die Todesumstände von Käthe Gilles eindeutig geklärt sind.«

»Sie sind gut informiert«, lobte Frederike ihren ehemaligen Mitarbeiter.

»Danke!«, nahm der das Kompliment gerne entgegen. Damit hatte sie ihn früher nicht verwöhnt. Altersmilde? Er grinste in sich hinein. »Sie haben mich neugierig gemacht.«

»Gut so! Sobald Sie noch mehr hören, lassen Sie es mich wissen.«

»Mach ich. Und passen Sie auf sich auf! Anscheinend bauen die DEVILS gerade in der Eifel ein neues Vertriebsnetz aus. Ich weiß nicht, ob und wie Silvio da hineingehört, aber ich habe vorsichtshalber einen Tipp an die zuständige Sonderkommission weitergeleitet. Ist Ihre Katze inzwischen wieder aufgetaucht?«

Sie war zusammengezuckt. Die DEVILS in der Eifel! Das hatte gerade noch gefehlt. Es reichte doch wirklich, wenn die Motorradgang auf dem Nürburgring ihre Runden drehte und bei der An- und Abfahrt die angrenzenden Eifeldörfer in Angst und Schrecken versetzte. Und Silvio! Immer wieder gingen ihr die Worte von Willi durch den Kopf: Silvio, ein durchgeknallter Psychopath! Hoffentlich hatte er nicht Hannelore in die Finger bekommen. Sie traute ihm zu, dass er dem Tier etwas antun würde, nur um sich zu rächen.

»Hallo, sind Sie noch dran?«, fragte Wieland nach.

»Sorry, ich war gerade in Gedanken. Nein, leider ist mein Kater immer noch verschwunden. Ich mache mir wirklich Sorgen.«

»Na, er taucht bestimmt bald wieder auf. Vielleicht wandelt er ja auf Liebespfaden«, versuchte Wieland, Frederike zu trösten.

»Ja, das hoffe ich auch!« Sie beendeten das Gespräch.

Nachdem sie aufgelegt hatte, setzte sie sich in Ruhe in ihren Gartenstuhl, um ihre Gedanken zu sortieren. Der Hinweis von Ursula, dass Jochen Anstruth im Heim Pharmazeutika oder Drogen oder was auch immer verkauft hatte, elektrisierte sie.

Was enthielt das Nasenspray?

War Jochen der Todesengel?

Wenn er es war – warum wollte er Menschen vergiften?

Lust am Töten?

Oder ein Unfall?

Auftragsmorde für gewissenlose Investoren?

Oder waren die Todesfälle doch Zufall und hatten gar nichts mit den Fläschchen zu tun?

Wie passte Käthes Tod dort hinein?

Und wo zum Teufel steckte Hannelore?
Ihr dröhnte der Kopf. Sie stand auf, um eine letzte Runde ums Haus zu drehen.

13. Kapitel

Am nächsten Morgen war Hannelore immer noch nicht aufgetaucht. So lange war er noch nie weggeblieben. Inzwischen glaubte Frederike, dass ihm etwas zugestoßen sein musste. Um sich auf andere Gedanken zu bringen, dachte sie darüber nach, ob es sich lohnen könnte, nach Trier zur Uni zu fahren, um die Hintergründe der Anzeige zu recherchieren, doch sie zögerte. Trier war nicht ihr Revier, und sie kannte niemanden an der Uni. Das wäre vermutlich bloß Zeitverschwendung. Sie musste anders an die Informationen kommen.

Also beschloss sie, nach dem Frühstück zunächst einmal einkaufen zu fahren. Auch wenn der Fall – und Hannelore – stets in ihren Gedanken kreiste, konnte sie den leeren Kühlschrank und die dicke Staubschicht auf der Anrichte nicht übersehen. Es war Zeit für einen Hausarbeitstag. Im Moment konnte sie sowieso nicht allzu viel ausrichten. Die Polizei machte ihre Arbeit, und das Team rund um Klara hielt Ausschau nach den Fläschchen. Klara würde sich schon melden, wenn sie fündig wurden.

So fuhr Frederike erst einmal los in den nächsten Supermarkt. Es war schon lästig, dass der kleine Tante-Emma-Laden im Dorf vor zwei Jahren aus Altersgründen zugemacht hatte. Jetzt musste sie für ein halbes Pfund Butter zwanzig Kilometer fahren.

Für den Nachmittag plante sie dann endlich mal wieder einen kleinen Hausputz. Doch als sie mit den Einkäufen fertig war und auf dem Rückweg am St. Ägidius vorbeikam, entschloss sie sich doch spontan, anzuhalten und mit Klara zu sprechen. Sie hatte die ganze Nacht überlegt, ob sie Angela von Jochens Vorstrafe erzählen sollte, und war sich unschlüssig. Natürlich würde sie es gerne sehen, dass Angela ihm den Laufpass gab, doch sie erkannte auch die Gefahr, dass ihr Widerstand gegen die Beziehung ihr Verhältnis zu Angela verschlechtern könnte. Der Romeo- und-Julia-Effekt!

Klara war jedoch nicht in ihrem Appartement anzutreffen, und so machte sich Frederike seufzend auf die Suche nach ihr. Immer op Jöck, die Frau! Anscheinend war die Kantine wieder geöffnet, denn wie von einem Magneten angezogen bewegten sich die Bewohner aus allen Richtungen zum Speisesaal. Wahrscheinlich war auch Klara hier zu finden.

Und tatsächlich saß das Grüppchen am gewohnten Tisch. Klara winkte ihr schon von Weitem zu. »Komm rüber, heute gibt es zur Feier des Tages Döppekooche.«

Döppekooche, früher ein Arme-Leute-Essen aus geriebenen Kartoffeln, Zwiebeln, Speck und Eiern, zählte heutzutage zu den kulinarischen Klassikern mit Kultstatus. Frederike lief das Wasser im Mund zusammen.

»Mmmh, das hört sich gut an.« Sie schob sich auf die Bank. »Dann ist Heinz Fernmüller wieder im Einsatz?«

Klara nickte. »Ja, da hinten steht er.« Sie winkte ihm zu, und er kam zum Tisch spaziert.

»Na, freut ihr euch schon auf unsere Eifeler Spezialität?«, erkundigte er sich freundlich.

Ursula nickte begeistert, doch Klara zog ihn näher an den Tisch und fragte ihn leise nach seinen Erfahrungen mit der Polizei.

Er zog einen Stuhl heran. »Jetzt kann ich ja darüber reden. Natürlich habe ich mir auch meine Gedanken gemacht. Diese ganzen Todesfälle – da denkt man doch gleich daran, dass was mit dem Essen sein könnte.«

»Und deshalb haben Sie die Proben genommen?«, mischte sich Frederike ein.

Er blickte sie an. »Und Sie sind …?«

Frederike stellte sich vor, und Klara beugte sich verschwörerisch zu Heinz Fernmüller rüber. »Sie hilft uns bei den Ermittlungen. Sie war früher bei der Polizei. Aber psst …!« Sie legte den Finger auf den Mund.

Heinz schaute Frederike an. »Also gut, ich glaube, wir können hier jede Hilfe gebrauchen.«

»Gibt es denn schon Ergebnisse der Untersuchungen?«

Er zuckte mit den Schultern. »Die üblichen Verdächtigen wie Salmonellen, EHEC und so weiter haben nichts ergeben. Und anscheinend hat man auch schon einige Giftstoffe getestet. Deshalb gab es insgesamt Entwarnung. Man prüft noch alle möglichen anderen Stoffe, aber das kostet Zeit.«

»Aber die Küche wurde wieder freigegeben.«

»Ja, anscheinend hat man das komplette Personal überprüft – einschließlich meiner Person –, und weil wir die Proben aufgehoben haben, sind wir im Moment aus dem Schneider.« Heinz Fernmüller schaute sich um.

»Das wurde auch Zeit! Die Arbeit und die Leute hier haben mir richtig gefehlt.«

Klara tätschelte seinen Arm. »Schon klar, ohne uns und Frau Bader fehlt dir der Lebensinhalt.«

Er grinste sie an. »Stimmt, die kleinen Hakeleien mit der Heimleitung sind doch das Salz in der Suppe!«

Frederike horchte auf. »Haben Sie ihr deshalb erzählt, dass Sie die Essensproben bereits entsorgt hätten? Nur um sie zu ärgern?«

Heinz grinste schuldbewusst. »Ich lasse mich nicht gerne gängeln, schon gar nicht von einer Frau. Sie hätte das einfach mit mir besprechen sollen. Stattdessen lässt sie die Chefin raushängen!«

Die Gleichberechtigung war anscheinend noch nicht bei allen Eiflern angekommen, dachte Frederike säuerlich.

Auch Horst war verwundert. »Was hast du denn für ein Problem damit? Sie ist doch deine Chefin!«

Helga ergänzte spitz: »Die Situation ist viel zu ernst für solche Kindereien.«

Heinz Fernmüller sagte kleinlaut: »Das ist mir inzwischen auch klar. Aber in der Situation damals – da hat sie mich einfach zur Weißglut gebracht. Die Frau hat dafür aber auch ein besonderes Talent.«

»Du bist verliebt!«, konstatierte Ursula trocken.

Heinz schaute sie mit ausdruckslosem Blick an.

Sie lächelte ihm fast zärtlich zu. »Ist doch wahr. Warum sollte man sich sonst so dämlich verhalten!«

Er knurrte.

Frederike lachte laut auf und entspannte damit die Situation.

»Na ja, es gab noch einen anderen Grund, die Untersuchung zu blockieren ...«, gab Heinz zu.

In diesem Moment kamen zwei junge Mädchen an den Tisch und brachten mehrere Portionen Döppekooche mit Apfelkompott.

»Herr Fernmüller, Frau Bader hat nach Ihnen gefragt. Sie sollen in die Verwaltung kommen.«

Er stöhnte auf. »Was ist denn jetzt schon wieder?«, erhob sich aber. »Danke, Malika. Na, dann muss ich wohl los.«

Frederike war ärgerlich, sie hätte zu gerne gehört, aus welchem Grund er Andrea Bader die Proben vorenthalten hatte. Aber anscheinend betraf es ja nicht die Untersuchung der Todesfälle, sonst hätte die Polizei anders reagiert, und Heinz Fernmüller würde immer noch in Wittlich versauern.

Klara schaute Ursula an, während sie ihr Essen mit einer Gabel in mundgerechte Stücke zerteilte. »Glaubst du wirklich, dass er ein Auge auf Andrea Bader geworfen hat?«

Ursula grinste. »Ehrlich gesagt nein. Aber jetzt hat er was zum Nachdenken.«

»Boah, kannst du fies sein!«

Frederike aß mit Heißhunger. Dabei fiel ihr ein, dass sie das Auto voll mit Lebensmitteln hatte, die eigentlich dringend in den Kühlschrank sollten. Man las ja immer die grässlichsten Geschichten über unterbrochene Kühlketten und Keimbelastung. Aber jetzt genoss sie erst einmal die krosse Kruste, und außerdem – Job ist Job!

»Habt ihr schon nach den Pumpzerstäubern schauen können?«, fragte sie mit vollem Mund in die Runde.

Helga funkelte sie an. »Natürlich, aber weißt du, was das für ein Aufwand ist? Man kann ja auch nicht immer so einfach in die Zimmer und Appartements rein. Viele sind jetzt auch schon geräumt. Wir müssen dann hinterhertelefonieren, ob irgendjemand von der Verwandtschaft etwas gefunden hat.« Sie kramte in ihrer Tasche und zog ein Blatt hervor. »Ich habe mir mal notiert, welche Zimmer wir kontrolliert und mit wem wir gesprochen haben. Eine ganz schöne Latte, aber wir sind fast durch.«

»Lass mal sehen!« Frederike griff nach der Liste. »Was sind das denn für Hieroglyphen? Ist das eine Geheimschrift?«

Helga schnaubte und riss ihr die Liste aus der Hand. »Das ist Steno, du Nase! So was konnte man früher, als es noch keine Diktiergeräte gab! Zu meiner besten Zeit schrieb ich bis zu vierhundertachtzig Silben in der Minute!«

»Wow!« Frederike war beeindruckt.

»Und es ist auch unklar, wer nun wirklich alles das Mittel genommen hat«, nahm Klara den ursprünglichen Gesprächsfaden wieder auf. »Da gibt es ja auch noch andere Nasensprays gegen Schnupfen, Allergien oder einfach um die Schleimhäute zu befeuchten. Und dann die Erinnerungslücken und Fehlinformationen. Gretel erzählte zum Beispiel, Else hätte es genommen, Else kann sich an nichts erinnern ... Ein ständiges Hin und Her! Da muss man erst mal die Spreu vom Weizen trennen.«

»Und dann gibt es auch noch andere Fläschchen mit chinesischen Schriftzeichen«, bemerkte Ursula. »Ich dachte gestern Abend schon, ich hätte in Marias Sachen was gefunden, aber das war eine chinesische Heilsalbe.«

»Ja, die Chinesen waren anscheinend in den letzten zehntausend Jahren sehr erfinderisch«, bemerkte Horst trocken. »Ich wüsste zu gerne mal, was da so alles auf den Fläschchen steht.«

»Vielleicht Glückskeksweisheiten!«, vermutete Helga. »Mein Lieblingsspruch ist: Kuchen schmeckt besser ohne Kerzen!«

»Wie wahr!«, bestätigte Horst und griff nach seinem Dessert. »Das gilt auch für Pudding!«

»Oder die Speisekarte vom Asia-Imbiss an der nächsten Straßenecke«, spekulierte Klara. »Wenn ich an Jochens Preise denke, kann ich mir schon vorstellen, dass man mit solchen Produkten bei uns Alten ein Heidengeld verdienen kann. Was brauchen wir noch Kaffeefahrten und Heizdecken oder Enkeltricks, wenn uns bei solchen Mittelchen und Pülverchen mit unklarer Herkunft schon das Geld so locker sitzt.«

»Ja, aber es hilft doch – und wer heilt, hat recht.« Ursula ließ sich die alternativen Heilmittel nicht so einfach vermiesen.

Frederike nickte wohlwollend mit dem Kopf. »Ich denke auch, wenn es den Leuten guttut und sie sich damit helfen können – was soll's? Letztendlich kann keiner sein Geld mitnehmen, wenn er abtreten muss. Da sollte es jedem unbenommen bleiben, auch mal an sich zu denken und sich etwas Gutes zu tun.«

»Hast du inzwischen mit der Polizei sprechen können?«, erkundigte sich Klara.

Frederike stöhnte. »Nein, die machen sich rar. Ich versuche heute Nachmittag mal, mit Kommissar Junge in Kontakt zu kommen. Ich kann mich ja einfach noch mal bei ihm bedanken, dass er mich vor Silvio gerettet hat.«

»Das hast du noch nicht getan?« Klara schaute sie fassungslos an. »Dann wird es aber Zeit!«

Nach dem Essen ging jeder seiner Wege. Frederike fuhr nach Hause. Die Lebensmittel mussten in den Kühlschrank.

Nachmittags, Frederike hatte gerade ihr Mittagsschläfchen beendet, klingelte das Telefon. Klara war am Apparat. Anscheinend hatte man Heike verhaftet.

14. Kapitel

Am nächsten Morgen wollte Frederike zu Willi fahren. Sie hatte die ganze Nacht wach gelegen, sich Sorgen um Hannelore und Gedanken über den Fall gemacht. Sie verstand es nicht.

Nach dem Telefonat mit Klara gestern war sie zur Chorprobe gegangen, um auf andere Gedanken zu kommen. Kurzfristig hatte das auch funktioniert. In Kürze stand ein Auftritt an, und der Dirigent erwartete volle Aufmerksamkeit. Zwei Stunden lang war es ihr gelungen, sich ausschließlich auf Stimme, Atmung und Intonation zu konzentrieren.

Doch sobald sie zu Hause war und in ihrem Bett lag, begannen die Gedanken wieder zu kreisen. War Silvio auf dem Kriegspfad? Sie ertappte sich dabei, dass sie furchtsam auf jedes Geräusch draußen achtete. Hatte da nicht gerade eine Tür geklappert? Ein Balken knarrte. In einem alten Haus gab es viele Geräusche. Sie war aufgestanden, hatte in Hannelores leeres Körbchen gestarrt und dann die Schlafzimmertür von innen abgeschlossen. Ihr Handy lag aufgeladen auf dem Nachtschränkchen, und sie hatte ihren Stockschirm danebengestellt. So gewappnet, legte sie sich wieder ins Bett und nahm die Gedankenfäden wieder auf. Wieso war Heike verhaftet worden? Sollte sie ihr Bauchgefühl so sehr getrogen haben? Vielleicht war sie wirklich zu alt für so was.

Also hatte sie in den frühen Morgenstunden beschlossen, noch einmal zu Willi nach Gerolstein ins Krankenhaus zu fahren und mit ihm zu reden. Er hatte ja schon früh den Verdacht geäußert, dass Heike der Todesengel sein könnte. Also könnte er ihr vielleicht auf die Sprünge helfen, was sie womöglich übersehen oder falsch interpretiert hatte. Nachdem sie den Beschluss gefasst hatte, war sie tatsächlich eingeschlafen.

Doch war die Nacht kurz gewesen, denn gegen halb sieben musste sie dringend ins Bad, und schon gingen die Grübelkreisläufe wieder los. Seufzend hatte sie erst einmal das Haus kontrolliert und nach Hannelore gerufen. Dann war sie in die Küche zurückgekehrt und hatte sich eine Tasse Kaffee aufgeschüttet. Als sie am Frühstückstisch saß, begann das Gedankenkarussell erneut zu kreisen. Also ignorierte sie die unaufgeräumte Küche und das schmutzige Geschirr und brach einfach auf.

Hoffentlich begegnete sie Angela nicht! Sie erschrak so sehr, als sie sich diesen Gedanken bewusst machte, dass sie bei der nächsten Parkmöglichkeit am Walsdorfer Kreisel anhielt, um sich erst einmal ausführlich mit diesem Gefühl zu beschäftigen. Sie stellte den Wagen ab und stieg aus. Ein paar Schritte würden ihr guttun. Sie schlug den Weg in Richtung Hillesheim ein.

Sie liebte ihre Nichte. Warum also plötzlich dieser Widerwille gegen ein Treffen? Sie gestand sich ein, dass sie heute einfach keinen Nerv hatte, sich Angelas Schwärmereien über den ach so tollen Jochen anzuhören und

Details darüber zu erfahren, wie hier eine Beziehung wuchs, die sie nicht gutheißen konnte. Und irgendwie nahm sie es Angela auch übel, dass sie auf einen solchen Blender hereinfiel.

War sie eifersüchtig? Sie reflektierte ihr Unbehagen. War es nur das? So kannte sie sich gar nicht. Sie wollte doch, dass ihre Nichte glücklich war. Nein ... Jochen war das Problem. Er hatte irgendetwas an sich, das bei ihr sämtliche Alarmglocken zum Klingen brachte.

Im Gegensatz zu Heike. Die löste bei ihr gar nichts aus. Sie knurrte ärgerlich, dann drehte sie sich um und ging zurück zu ihrem Wagen. Sie musste mit Willi sprechen!

Im Krankenhaus angekommen, ging sie schnurstracks durch die Gänge zu Willis Zimmer und hatte Glück. Er war wach, allein und freute sich, sie zu sehen. »Mensch, das ist schön! Ich langweile mich hier zu Tode.«

»Immerhin hast du hier eine Bombenaussicht über Gerolstein. Das ist besser als Fernsehen!« Spontan trat sie zu ihm und küsste ihn zur Begrüßung auf die Wange.

Er schaute sie erstaunt an: »Was hast du auf dem Herzen?«

Sie lächelte verlegen. »Ist das so offensichtlich? Ich glaube, ich brauche deine Hilfe.«

Sie erzählte ihm von den Vorkommnissen der letzten Tage und von Heikes gestriger Verhaftung. »Ich traue meinen Instinkten nicht mehr. Wieso Heike? Ich habe mit der Frau gesprochen. Ich sehe es einfach nicht. Erkläre es mir.«

»Ach, eine Nachhilfestunde in Psychopathologie? Gut, aber dafür muss ich etwas ausholen.«

»Ich habe Zeit.« Sie zog einen Stuhl ans Bett und setzte sich.

Willi legte los: »Bei meiner Tätigkeit als Kriminalpsychologe habe ich mich auch intensiv mit Serienmördern beschäftigt. Das ist ein spannendes Feld. Und wenn man da mal genauer hinschaut, ist es auch ein sehr komplexes Thema. Bei Massenmördern geht man ja gemeinhin davon aus, dass es sich um mordlustige durchgeknallte Psychopathen oder Soziopathen handelt, aber das ist nicht immer so.«

»Was ist eigentlich der Unterschied zwischen einem Psychopathen und einem Soziopathen?«, wollte Frederike wissen.

»Psychopathen kommen quasi schon mit dem Defekt fehlender Empathie oder dem, was wir Gewissen nennen, auf die Welt. Die Amygdala – ein Teil unseres Gehirns, der grob gesagt für Furcht und Impulskontrolle zuständig ist – ist dann nur schwach ausgeprägt. Psychopathen sind oft sehr gut an die Gesellschaft angepasst und meist auch sehr kontrolliert in ihrem Verhalten. Im Gegensatz zu Soziopathen. Soziopathen verlieren ihre Empathie durch traumatische Erfahrungen in der Kindheit, zum Beispiel durch Missbrauch oder schwere Misshandlungen – das ganze Elend eben. Da ist Gefühllosigkeit quasi die Antwort der kindlichen Psyche, um sich zu schützen. Soziopathen sind oft sozial schlecht angepasst und sehr emotional in ihren Handlungen.«

Sie nickte verstehend.

»Hast du den Fall von Niels Högel verfolgt?«, fragte Willi.

»Der Krankenpfleger, der mehr als hundert Menschen auf dem Gewissen hat?«

»Vermutlich sind es sogar mehr als dreihundert«, korrigierte Willi. »Interessant ist, warum Högel die Menschen tötete. Sie spielten für ihn als Individuen keine Rolle, sondern waren nur Mittel zum Zweck, um sich durch Wiederbelebungsmaßnahmen bei seinen Kollegen und Vorgesetzten zu profilieren. Wir haben es hier also eher mit einem ichbezogenen, selbstunsicheren Menschen zu tun, der durch seine Taten sein Selbstwertgefühl aufbaut. Dahinter steckt eine gehörige Portion Narzissmus, aber keine Mordlust oder so etwas.«

Frederike nickte. »Ja, mit solchen egoistischen Tätern hatte ich auch zu tun. Da wurde jemand abgeknallt, nur weil er die private Garageneinfahrt mit seinem Fahrzeug zugestellt hat.«

»Genau. Fehlende Impulskontrolle, starke Ichbezogenheit, keinerlei Empathie für andere. Aber da bist du wahrscheinlich tatsächlich einem Soziopathen begegnet. Die Grenzen sind fließend. Bei Högel ist wichtig zu wissen: Er war voll zurechnungsfähig. Das hat nichts mit fehlender Impulskontrolle zu tun. Und das haben wir oft im Fall von Todesengeln. Sadismus oder Mordlust sind hier eher selten das Motiv.«

»Ja, wer über längere Zeiträume immer wieder mordet und nicht erwischt wird, geht meist auch planvoll vor«, stimmte Frederike zu.

»Richtig«, bestätigte Willi. »Und damit sind wir eher bei den Psychopathen. Da es sich hier vermutlich um einen angeborenen oder frühkindlich ausgeprägten Defekt handelt, kann das Kind lernen, damit zurechtzukommen und sich in der Welt einzurichten, auch indem es landläufige Verhaltensmuster und Rituale kopiert.«

»Heißt das, dass manche Psychopathen gar nicht wissen, dass sie eigentlich nicht normal funktionieren?«, fragte Frederike neugierig nach.

»Ja, zumindest in der Kindheit nicht. Was wir nicht kennen, vermissen wir auch nicht. Wer rotgrünblind ist, sieht die Unterschiede zwischen den Farben nicht und bekommt erst durch andere mit, dass da etwas nicht stimmt. Wenn man selbst kein Mitgefühl spürt, kann man also bei anderen erst einmal gar nicht nachvollziehen, was diese fühlen.«

»Das muss ja für ein Kind ziemlich verwirrend sein«, sinnierte Frederike.

»Ja, und die meisten Eltern sind da völlig überfordert. Ihr Kind zeigt ein merkwürdiges Sozialverhalten, reagiert nicht auf Ermahnungen oder Drohungen, erwidert Liebesbezeugungen nicht. Es fehlt dem Kind an Mitgefühl. Im schlimmsten Fall erleben die Eltern das Quälen von Tieren und Menschen. Überlege dir das mal – wie soll man als Vater oder Mutter damit umgehen? Ich denke, hier könnte man vorbeugend viel tun, damit psychopathische Kinder gut in die Welt integriert werden. Denn oft klappt das ja auch. Psychopathen findet man beispielsweise überdurchschnittlich häufig bei Rechtsanwälten, Chirurgen und Journalisten.«

Frederike dachte nach. »Ja, das kann ich gut sehen. Hier braucht es eine große professionelle Distanz. Mitgefühl mit den Opfern der zu verteidigenden Täter oder dem Patienten, der auf dem OP-Tisch liegt, ist da eher hinderlich.«

»Ja, und als Journalist soll man objektiv und der Wahrheit verpflichtet sein. Da können Emotionen stören. Und Psychopathen können zwar nicht erkennen, was andere fühlen, sind aber sehr gut darin, zu erkennen, was andere denken.«

»Gut! Jetzt weiß ich grob, wie Soziopathen und Psychopathen ticken. Was sagt mir das jetzt über Heike?«

Willi zog das Gesicht in Falten und dachte angestrengt nach. »Ich muss das jetzt mal sortieren. Das ist zuerst einmal ein Bauchgefühl.«

»Ja, das kenne ich. Nur dass meins bei Heike nicht anspringt.«

»Wir haben ja schon über Niels Högel gesprochen. Ende der Neunziger gab es auch in Ungarn so einen Fall. Eine junge Krankenschwester gestand, dreißig bis vierzig Patienten durch intravenöse Injektionen zum Tode verholfen zu haben, wie sie es ausdrückte. Sie war sympathisch, gut ausgebildet und bei Ärzten, Kollegen und Patienten beliebt. Sie hatte allerdings bereits früh begonnen, den Patienten auf eigene Initiative hin Medikamente zu verabreichen. Das wurde dann auch jeweils von dem behandelnden Arzt im Nachhinein abgesegnet. Daraus leitete sie ab, dass sie eigenmächtig solche Entscheidungen treffen könne und dass diese Entscheidungen auch richtig wären. Sie glaubte, sie wüsste, was für die Patienten das Beste war.«

»Und das hat keiner gemerkt?« Frederike konnte es nicht glauben.

»Doch, natürlich. Sie hat die Todesfälle sogar angekündigt. Man war der Meinung, dass sie als eine besonders gute Krankenschwester ein Gespür dafür entwickelt hatte, wem es schlecht ging und wer bald sterben würde.«

»Eine gute Erklärung!«, spottete Frederike.

»Du weißt doch, wie das läuft. Was erscheint uns wahrscheinlicher? Dass die nette Kollegin eine Massenmörderin ist und man gegebenenfalls dagegen etwas tun muss oder aber, dass sie einfach ein gutes Gespür für ihre Patienten hat?«

»Auch wieder richtig. Ich habe das oft erlebt, dass Menschen nicht glauben konnten, jemand in ihrem familiären Umfeld wäre zu einem Mord fähig.« Frederike nickte zustimmend. »Aber kommen wir zu Heike. Du hast mir die Geschichte ja nicht einfach so erzählt!«

»Stimmt. Bei Heike gibt es zunächst einmal ein ähnliches Fremdbild. Sie wirkt souverän und kompetent, hoch engagiert, vielleicht sogar einen Tick übermotiviert. Sie ist beliebt bei allen und genießt ein großes Vertrauen.«

»Was ja zunächst einmal für sie spricht«, ließ Frederike nicht locker.

»Ja«, bestätigte Willi, »das allein hätte mich auch nicht auf den Gedanken gebracht. Aber es gab eine Situation, die mich beunruhigt hat. Als es mir vor einiger Zeit – es war noch vor der Beinamputation – mal richtig schlecht ging, war Heike nachts auf der Station. Sie schaute in mein Zimmer, sah, dass ich nicht schlafen konnte, und spritzte mir intravenös Diazepam.«

»Heike gab dir eine Spritze?«

»Ja, intravenös. Und weit und breit war kein Arzt in Sicht. Frau Dr. Burkhardt hätte das auch nicht verordnet. Wir hatten darüber gesprochen, dass ich andere

Methoden der Selbstberuhigung praktiziere und Beruhigungsmittel nicht gut vertrage.«

»Woher hatte Heike bloß das Medikament?«, fragte sich Frederike laut.

»Keine Ahnung, aber wenn ich das richtig gesehen habe, hatte sie eine ganze Tasche voll mit Medis, Ampullen und allem möglichen Kram.«

»Aber sie ist doch noch nicht mal ausgebildete Krankenschwester. Wieso darf sie da Spritzen setzen?«

»Das ist genau der Punkt«, sagte Willi ruhig. »Sie darf es nicht, und sie tut es trotzdem! Sie hatte auch überhaupt kein Unrechtsbewusstsein, sondern glaubte wohl wirklich, sie täte mir etwas Gutes. Sie nannte mir auch den Namen des Medikaments. Du kannst mir glauben, in diesem Moment – und mit all diesen Gerüchten über unklare Todesfälle im Hintergrund – hatte ich echte Angst um mein Leben!«

»Hast du mit jemandem im St. Ägidius darüber gesprochen? Das musst du doch melden«, regte sich Frederike auf.

»Wie denn? Zuerst einmal war ich völlig zugedröhnt, danach die schwere OP und die Dialyse. Ich habe alle möglichen Medikamente im Körper und stehe die Hälfte der Zeit neben mir. Ich weiß manchmal selbst nicht, ob ich meinen Sinnen und meinem Gedächtnis noch trauen kann.« Willi verzog resigniert das Gesicht. »Ich fühlte mich in der Situation ausgesprochen hilflos, und außerdem ...« Er stockte.

Frederike schaute ihn erwartungsvoll an.

»Wenn Heike wirklich der Todesengel wäre ...«, Willi machte eine Kunstpause, »wieso haben sie die Medikamente in den Leichen nicht nachweisen können? Soweit ich gehört habe, ist die Todesursache immer noch unklar.«

Frederike nickte nachdenklich. Ja, so einfach war es anscheinend nicht. »Aber irgendetwas ist vorgefallen. Sonst hätten sie Heike nicht verhaftet.«

»Na ja, ich habe im Heim mit niemandem gesprochen, hier aber schon!«

Sie drohte mit dem Finger. »Du Lump, sag das doch gleich.«

Willi setzte sich auf. »Kannst du mir mal die Rückenlehne hochfahren? Ich will einen Schluck trinken. Das ist ja wie bei einer Vorlesung an der Polizeiakademie!«

Frederike lachte und kam seiner Bitte nach. »Du machst das aber auch gut. Bei dir versteht man das wenigstens. Jetzt mal zu Silvio. Du sagtest, der wäre ein Soziopath.«

»Den Eindruck habe ich. Er hat definitiv eine gewalttätige Ader, und wenn es nicht nach seinem Willen geht, setzt er sich rigoros durch. So etwas wie Selbstreflexion oder Reue habe ich bei ihm noch nicht beobachtet.« Willi trank noch einen Schluck und lehnte sich dann wieder zurück.

»Ich glaube, ich nehme mir auch einen Schluck Wasser«, meinte Frederike und organisierte sich im angrenzenden Badezimmer ein Wasserglas.

»Ich frage mich wirklich, warum so jemand wie Silvio Altenpfleger wird«, sinnierte sie dann. »So einen würde ich eher auf dem Bau vermuten, irgendwas Handfestes, oder bei der Security. Da hat man auch oft solche Typen«,

Willi lachte. »Du bist gar nicht so weit weg. Silvio hat im Straßenbau gearbeitet, Pflasterbau oder so, bekam aber Rückenprobleme. Die Umschulung zum Altenpfleger hat ihm das Arbeitsamt bezahlt. Für eine Berufsunfähigkeitsrente ist er zu jung, und man hätte ihm Hartz IV gekürzt, wenn er die Umschulung nicht gemacht hätte. Dabei hat er dann festgestellt, dass es eigentlich ganz nett ist, alte Leute zu schikanieren, besonders in der Nachtschicht, wo ihm keiner auf die Finger guckt und man auch noch den Nachtzuschlag kassiert. Normalerweise lässt er sich dann auch nicht sehen, sondern pennt in einem Sessel oder macht Computerspiele.«

»Glaubst du, dass er Tiere quält?«

»Wundern würde es mich nicht. Wieso?«

Frederike berichtete ihm von ihrer verschwundenen Katze.

Willi beschwichtigte sie. »Warte erst mal ab, ob Hannelore – was für ein bescheuerter Name! – nicht von selbst wieder auftaucht. Wenn er sich wirklich an dem Tier vergriffen hätte, um sich an dir zu rächen, hätte er dir den Kadaver wahrscheinlich direkt vor die Haustür gelegt.«

»Oh, Willi, du bist grässlich. Das Bild bekomme ich jetzt nicht mehr aus meinem Kopf!«

Willi schaute sie bedauernd an. »Sorry, ich bin anscheinend gerade nicht sehr empathisch.«

Frederike riss sich zusammen und richtete ihren Fokus wieder auf das St. Ägidius. »Wieso hat die Pflegedienstleitung das mit Silvio mitgemacht?«, wunderte sie sich.

»Das weiß die doch gar nicht. Du glaubst doch selbst nicht, dass sich von den Bewohnern einer beschwert.

Silvio hat keinen Stress damit, jemandem auch mal wehzutun. Im Gegenteil – ich sagte schon, dass ich ihn für einen verkappten Sadisten halte. Das Einzige, was ihn daran hindert, die Bewohner noch mehr zu drangsalieren, ist seine Faulheit. Und deshalb klappt es alles in allem immer noch ganz gut mit ihm, denn alle gehen sich tunlichst aus dem Weg.« Er grinste. »Wir flüchten vor Silvio und er vor der Arbeit.«

Frederike stöhnte. »Ich glaube, ich will nie ins Altersheim.«

Doch Willi winkte ab. »Das hört sich jetzt alles ganz furchtbar an, aber Fakt ist, dass weitaus die meisten der Angestellten ihren Job gut und mit viel Liebe machen. Und man hat Kontakt mit anderen. Rede mal mit alten Leutchen um dich rum. Viele sind ja ganz froh, noch allein zurechtzukommen und im eigenen Haus zu wohnen, aber der Preis ist verdammt hoch: Einsamkeit, Angstzustände, Hilflosigkeit. Nee, nee, das ist schon gut im St. Ägidius. Hier auf Station liege ich auch nur den ganzen Tag allein. Ich bin froh, wenn ich wieder zu Hause bin.« Er grinste. »Jetzt, wo Silvio weg ist, freue ich mich richtig drauf. Hier ist es doch langweilig.«

Wie aufs Stichwort betrat in diesem Moment ein junger Mann das Zimmer.

Willi strahlte, wirkte aber auch leicht ermattet. »Ach, noch ein Besucher. Heute ist ja richtig was los hier. Hallo, Frank!«

Er gab dem jungen Mann, den Frederike staunend als Frank Junge, den Kriminalkommissar, erkannte, die Hand.

Willi schaute zwischen beiden hin und her. »Kennt ihr euch eigentlich? Frank, das ist Frederike Suttner, eine ehemalige Kripobeamtin, die sich mit den Todesfällen im Altenheim beschäftigt. Frederike, das ist Frank, mein Neffe. Er ist bei der Kripo in Wittlich und arbeitet an dem Fall. Ihm habe ich hier im Krankenhaus von dem Vorfall mit Heike erzählt.«

»Ach, und ich dachte, du hättest mit den Ärzten hier gesprochen. Jetzt verstehe ich die Verhaftung von Heike.« Frederike schaute Frank Junge an.

»Welche Verhaftung?«, meinte der, ergänzte aber auch gleich: »Kripobeamtin? Interessant! Gut, dass ich Sie hier treffe. Ich wollte sowieso noch mit Ihnen über Silvio Hermanns sprechen.«

»Und ich mit Ihnen!«, erwiderte Frederike trocken.

Willi lehnte sich in seine Kissen zurück. »Wisst ihr was? Wenn ihr quatschen wollt, dann macht das doch woanders. Ich glaube, ich brauche jetzt eine kleine Pause.« Er schloss die Augen.

Frederike merkte besorgt, dass sich tiefe Falten um seine Mundwinkel eingegraben hatten, die vorhin noch nicht dort gewesen waren. Anscheinend litt er Schmerzen.

Sie nickte Frank Junge zu. »Lassen Sie uns zu mir fahren. Da können wir uns in Ruhe austauschen. Die Cafeteria hier ist für das Gespräch zu öffentlich.«

Er nickte, ohne sie anzuschauen, und betrachtete stattdessen sorgenvoll seinen Onkel. »Soll ich die Schwester rufen?«

Doch Willi winkte ab. »Nein, schon gut. Ich brauche nur etwas Ruhe. Aber es wäre schön, wenn du morgen wieder vorbeikommst. Es tut mir leid ...«

Die Stimme verklang, und ruhige Atemzüge erfüllten die Stille. Beide Besucher standen schweigend auf und verließen gemeinsam den Raum.

Draußen blickte Frank Junge auf seine Uhr. »Ach, herrje, schon so spät!« Er sah zu Frederike. »Wir sollten reden. Aber jetzt ist es schwierig, ich treffe mich in einer halben Stunde mit Engel im St. Ägidius. Ich bin nur auf einen Sprung hier reingekommen, weil es mehr oder weniger auf dem Weg lag.«

Sie lachte. »Eher weniger. Willi hat sich gefreut, Sie zu sehen. Was halten Sie davon, wenn Sie im Anschluss an Ihre Arbeit bei mir vorbeikommen? Oder sollen wir gleich achtzehn Uhr sagen?«

Frank Junge nickte dankbar. »Achtzehn Uhr ist prima, das sollte ich schaffen. Geben Sie mir aber vorsichtshalber Ihre Telefonnummer.«

Beide schrieben sich ihre Telefonnummern auf und gingen anschließend ihrer Wege. Frederike erwog kurz, noch bei Klara vorbeizuschauen, überlegte es sich dann aber anders. Willi hatte ihr einiges zum Nachdenken gegeben. Das wollte sie erst einmal für sich in Ruhe sortieren.

Nachmittags – sie war gerade ein wenig eingenickt – klingelte das Telefon. Klara war am Apparat und beschwerte sich, dass Frederike nicht vorbeigekommen war. »Du glaubst gar nicht, was hier los ist – Zustände wie im Bürgerkrieg!«

Frederike stutzte. »Verstehe ich nicht.«

Klara kicherte. »Das muss man auch miterlebt haben, um es zu verstehen. Nachdem Heike gestern verhaftet wurde, ging es los. Anscheinend gibt es hier im Haus zwei Fraktionen – die eine hält das Küchenpersonal und dabei ganz vorne Heinz Fernmüller für die Schuldigen, die andere Fraktion wusste schon immer, dass man Heike Simonis nicht über den Weg trauen darf. Unfassbar! Und Andrea Bader rennt zwischendrin hin und her und versucht, die Leute zu beruhigen.«

Frederike lachte. »Und zu welcher Fraktion zählen Ursula, Helga, Horst und du?«

»Zu gar keiner. Aber wir haben jetzt Wetten laufen. Wie beim Pferderennen.« Klara gluckste. »Horst hat das organisiert. Die Quoten für Heinz stehen bei 1 zu 1,4 und für Heike bei 1 zu 2,5.«

Frederike seufzte. »Das muss ich jetzt hoffentlich nicht verstehen, oder?«

»Nein, nein«, wiegelte Klara ab. »Inzwischen habe ich auch schon gehört, dass Heike unerlaubt selbst gebackenen Kuchen eingeschleppt hat. Damit hätte sie uns vergiften wollen.«

»Ernsthaft?« Frederike konnte es kaum glauben. Auf was für Gedanken die Leute doch kamen!

»Ja, und außerdem ist sie über mehrere Ecken mit Gotthilf Fredemann verwandt, der vor fünfundvierzig Jahren als Ortsvorsteher von Nollenbach dafür gesorgt hat, dass die frisch gepflanzte Baumallee gleich wieder abgeholzt wurde, weil ihm die Bäume beim Pflügen im Weg waren. Und was will man von einem Menschen mit einer solchen Ahnenreihe schon anderes erwarten!«

Frederike lachte lauthals. »Jaja, die Gene! Aber im Ernst: Wie lief das denn gestern mit Heike ab?«

Klara wurde ernst. »Wir saßen im Garten, Heike las gerade der alten Frau Blume aus einem Gedichtband vor. Da stand plötzlich dieser Kommissar Engel vor ihr. Wir konnten nicht genau hören, was gesagt wurde, aber auf jeden Fall ließ Heike das Buch fallen, sprang auf und heulte: ›Ich war's nicht!‹ Der Kommissar hat sie dann am Arm gepackt und zum Ausgang gezogen. Da hat man sie in den Polizeiwagen verfrachtet, und weg war sie. Die arme Frau Blume ist immer noch ganz konsterniert.«

»Das kann ich mir vorstellen. Wie waren die ersten Reaktionen im Heim?«

»Du wirst es nicht glauben, der alte Otto ist dem Engel mit seinem Rollstuhl in die Kniekehle gefahren, sodass der fast bei ihm auf dem Schoß saß, und hat gebrüllt: ›Lassen Sie die Heike in Ruhe, Sie Unmensch!‹ Der bekommt sonst gar nichts mehr auf die Reihe, aber hier wurde er plötzlich zum Helden auf Rädern.«

Frederike kicherte. »Der arme Engel!«

»Ja, und Otto ist jetzt hier die große Nummer. Er sitzt im Foyer, drei holde Jungfern um sich rum, die ihn mit Plätzchen füttern, und strahlt wie ein Honigkuchenpferd. Ein Bild für die Götter.« Doch dann wurde Klara ernst. »Meinst du, an der Sache mit Heike ist was dran?«

»Ich kann es nicht ausschließen.« Frederike erzählte Klara von Willis Erlebnis mit Heike, bat sie aber, diese Information zunächst erst einmal vertraulich zu behandeln. »Du kannst aber mal vorsichtig nachhören, ob Heike auch bei anderen eigenmächtig Pillen gegeben oder Spritzen gesetzt hat. Ehrlich gesagt glaube ich immer noch nicht, dass Heike unser Todesengel ist, aber wenn du schon nach den Nasensprays Ausschau hältst, kannst du das ja gleich mal mit erfragen.« Hoffnungsvoll setzte sie nach: »Habt ihr schon ein Fläschchen sichergestellt?«

»Nein, weit und breit nichts zu finden.«

Beide verabredeten sich für den nächsten Vormittag, dann wollte Frederike ihrem Team ausführlich von den Gesprächen mit Willi Walter und Frank Junge berichten.

Es war noch keine sechs Uhr, da stand Frank Junge vor ihrer Tür. »Passt es Ihnen jetzt schon? Wir sind früher fertig geworden.«

Frederike gab ihm die Hand und bat ihn ins Haus. »Schön, dass es endlich klappt.«

Gemeinsam setzten sie sich in die bequemen Ledersessel.

»Darf ich Ihnen etwas zu trinken anbieten? Wasser, Kaffee, Whisky oder Bier wären im Haus.«

Frank Junge hob den Kopf. »Whisky? Was haben Sie denn da im Angebot?«

»Laphroig.«

Er staunte nicht schlecht. »Na, das ist ja mal was Ordentliches!«

Frederike stand auf und wollte die Flasche aus dem kleinen Barschrank holen, doch er winkte ab. »Liebend gerne, aber ich muss ja noch fahren. Ich glaube, ich nehme lieber einen Kaffee.«

Frederike lachte. »Notfalls hätten Sie auf dem Sofa übernachten können.«

»Sie lassen einfach so fremde Männer in Ihrem Haus übernachten? Ist das Mut oder Leichtsinn?«

»Wohl mehr Vertrauen in die Polizei.« Sie grinste. »Außerdem kann ich die Schlafzimmertür abschließen.«

»So viel zum Thema Vertrauen.« Er grinste zurück.

»Nein, im Ernst. Kaffee oder Whisky?« Sie winkte mit der Flasche.

»Wissen Sie was? Ich nehme den Whisky. Ich soll morgen früh sowieso wieder um acht Uhr in Hillesheim auf der Matte stehen. Da spare ich mir die Fahrt.«

Frederike holte zwei schwere Whiskygläser aus dem Schrank und goss einen Fingerbreit ein. Dann saßen sie einander mit ihren Gläsern gegenüber und prosteten sich zu.

Nach dem ersten Schluck zog Frank Junge eine anerkennende Grimasse. »Herrlich, dieser Torfstich.«

»Ich mag ja besonders diesen Geschmack nach Pflaster«, stimmte Frederike in die Lobpreisung des Islay-Aromas mit ein. »Laphroig ist für mich der einzige Whisky, der wirklich zählt. Etwas für ganz besondere Stunden!«

Frank Junge nickte und hob sein Glas: »Auf besondere Zeiten!«

»Auf besondere Zeiten!« Sie stießen an.

»So, wo wir jetzt schon so gesellig hier sitzen – ich heiße Frederike. Du kannst ruhig Du sagen.«

Er lachte. »Gerne. Frank!«

Frederike lehnte sich entspannt im Sessel zurück. »Du bist also Willis Neffe.«

»Und Pflegesohn. Mein Vater starb, als ich acht war, und Willi hat sich dann um uns, meine Mutter, meine beiden Geschwister und mich, gekümmert.«

»Er ist ein guter Mann! Ich hoffe sehr, dass er bald wieder fit ist.« Frederike atmete tief aus.

Frank nickte traurig. »Das wäre schön. Aber es sieht nicht wirklich gut aus.«

Frederike schaute ihn bedrückt an. »So schlimm?«

»Na ja, der Diabetes ist weit fortgeschritten, die Nieren arbeiten kaum noch, und auf der Lunge liegen Schatten. Eine Operation würde er nicht überleben.«

»Dann trinken wir auf ein Wunder.« Wieder hoben sie die Gläser.

»Wieso musst du morgen früh schon wieder im Heim sein? Ich dachte, ihr hättet Heike verhaftet?«

»Wer sagt denn so was? Nein, sie wurde nur zur Vernehmung nach Wittlich gebracht. Hat die ganze Zeit geheult.« Frank verzog genervt das Gesicht. »Aus der war nichts herauszubringen.«

»Warum habt ihr sie überhaupt abgeholt?«

»Hat dir Willi nichts erzählt?«

»Doch, doch, diese Spritzengeschichte. Aber das kann ja auch ein Missverständnis gewesen sein.«

»In irgendeiner Weise ist es das wohl auch. Heike Simonis hat tatsächlich eine medizinische Ausbildung zur Arztassistentin in Österreich gemacht und deshalb einen gewissen Handlungsspielraum.«

»Ist diese Ausbildung denn in Deutschland anerkannt?«, fragte Frederike erstaunt.

Frank breitete die Arme aus. »Keine Ahnung. Anscheinend ringt man um eine Anerkennung, weil es inzwischen auch schon Bachelor-Ausbildungen zur Arztassistenz gibt. Was weiß ich? Wir haben die Pflegedienstleiterin auf die Spritzen angesprochen, und sie ist dann widerstrebend damit rausgerückt, dass Heike Simonis während der Nachtschichten in Notfällen aktiv werden darf, wenn kein Arzt greifbar ist. Und das war wohl bei Willi der Fall.« Er seufzte.

»Und der selbst gebackene Kuchen?«

»Proben davon sind ins Labor geschickt worden.«

»Aber du glaubst nicht, dass sie es war«, konstatierte Frederike befriedigt.

Er spielte mit seinem Glas. »Nein, das glaube ich nicht. Ich glaube, dass Willi hier Gespenster sieht. Auf jeden Fall gab es bei den noch vorhandenen Leichen keinen Nachweis von Beruhigungsmitteln, Insulin, Atropin und was auch immer gerne mal bei Krankentötungen zum Einsatz kommt. Wurde alles von den Pathologen ausgeschlossen.«

Beide tranken schweigend noch einen Schluck.

»Ihr tappt im Dunkeln!«, stellte Frederike fest.

»Und wie! Engel ist noch nicht mal davon überzeugt, dass überhaupt etwas im Busch ist. Wenn es nach ihm ginge, wären wir schon längst wieder abgezogen.«

Frederike setzte ihr Glas ab und goss sich einen weiteren Schluck ein. »Willst du auch noch?«

Er winkte ab. »Vielleicht später.« Dann schaute er sich entspannt im Wohnzimmer um. »Schön hast du es hier. Was hat dich aus Düsseldorf in die Eifel verschlagen? Und wieso hast du deinen Dienst eigentlich vorzeitig quittiert?«

»Ah, da hat jemand seine Hausaufgaben gemacht.«

Frank Junge nickte. »Ich war doch neugierig. Weißt du, dass du in der Szene eine Legende bist?«

Frederike lachte hell auf. »Eher eine Schauergeschichte!«

Frank stimmte in das Lachen ein. »Ja, das auch. Hast du wirklich Kunze, den Prostituierten-Mörder, allein gestellt und hochgenommen? Und das ohne Waffe?«

»Die war mir in einen Gully gefallen, als ich bei der Verfolgung über eine Balustrade gesprungen bin. Der Deckel stand offen. Du kannst dir gar nicht vorstellen, was ich mir darüber hinterher anhören musste. Die Ersatzwaffe durfte ich aus eigener Tasche bezahlen.«

»Ganz schön geizig! Und dann hast du Kunze erwischt und so vertrimmt, dass er anschließend ambulant behandelt werden musste?«

Frederike nickte schuldbewusst. »Der Mann war unglaublich stark. Ich hatte echt Sorgen, dass er mich fertigmacht, wenn er nur mal kurz die Oberhand gewinnt. Deshalb habe ich richtig zugeschlagen.« Sie zog die Schultern entschuldigend hoch. »Brauner Gürtel in Karate und eine Ausbildung in Panatukan – was will man machen? Das war mehr Reflex als alles andere.«

»Kein Wunder, dass du Silvio Hermanns so hart angefasst hast.«

Sie fuhr beleidigt auf. »Hast du gesehen, welchen Kratzer er mir ins Auto gemacht hat? Das war mehr als verdient.«

Er winkte lachend ab. »Ich glaube es dir ja. Aber ich habe schon gestaunt, wie du mit ihm umgesprungen bist. Er ist doch mindestens achtzig Pfund schwerer als du.« Er grinste. »Das war für mich der Beweis, dass du wirklich ziemlich verwirrt bist.«

Sie lachte.

»Das wurde uns an der Rezeption über dich erzählt. Deshalb weigert sich Engel auch, mit dir zu sprechen.

Er weiß zwar inzwischen von deiner Berufserfahrung, hält aber eigentlich jeden für altersschwach, der jenseits der siebzig ist.« Er zuckte entschuldigend mit den Schultern. »Wundere dich also nicht!«

»Na ja, an seiner Stelle würde ich mir auch die Einmischung von außen verbitten. Was ist eigentlich mit Silvio? Seinetwegen wollte ich auch noch mit dir sprechen. Wie ich hörte, hat er Verbindungen zu den DEVILS. Das macht mir jetzt doch etwas Sorgen.«

Frank grinste. »Hast du Angst, dass er mit seiner Gang plötzlich hier auf der Matte steht und seine Eier zurückhaben will?«

Doch Frederike blieb ernst. »Du kennst solche Typen doch auch. Da braucht es nicht viel!«

Jetzt wurde auch Frank wieder ganz professionell. »Ich habe mit Silvio Hermanns gesprochen. Tatsächlich kenne ich ihn von einer anderen Sache. Er weiß, dass er ernste Probleme bekommt, falls er dir zu nahe kommt.«

»Und die DEVILS?«

Frank kicherte. »Um die brauchst du dir noch weniger Sorgen zu machen. Die Geschichte ist richtig gut! Du hattest doch Silvios Wagenschlüssel verschwinden lassen, er hatte aber abends einen Termin in Köln. So hat er erst einmal versucht, ein Taxi zu bekommen, es wollte aber keiner so weit fahren, zumindest nicht zu dem Preis, der Silvio vorschwebte. Und so hat er einen Uber aus Köln kommen lassen.«

Frederike war fassungslos. »Und das war der Motorradrocker der DEVILS?«

»Genau. Der hat sich da anscheinend einen Spaß erlaubt. Silvio wollte überhaupt nicht aufs Motorrad steigen und war stinksauer. Aber auch er ist nicht so dämlich, sich mit den DEVILS anzulegen. Also hat er in den sauren Apfel gebissen und ist aufgestiegen. Tatsächlich wollte der Typ auch nur dreißig Euro haben.«

»Und das weißt du alles, weil ...?«, wollte Frederike es genauer wissen.

»Ich habe ihn am nächsten Tag besucht und den Autoschlüssel vorbeigebracht.«

»Ach, die gute Tat des Pfadfinders?«, spottete Frederike.

»Na ja, ich hatte inzwischen von Willi erfahren, dass er an dir hängt. Und irgendetwas musste ich Silvio ja anbieten, damit er dich in Ruhe lässt. Ich bin übrigens fast zwanzig Minuten durch die Rabatten gekrochen. Allein dafür schuldest du mir noch einen Whisky.« Er hielt ihr das Glas entgegen.

Sie schenkte nach.

»Ich danke dir für deinen Einsatz.« Sie prostete ihm zu. »Ich verstehe das nicht, so jemand wie Silvio, wieso wird der Altenpfleger? Das Arbeitsamt hätte doch sicher auch andere Umschulungsmöglichkeiten gehabt.«

»Ganz einfach. Er wollte es so. In der Zeit ging es seiner Mutter immer schlechter. Sie hatte einen Schlaganfall erlitten und wurde von Silvio zu Hause gepflegt. Die Ausbildung hat er vor allem deshalb gemacht, um sich weiter um sie kümmern zu können.«

Frederike starrte in ihr Glas und sagte leise: »Das hätte ich jetzt nicht gedacht. Ich glaube, da muss ich Abbitte leisten.«

Er winkte ab. »Nein, musst du nicht. Silvio liebte zwar seine Mutter über alles, ist aber ansonsten schon ziemlich gestört. Ich glaube nicht, dass er in dem Job eine Zukunft hat.«

Die beiden schauten sich an.

»Man kann nicht alle retten«, sagte Frederike resigniert.

»Nein, das kann man nicht.«

»Ich hatte Silvio schon in Verdacht, dass er meinen Kater gekidnappt hat. Der ist seit ein paar Tagen spurlos verschwunden.«

Frank schaute auf. »Das kann ich mir nicht vorstellen. Silvio ist zwar durchgeknallt, aber ich habe noch nie gehört, dass er sich an Tieren vergriffen hat. Ich kann ihn aber gerne anrufen.« Er griff nach seinem Telefon, doch der Versuch war nicht von Erfolg gekrönt. »Es meldet sich keiner. Ich probiere es morgen früh noch mal.«

Nachdem sie in der Küche gemeinsam ein kurzes Abendessen genossen hatten – Brot, Butter und den leckeren Aufschnitt von der Nohner Metzgerei –, blieben sie am Küchentisch sitzen.

»Wenn ich das richtig sehe, habt ihr euch festgefahren bei den Ermittlungen«, mutmaßte Frederike.

»Stimmt.«

»Da könnt ihr sicher jede Hilfe gebrauchen.«

»Genau!« Frank grinste sie an. »Also heraus damit. Was glaubst du?«

Frederike erzählte ihm ausführlich von Jochen Anstruth, Käthe Gilles und dem Nasenspray.

»Du glaubst also ernsthaft, dass Jochen Anstruth auf das Erbe seiner Tante spekuliert und deshalb erst einmal zwölf Leutchen mit einem Nasenspray um die Ecke bringt, von dem du nicht weißt, was es enthält und dessen Inhaltsstoffe so geheim sind, dass die besten Pathologen der Eifel sie nicht nachweisen können. Wobei seine Tante aber gar kein Nasenspray nimmt, also quasi von ganz allein hätte sterben müssen und es dann aber gar keinen Sinn gehabt hätte, die anderen alle zu vergiften?« Franks Blick war ein einziges Fragezeichen.

Sie seufzte. »Wenn du es so formulierst, hört es sich wirklich dämlich an.«

»Aber bleiben wir mal dran an der Sache und werfen deine langjährige Erfahrung mit in die Waagschale. Warum glaubst du das?«

»Nach dem Gespräch mit Willi heute glaube ich, dass Jochen ein echter Psychopath sein könnte. Er löst bei mir Gänsehaut aus, hat es aber geschafft, Angela völlig um den Finger zu wickeln. Er ist hochintelligent, zielorientiert und manipulativ, geht den Weg des geringsten Widerstands. Käthe Gilles hatte wohl auch keine besonders hohe Meinung von ihm. Von seiner Persönlichkeit her traue ich es ihm also zu.«

»Okay, vertrauen wir deiner Menschenkenntnis. Und weiter?«

»Nun, er ist Chemiker, promovierte an der Uni. Ich nehme an, er hatte damit sowohl das Wissen als auch die Mittel, das Nasenspray zu präparieren.«

»Das ist ja unstrittig. Wie wir hören, hat er das Nasenspray verkauft. Wir wissen bloß nicht, was es enthält. Es könnte auch einfach Ginsengsud oder auch bloß destilliertes Wasser gewesen sein.«

»Ja, das stimmt. Aber er hatte auch die Gelegenheit und die Kompetenz, einen tödlichen Cocktail zu mischen.«

»Ich glaube das immer noch nicht! Man vergiftet doch nicht seine Kundenbasis.«

Frederike dachte nach. »Er müsste irgendwie gedacht haben, dass Käthe Gilles das Zeug auch nimmt.«

»Leider können wir sie nicht mehr fragen.«

Beide saßen eine Weile schweigend da. Dann hob Frank den Kopf. »Vielleicht ist irgendetwas schiefgegangen?«

Frederike schaute ihn fragend an.

»Vielleicht hat er sich verkalkuliert.«

Frederike dachte nach, griff sich dann aber an den Kopf. »Boah, ich bin zu müde. Ich glaube, ich muss darüber eine Nacht schlafen.«

Frank lachte. »Ja, das geht mir auch manchmal so. Vor lauter Bäumen sieht man den Wald nicht mehr! Und sonst hast du keine Theorie?«

Frederike, die sich schon halb erhoben hatte, sank zurück auf ihren Stuhl. »Doch, der Investor! Das habe ich ja ganz vergessen.«

Frank schaute sie fragend an. Frederike erzählte ihm, was Horst herausgefunden hatte.

»Ihr meint, es besteht die Möglichkeit, dass Frau Dr. Burkhardt einfach mal auf den Putz haut, um das Heim zu sabotieren und das Image zu ruinieren? Also eher Wirtschaftskriminalität als ein Kapitalverbrechen? Interessante Theorie. Darüber werde ICH jetzt mal eine Nacht schlafen.« Er sah Frederike an. »Ist es wirklich okay, wenn ich hier übernachte? Ich will dir keine Umstände machen und kann mir ein Taxi rufen.«

Frederike lachte nur. »Kein Problem. Nicht vergessen – ich gehöre zur 68er-Generation und habe während meiner Studienzeit in einer Kommune gewohnt. Da schliefen ständig irgendwelche Menschen, die ich nicht kannte.«

»Du hast studiert?«

»Ja, Sozialwissenschaften. Aber nach vier Semestern habe ich es sausen lassen und bin zur Polizei gegangen. Ist ja auch eine Form von Sozialarbeit.«

Sie verabschiedete sich und ließ Frank in der Küche sitzen. Er würde das Sofa schon selbst finden. Es hatte gutgetan, mit einem Kollegen über die Details zu sprechen. Vielleicht hatte sie sich ja wirklich verrannt.

15. Kapitel

Am nächsten Morgen frühstückten sie kurz zusammen, als sich Frank Junge auch schon ins Auto setzte, um Hauptkommissar Engel zu treffen.

»Vielleicht sehen wir uns später. Ansonsten noch einmal vielen Dank für den Platz auf der Couch.« Er winkte noch einmal und fuhr dann los.

Kurz danach klingelte es an der Tür. Max stand draußen und machte ein betretenes Gesicht. Er öffnete seine Jacke und zog einen abgemagerten und sichtlich dehydrierten Kater hervor.

»Hannelore!«, quietschte Frederike überglücklich und nahm Max das Tier ab. Ihr Nachbar folgte ihr in die Küche. »Es tut mir so leid! Ich habe ihn anscheinend im Keller eingesperrt und es nicht gemerkt. Weil ich so schlecht höre, habe ich sein Maunzen nicht mitbekommen. Lena hat ihn heute Morgen gefunden.«

Während Max erzählte, hatte Frederike Hannelore in sein Körbchen gesetzt und ihm frisches Wasser hingestellt, über das er sofort herfiel. »Langsam, mein Süßer! Du verdirbst dir noch den Magen.« Sie stellte ihm ein paar Löffel Futter dazu. Der Kater wirkte struppig und hatte bestimmt ein Kilo Gewicht verloren. Sie streichelte ihn glücklich.

Vor lauter Aufregung hatte sie Max fast vergessen, der verlegen in der Küche stand. Sie stand auf und trat zu ihm. »Mach dir keinen Kopf. Das kann passieren. Gut, dass Lena ihn gefunden hat.«

Max nickte. »Zukünftig passe ich besser auf, versprochen!« Dann ging er seiner Wege.

Frederike setzt sich mit übervollem Herzen neben das Körbchen und beobachtete Hannelore beim Fressen. Gleichzeitig meldete sich ihr schlechtes Gewissen. Wenn sie Silvio nicht so schnell verdächtigt hätte, mit Hannelores Verschwinden etwas zu tun zu haben, wäre ihre Suche nach dem Kater wohl wesentlich konsequenter ausgefallen. Sie hätte bei den Nachbarn gefragt und die Gegend abgesucht. Sie schalt sich selbst. Bauchgefühl hin oder her, manchmal urteilte sie einfach vorschnell und verlor den Blick für andere Möglichkeiten.

Gegen zehn Uhr machte sie sich auf den Weg. Hannelore schlief in seinem Körbchen und erholte sich von den Strapazen. Zeit, die Ermittlungen wiederaufzunehmen. Sie hatte Frank Junge schon auf die Box gesprochen, dass Hannelore wohlbehalten wieder aufgetaucht war. Kein Grund also, Silvio auf dumme Gedanken zu bringen!

Das Ermittlerteam hatte sich vollzählig in Klaras kleinem Wohnzimmer versammelt. Ursula packte eine Schachtel Mon Chéri aus ihrem Beutel und stellte sie auf den Tisch.

»Am frühen Morgen schon Alkohol?«, fragte Horst amüsiert.

»Ich habe doch erzählt, dass Gisela die in ihrem Schrank gebunkert hat. Gestern wurden die Schachteln an alle verteilt, die sich nicht wehren konnten.« Sie lächelte, zog eine zweite Geschenkpackung aus der Tasche und hielt sie hoch. »Und ich habe mich nicht gewehrt.«

»Tapfer!«, kommentierte Klara.

Helga griff nach einer Praline und kaute sie genüsslich. »Fast so gut wie Klosterfrau Melissengeist!«

Ursula schob auch Frederike die Schachtel entgegen, doch die schüttelte sich nur. »Vielen Dank. Mein Bedarf an alkoholischen Getränken ist für diese Woche bereits gedeckt.«

Als alle versorgt waren, legte Frederike los und erzählte den vieren von ihren Gesprächen mit Willi Walter und Frank Junge.

Der erste Kommentar von Klara hatte aber ein anderes Thema. »Du hast einfach einen wildfremden Mann bei dir im Haus übernachten lassen? Bist du verrückt?«

»Er sieht doch gut aus! Und wer weiß, wann sich für unsereiner mal wieder eine Gelegenheit ergibt«, sprang Ursula für Frederike in die Bresche, wenn auch in einer Art, die diese kaum zu schätzen wusste.

»Echt jetzt? Wenn wir der Polizei als Freund und Helfer nicht mehr vertrauen können, wem denn dann? Außerdem hat er das Vertrauen von Willi«, verteidigte sich Frederike.

»Na ja, Willis Menschenkenntnis ist in seinem aktuellen Zustand vielleicht nicht die beste, zumindest wenn man bedenkt, dass er Heike und den lieben, aufopferungsvollen, seine Mutter pflegenden Silvio für potenzielle Massenmörder hält«, äußerte Helga ihre Bedenken.

Frederike schaute Horst auffordernd an. »Na, du auch noch?«

Doch der winkte ab. »Wir haben Wichtigeres zu besprechen. Und offensichtlich hast du die Nacht ja unbeschadet überstanden.«

Klara überlegte laut: »Also wenn ich das richtig verstanden habe, sind Heinz Fernmüller und Heike Simonis aus dem Schneider, und es gibt anscheinend auch keinen Verdacht gegen Silvio Hermanns.« Sie lachte leise. »Die Geschichte mit dem Uber-Fahrer von den DEVILS ist einfach klasse. Ich hätte zu gerne das Gesicht von Silvio gesehen.«

»Ja, brauchen wir denn dann überhaupt noch die Nasensprays?«, fragte Ursula. »Meine Hausstauballergie meldet sich schon wegen der ganzen Sucherei in ollen Schränken und Kommoden. Und bisher hat es nichts gebracht!«

»Immerhin zwei Schachteln Mon Chéri«, korrigierte Helga.

»Auch wieder wahr!«

»Nicht so ungeduldig«, meinte Frederike. »Solche Ermittlungen können sich schon hinziehen. Wenn wir zumindest eines der Sprays finden könnten, kämen wir sicher einen Schritt weiter.«

Horst winkte ungeduldig ab. »Wäre, wäre, Fahrradkette – um Lothar Matthäus zu zitieren. Wenn ich dich richtig verstanden habe, will die Polizei jetzt auch die Spur des möglichen Investors verfolgen?«

»Ja, ich denke, man wird sich heute mit Frau Dr. Burkhardt befassen.«

»Na, dann kann ich meinen Termin heute Nachmittag wohl vergessen«, meinte Klara ärgerlich.

»Geht es dir nicht gut?«, fragte Helga besorgt.

»Ach was, ich brauche bloß ein Rezept für meine Blutdrucksenker.«

Frederike beschäftigte sich gedanklich immer noch mit dem Nasenspray. »Sagt mal, kommt es euch denn nicht auch merkwürdig vor, dass keines der Fläschchen aufzufinden ist? Das müssten doch mindestens fünf oder sechs gewesen sein. Die können sich doch nicht alle in Luft aufgelöst haben.«

Ursula zog die Schultern hoch. »Na ja, Jogi hat schon sehr darauf gedrungen, dass wir das nicht an die große Glocke hängen. Einerseits wegen Frau Dr. Burkhardt, andererseits aber auch wegen Andrea Bader, die das sicher nicht gerne gesehen hätte, dass ein Verwandter von ihr nicht zugelassene Medikamente vertickt.«

»Ja, aber bei manchen verschlechterte sich der Zustand doch sehr schnell. Die werden doch in dem Moment andere Sorgen gehabt haben, als ihr Nasenspray zu verstecken. Ich kapiere das nicht!« Frederike raufte sich die Haare.

»Und manche waren auch schon ein wenig tüddelig. Da vergisst man die ganze Heimlichtuerei schon mal«, ergänzte Helga.

Klara nickte bedächtig. »Stimmt, dass wir gar nichts finden, ist verdächtig. Hier im Heim kann man kaum etwas verborgen halten.«

»Haltet ihr es für möglich, dass jemand die Medikamente der Bewohner an sich genommen hat?«

»Das ist sogar sehr wahrscheinlich!«, mischte Horst sich ein. »Da liegen ja überall in den Zimmern verschreibungspflichtige Medikamente, die Tages- oder auch Wochenrationen, auch Schlafmittel und Tranquilizer. Die hat der Pflegedienst bestimmt eingesammelt, bevor da jemand auf dumme Gedanken kommt.«

Frederike nickte. »Ja, das kann ich mir gut vorstellen. Es soll ja hier im Heim Menschen geben, die alles Mögliche in sich hineinstopfen.« Sie grinste Klara an, die erbost zurückfunkelte, und fuhr ungerührt fort: »Also verändern wir die Fragestellung in: Wer hat die Medikamente weggeräumt? Und wo sind die hingekommen?« Sie schaute unternehmungslustig in die Runde. »Also, auf geht's!«

Stöhnend und ächzend erhoben sich die Hobby-Ermittler. Es gab zu tun.

Auf dem Weg zurück zu ihrem Auto begegnete Frederike Frank Junge. »Na, wie läuft's?«

Er winkte müde ab. »Ich habe heute früh deine Theorie des Investors mit Engel besprochen. Es hat sich ja auch interessant angehört. Aber ich komme gerade vom Verwaltungsrat. Es gibt kein Angebot, keine Anfrage, nichts.« Er breitete die Arme aus. »Was macht es für einen Sinn, das Haus zu sabotieren und den Preis zu senken, wenn es keinen Interessenten gibt?«

Frederike kaute nachdenklich auf ihren Lippen. »Ist das wirklich sicher? Manchmal laufen solche Verhandlungen doch im Geheimen, und ich kann mir vorstellen, dass das im Moment auch niemand an die große Glocke hängen will.«

Frank schüttelte den Kopf: »Nein, ich war bis ganz oben, habe mit der Geschäftsführung und auch dem kaufmännischen Leiter gesprochen – nichts!«

»Also eine Sackgasse!«, resümierte Frederike.

»Genau. Engel ließ es sich natürlich trotzdem nicht nehmen, die Burkhardt nach Wittlich zu zitieren, um ihr auf den Zahn zu fühlen. Wahrscheinlich war er froh, wieder in seinen heimischen Gefilden zu arbeiten, und wollte früh Feierabend machen.« Er seufzte. »Ich wünschte, sie könnte ihm mal was gegen seine schlechte Laune verschreiben. Er macht zwar seinen Job, doch das läuft alles so halbherzig. Aber bitte, das bleibt unter uns.« Er sah sie eindringlich an.

»Natürlich! Aber sag, wie hat er es mit dieser Einstellung bis zum Hauptkommissar geschafft?«

»Ach, man hat ihn wohl vor drei Jahren von Mainz weg- und hierhin gelobt. Er wurde damals im Dienst angeschossen und war längere Zeit dienstuntauglich. Den Schützen hat man sogar erwischt, er wurde dann aber wegen eines Formfehlers vom Gericht freigelassen und konnte nicht mehr belangt werden.«

Frederike nickte gedankenvoll. »Dann kann ich seine Einstellung sogar verstehen. Wir reißen uns die Beine aus und setzen unser Leben aufs Spiel, damit die Täter dann von forschen Anwälten wieder rausgehauen werden und fröhlich pfeifend aus dem Gerichtssaal spazieren. Da packt mich echt die Wut!«

Er strich ihr über die Schulter. »Sei froh, dass du es hinter dir hast.«

Sie lächelte ihn an. »Aber irgendwie fehlt es mir doch.«

Er lachte und pfiff die Titelmelodie von Miss Marple.

Sie stupste ihm lachend mit dem Ellbogen in die Rippen. »Sehr talentiert!«

»Vielleicht redest du ja doch mal mit ihm?« Frank Junge sah Frederike bittend an.

»Mit wem? Mit Engel?«
Frank nickte.
»Was versprichst du dir davon?«
Er lachte. »Ehrlich gesagt hoffe ich, dass er sich so über deine Einmischung ärgert, dass er sich ein wenig mehr anstrengt.«
Sie zog eine Grimasse.

Am nächsten Morgen machte sich Frederike wieder auf den Weg. Nun, nachdem Hannelore wiederaufgetaucht war und sich zusehends erholte, waren ihre Gedanken wieder auf den Fall gerichtet. Sie war mit dem festen Entschluss aufgewacht, Hauptkommissar Engel über ihren Verdacht zu informieren, dass möglicherweise Jochen Anstruth hinter der ganzen Sache steckte. Vielleicht konnten die geballte Kompetenz und die Ermittlungsmöglichkeiten der Kriminalpolizei Wittlich noch etwas bewirken. Für sie und ihr Team gab es nichts mehr zu tun, dachte sie resigniert. Sie hatte vorhin in der Dienststelle angerufen und sich bei Frank Junge erkundigt, wo sie Kommissar Engel heute finden könnte. Also war sie jetzt auf dem Weg nach Wittlich. Sie wollte sich nicht darauf verlassen, dass Engel den Kontakt zu ihr suchte, zumal er das ja in den letzten Tagen vermieden hatte.

Engel war alles andere als beglückt, als sie plötzlich in der Dienststelle auftauchte, aber doch zu höflich, um sie einfach zu ignorieren. Also saß sie ihm nun in seinem Büro gegenüber. Er blickte auf die Uhr: »Was kann ich für Sie tun, Frau Suttner? Ich habe nur wenig Zeit!«

Kooperativ ist anders, dachte Frederike, beschloss aber, den Affront zu ignorieren.

»Ich danke Ihnen, dass Sie mich empfangen. Ich möchte Ihnen gerne meine Informationen und Theorien bezüglich der Todesfälle im St. Ägidius in Hillesheim weitergeben«, gab sie sich ganz förmlich.

Er lachte gönnerhaft. »Aha, Sie können es wohl nicht lassen, liebe Frau Ex-Kollegin!« Er betonte das »Ex«. »Jaja, die alten Gewohnheiten. Aber vertrauen Sie uns. Wir haben die Sache im Griff.«

Er wollte schon aufstehen und sie verabschieden, doch sie blieb eisern auf ihrem Stuhl sitzen, die Handtasche vor die Brust gepresst, und schaute ihn nur scharf an. »So viel Zeit muss sein!«

Seufzend setzte er sich wieder zurecht. »Frau Suttner, ich war schon sehr tolerant Ihnen gegenüber, als ich von Ihren kleinen Ermittlungen hörte. Aber glauben Sie mir, wir wissen hier, was wir tun. Sie kennen das Geschäft doch selbst – solche Einmischungen von außen bringen uns nicht weiter.«

Sie nickte widerstrebend, beharrte aber auf ihrem Standpunkt. »Ich würde Ihnen recht geben, wenn es sich um eine Laienermittlung handelt. Tatsächlich hatte ich aber Möglichkeiten, direkt vor Ort verdeckt zu arbeiten und auch konkrete Nachforschungen anstellen zu lassen, die die Polizei nicht ohne Weiteres hätte durchführen können. Von daher halte ich es durchaus für zielführend, wenn ich Ihnen die Ergebnisse meiner beziehungsweise unserer Bemühungen kurz erläutere.«

Seufzend gab er nach. »Also, was haben Sie bisher herausbekommen?«

Frederike schilderte ihm kurz die verschiedenen Theorien und Ermittlungsschritte und betonte ihren Verdacht gegen Jochen Anstruth.

Er fasste zusammen: »Also hatten Sie mehrere Verdächtige. Den Küchenchef Heinz Fernmüller und die Pflegekraft Heike Simonis. Beide werden bereits von uns überprüft, und die Essensproben sind im Labor. Dann gab es noch die Investorengeschichte, die sich in Luft aufgelöst hat. Und jetzt gibt es noch eine diffuse Story rund um ein nicht auffindbares Nasenspray.«

Sie blinzelte und kramte ein Taschentuch aus ihrer Tasche.

Engel fuhr fort: »Ihre These ist also, dass Jochen Anstruth ein Nasenspray präpariert hat und damit mehrere Menschen vergiftete, um den Tod seiner Tante zu tarnen, die er beerben wollte. Allerdings kann man das nicht beweisen, weil keins der Sprays aufgefunden wurde. Darüber hinaus hat seine Tante, um die es ja hauptsächlich ging, das Nasenspray möglicherweise gar nicht genommen, und es sind auch Leute zu Tode gekommen, die eigentlich keinen Zugang zu dem Spray hatten.«

Sie nickte leicht beklommen – hier würde sie nicht weiterkommen! Warum hatte sie nicht auf Frank Junge gehört? Sie war in einer Sackgasse gelandet. Ein Zustand, den sie kannte und hasste. Sie glaubte zu wissen, wer der Mörder war, aber sie konnte es nicht beweisen. Würde er davonkommen?

Engel fragte süffisant: »Und was soll ich Ihrer Meinung nach mit dieser Theorie anfangen, wenn Sie mit Ihren verdeckten Ermittlungen und Ihrem Ermittlerteam« – er malte Gänsefüßchen in die Luft – »keines der

Nasensprays gefunden haben? Wie sieht denn die Beweislage gegen Jochen Anstruth aus?« Er hob die Hände. »Nada! Sie haben nichts, außer einem Bauchgefühl!«

Wieder schaute er Frederike gönnerhaft an, beugte sich nach vorne über seinen Schreibtisch und faltete die Hände. »Liebe Frau Suttner, genießen Sie Ihren Ruhestand, Sie haben ihn sich verdient. Aber bitte lassen Sie uns in Ruhe unsere Arbeit tun.«

Er stand auf und ging zur Tür, und ihr blieb nichts anderes übrig, als sich von ihm aus seinem Büro hinauskomplimentieren zu lassen.

Sie ärgerte sich über sich selbst. Das hätte sie sich denken können. Sie war selbstkritisch genug, um zu wissen, dass sie das Gespräch mit getauschten Rollen ebenso geführt hätte. Auch sie hatte sich Einmischungen von außen immer strikt verbeten.

Engel begleitete sie zum Ausgang, immer eine Hand auf ihrem Rücken. Anscheinend wollte er sichergehen, dass sie wirklich das Haus verließ. Als er ihr die Tür aufhielt, begegnete ihr ein älterer Herr, dessen Gesicht sich bei ihrem Anblick aufhellte.

»Ja, aber ist das nicht die Frau Suttner? Das ist ja eine Freude!«

»Kriminalrat Haubrich! Wir haben uns ja ewig nicht gesehen!«, begrüßte Frederike den Mann mit Handschlag. »Wie geht es Ihnen?«

»Ach, immer das Gleiche«, winkte er ab. »Wir sollten mal telefonieren. Ich bin gespannt, was Sie inzwischen alles so machen.« Er blickte auf die Uhr. »Jetzt habe ich gleich einen Termin. Schade! Aber lassen Sie uns in Kontakt bleiben.« Er reichte ihr seine Visitenkarte.

Frederike bedankte sich, nickte Hauptkommissar Engel noch einmal zu und machte sich dann auf den Weg.

Beide Männer schauten ihr nach. »Das ist eine Frau! Ich kenne niemanden, der so einen Riecher hatte wie sie!« Kriminalrat Haubrich klopfte Engel auf die Schulter. »Von Frederike Suttner können wir alle noch was lernen!«

Engel grinste ihn verkniffen an. Das hatte ihm gerade noch gefehlt!

16. Kapitel

In den nächsten Tagen versenkte sich Frederike wieder in ihre Gartenarbeit, um sich abzulenken. Hannelore wich ihr dabei nicht von den Füßen. Anscheinend hatte ihn das Eingesperrtsein tief beeindruckt, und beide genossen das Zusammensein.

Sie telefonierte noch regelmäßig mit Klara, aber es gab nichts Neues im St. Ägidius. Es waren keine weiteren Todesfälle aufgetreten, sodass sich die Situation merklich beruhigt hatte und wieder ein Stück Normalität einkehrte.

Angela schaute schon mal abends vorbei, doch blieben die Gespräche merkwürdig oberflächlich und nichtssagend. Frederike scheute sich, nach Jochen zu fragen, und Angela hatte wohl für sich entschieden, so wenig wie möglich mit ihrer Tante über ihre neue Liebe zu reden. So wusste Frederike nicht einmal sicher, ob Jochen inzwischen tatsächlich bei ihrer Nichte eingezogen war. Lieber berichtete Angela von ihrer Arbeit. Inzwischen war auch im Krankenhaus wieder der normale Trott eingekehrt – die Urlaubsvertretung war beendet, und es gab auch keine neuen Todesfälle, welche die Pathologie beschäftigten und für Gerede sorgten.

Eines Abends saßen sie gemeinsam auf der Terrasse der *Üxheimer Scheune* und ließen den Tag bei einem großen Eisbecher ausklingen. Angela hatte diesen Vorschlag eigentlich gemacht, um Frederike auf andere Gedanken zu bringen, doch kam das Gespräch auch heute wieder auf die Todesfälle.

»Wenn du so unzufrieden bist mit den Ermittlungen, dann sprich doch mal mit unserem Chefarzt. Der ist nicht nur Mediziner, sondern auch Chemiker. Vielleicht hat er ja noch eine Idee.«

Frederike schnaubte. »Und wie soll ich das anstellen? Der hat doch gerade auf mich gewartet.«

Doch Angela ließ nicht locker. »Du sollst ja auch keinen offiziellen Gesprächstermin mit ihm machen, aber du könntest ja mal in seine private Sprechstunde kommen und dabei ins Plaudern geraten.«

»Und womit? Ich bin kerngesund.« Das klang fast schon bedauernd. Frederike verfügte tatsächlich über eine beneidenswerte gesundheitliche Konstitution. Nur das Alter machte ihr schon mal zu schaffen, aber Alter war Leben, keine Krankheit.

Angela grinste. »Ja, du bist wirklich eine lausige Patientin. Die Demenz hat man dir ja auch nicht allzu lange abgekauft.« Sie dachte nach. »Du könntest nächsten Samstag zum Konzert der *Zwerchfellas* gehen. Seine Frau singt dort mit, und er wird sicher da sein.«

Frederike nickte nachdenklich. »Das könnte klappen. Da wollte ich sowieso mit Grete hin. Wie sieht er denn aus?«

Gemeinsam schauten sie sich – Kopf an Kopf gelehnt – auf Angelas Handy die Internetseiten des Krankenhauses an und suchten nach einem Foto von Dr. Schröder. So nahe waren sie sich schon längere Zeit nicht gewesen, und beide genossen diesen Augenblick.

»Soll ich ihm sagen, dass du ihn ansprechen wirst? Dann brauchst du ihn nicht zu überfallen«, bot Angela an.

»Meinst du, das wäre sinnvoll? Nicht dass er gar nicht kommt!«

Angela winkte ab. »Das wird seine Frau schon zu verhindern wissen. Nein, er ist wirklich nett, wenn er mal Zeit hat. Und vielleicht auch ganz froh, wenn er mit dir ein wenig fachsimpeln kann.«

Nachts im Bett ließ Frederike das Gespräch noch einmal Revue passieren. Es hatte gutgetan, mit Angela ein »normales« Gespräch zu führen. Sie hatte den Eindruck, als gingen sie zwar nett und höflich miteinander um, aber sie fühlte sich ausgeschlossen, nicht authentisch in diesen Situationen. Am liebsten würde sie Angela schütteln, sie anbrüllen …! Dabei hatte sie ihr noch nicht einmal von ihrem Verdacht gegen Jochen erzählt. Zu groß war ihre Angst, dass Angela das Gefühl bekäme, sich zwischen ihrer Tante und Jochen entscheiden zu müssen. Und noch größer die Angst, dass die Entscheidung zugunsten von Jochen ausfallen könnte. Und doch – jede Nacht kreisten ihre Gedanken um die Todesfälle, den möglichen Tathergang. So vieles machte keinen Sinn. Und nichts konnte sie beweisen. Selten hatte sie sich so mutlos, so hilflos gefühlt. Und so wütend!

Da war das Chorkonzert am Wochenende eine willkommene Abwechslung. Sie hatte sich mit Grete verabredet, um zu schauen, was die »Konkurrenz« denn so zu bieten hatte. Beide dachten auch schon einmal darüber nach, ihrem Kirchenchor den Rücken zu kehren und sich einem moderner ausgerichteten Chor anzuschließen. Doch letztendlich brachten sie es beide nicht fertig, ihre Mitsänger vor den Kopf zu stoßen, denn dann könnte der alte Kirchenchor direkt dichtmachen. Aber mal gucken konnte ja nicht schaden!

Frederike entdeckte den Chefarzt Dr. Schröder schon im Eingangsbereich des Leudersdorfer Bürgerhauses. Er stand vor der Tür und rauchte eine Zigarette. Durften Ärzte rauchen? Frederike war irritiert. Doch sie schob die Frage beiseite und nutzte lieber die Gelegenheit, das Gespräch zu suchen. Grete wollte sich derweil um die Eintrittskarten kümmern und einen Blick in den Saal werfen. Da es keine Platzkarten gab, war der Run auf die besten Plätze schon eröffnet.

»Guten Abend, Herr Doktor Schröder, ich bin Frederike Suttner«, sprach sie den Arzt an.

Er schaute irritiert auf. »Guten Tag, Schröder«, stellte er sich vor.

»Ja, ich weiß, ich hoffe, meine Nichte Angela Mauer hat Ihnen von mir berichtet.«

»Es tut mir leid, ich habe Frau Mauer in den letzten Tagen nicht gesehen. Sie hat Ihnen aber sicher gesagt, dass Sie für eine Konsultation besser in meine Sprechstunde kommen.« Mit diesen Worten drehte er sich leicht zur Seite, warf die angerauchte Zigarette weg und wollte in die Halle gehen.

Mist, er hielt sie für eine lästige Patientin, die ihn in seiner kostbaren Freizeit mit Symptomen traktierte. Das fing ja gut an!

»Bitte warten Sie.« Frederike wollte ihn um jeden Preis aufhalten und hielt ihn am Ärmel fest. Er blickte erst indigniert auf ihre Hand, dann in ihr Gesicht. Doch bevor er etwas sagen könnte, überfiel ihn Frederike mit einem hastigen Redeschwall. »Ich bin ehemalige Kriminalkommissarin und ermittele in den Todesfällen im St. Ägidius. Ich hätte nur ein, zwei Fragen an Sie, dann lasse ich Sie in Ruhe. Versprochen!«

Anscheinend hatte sie sein Interesse geweckt, denn er wandte sich ihr wieder zu. »Ich glaube nicht, dass ich Ihnen da helfen kann. Ich bin mit dem Fall nicht betraut und dürfte, wenn es so wäre, auch nicht darüber reden.«

Sie winkte ab. »Das ist mir schon klar. Meine Fragen sind allgemeiner Natur.«

Er blickte auf seine Armbanduhr. »Machen Sie es kurz! Das Konzert beginnt gleich.«

»Die Ermittlungen laufen ja bereits seit einiger Zeit. Warum dauert es so lange, eine Todesursache zu bestimmen?«

»Nun, das ist bei solchen Fällen nicht leicht. Sie wissen sicherlich bereits, dass es jeweils ähnliche Symptome gab, aber keine direkten Hinweise auf eine Todesursache.«

»Ja, aber könnte man nicht einfach den Stoff bestimmen, der zum Tod geführt hat? Man hat doch die Leichen da und auch viele Proben entnommen. Da gibt es sicher Verdachtsmomente.«

Er lachte kurz auf. »Nein, so einfach ist das nicht. Sie können nicht einfach in einen Toten hineinschauen und direkt erkennen, aha, der ist ertrunken oder die hat Arsen geschluckt. Im Fernsehen sieht das immer so leicht aus. In Wirklichkeit ist das eine ganz diffizile Spurensuche – wie eine Nadel im Heuhaufen, nur dass Sie noch nicht einmal sicher sein können, dass es sich wirklich um eine Nadel handelt.«

»Das verstehe ich nicht.«

»Stellen Sie sich vor, Sie würden einen lebenden Menschen untersuchen. Der hat Schmerzen, fühlt sich nicht wohl, kann sich nicht bewegen. Er zeigt Symptome, die Sie untersuchen und zu denen Sie ihn befragen können. ›Wie lange haben Sie das schon? Wie hat sich das entwickelt? Wann tritt es besonders stark auf?‹ Es gibt für bestimmte Krankheiten typische Symptomanordnungen wie Bauchschmerzen oder Herzrasen. Damit haben Sie eine erste Diagnose. Daraufhin erfolgen weitergehende spezifische Untersuchungen, zum Beispiel im Labor. Sie beobachten, wie der Patient auf die Medikation reagiert. So kreisen Sie die Krankheitsursache nach und nach ein. Bei Toten geht das nicht.«

»Wie wird denn in einem solchen Fall die Todesursache bestimmt?«

»Theoretisch ganz simpel: Man muss nur den Stoff finden, der da nicht hingehört. Aber das erkennen Sie nicht einfach auf den ersten Blick. Sie müssen jeden einzelnen Stoff, jede einzelne Möglichkeit überprüfen und finden dann vielleicht konkrete Hinweise, die zu einer möglichen Todesursache führen. Und dann muss man noch schauen, wie es dazu kommen konnte.«

»Und deshalb braucht man die Proben?«

Er nickte. »Genau. In einem solchen Fall – und ich spreche jetzt wirklich ganz allgemein – gibt es übliche Verdächtige. Legionellen, EHEC, Salmonellen, sonstige Keimbelastungen, die ausgeschlossen werden. Dann Allergene, die zu Reizungen der Atemwege führen können, wie Putzmittel, Desinfektionsmittel oder Auslöser von Nahrungsmittelunverträglichkeiten et cetera. Bestimmte Medikamentengruppen, die möglicherweise falsch dosiert wurden. Eventuell auch bestimmte Gifte, wie Pflanzen, Pilze, aber auch Wohngifte oder Insektenvernichtungsmittel und so weiter.«

»Das sind ja unendlich viele Möglichkeiten«, stöhnte Frederike, »und jede Möglichkeit muss also einzeln ausgeschlossen werden? Wie soll das denn gehen? Das dauert ja ewig!«

»Ja, das zieht sich hin, zumal manche Nachweise auch mehr Zeit benötigen. Natürlich konzentriert man sich auf das Umfeld der Betroffenen. Welche Möglichkeiten gibt es hier? Deshalb auch diese Proben. Manchmal findet man dort schneller etwas als in der Pathologie.«

»Aber – ich spekuliere jetzt mal – ein unbekanntes indianisches Pfeilgift?«, dachte Frederike laut nach.

Er blickte sie amüsiert an. »Sie lesen wohl gerne Krimis, was? Aber es stimmt schon, man kann unmöglich alle Gifte dieser Welt überprüfen und konzentriert sich auf das Naheliegende. Für manche Stoffe gibt es auch gar keine Nachweisverfahren. Um Goethe zu zitieren: *Man erkennt nur das, was man kennt.*«

»Aber dann bleiben doch viele Morde unentdeckt?«

Er zuckte mit den Schultern. »Da geht es den Medizinern und Chemikern nicht anders als der Polizei – man tut sein Bestes.«

»Es geht los!« Grete stand in der Tür und gestikulierte wild.

»Na dann … ich hoffe, ich konnte Ihnen ein wenig weiterhelfen.« Doktor Schröder nickte Frederike noch einmal kurz zu und ging dann in Richtung Konzertsaal. Frederike folgte ihm gedankenversunken. Bei den Todesfällen, mit denen sie sich in der Vergangenheit beschäftigt hatte, war es immer klar gewesen, dass es sich um Mord oder Totschlag gehandelt hatte. Und nicht selten steckte die Tatwaffe noch im Opfer. Ihr wurde jetzt erst bewusst, welcher »Luxus« das ermittlungstechnisch gewesen war. Die Unklarheiten in diesem Fall hier machten sie noch ganz krank. Wenn sie doch wenigstens eines der verschwundenen Nasensprays hätte aufspüren können, das wäre vielleicht ein Fingerzeig gewesen, dem man hätte folgen können. Aber so? Frustriert nahm sie ihren Platz ein, den Grete für sie freigehalten hatte. Das Konzert war ihr jetzt schon verleidet.

17. Kapitel

Frederike lebte wieder in ihren Alltagsroutinen, doch nagten die Todesfälle immer noch an ihrer Seele. Darüber hinaus hatte ihr Angela inzwischen erzählt, dass Jochen nun tatsächlich bei ihr eingezogen war. Sie sah das Ganze immer noch durch eine rosarote Brille und hatte Frederike für das kommende Wochenende zum Essen eingeladen. Jochen und sie wollten kochen und das Zusammenziehen feiern.

Klara rief regelmäßig an, und Frederike hatte sich angewöhnt, zweimal in der Woche mit ihr ins nahe gelegene Café zu gehen. Es waren keine weiteren Todesfälle mehr aufgetreten, aber es herrschte immer noch eine gewisse Spannung in der Stadt. Man wartete auf die Ergebnisse der Ermittlungen, doch bisher war noch nichts durchgedrungen. Schon seit Tagen war die Polizei nicht mehr im St. Ägidius aufgetaucht.

Frederike kannte das zu gut. Anscheinend hatten sich die Ermittlungen festgefahren, es gab keine Spuren mehr, denen man hätte folgen können. Das Einzige, was man jetzt noch tun konnte, war, auf den nächsten Todesfall zu warten und zu hoffen, dass sich daraus neue Hinweise ergäben. In der Zwischenzeit beschäftigte man sich mit anderen Fällen, die genauso wichtig waren. Und so nach und nach geriet der Fall in Vergessenheit. Das hatte sie früher auch schon erlebt.

Doch es kam noch anders. Knapp sechs Wochen, nachdem die offiziellen Untersuchungen begonnen hatten, meldete sich Frank Junge telefonisch bei ihr und informierte sie, dass die Ermittlungen eingestellt worden seien.

»Man hat ein Fremdverschulden in allen Fällen ausgeschlossen. Da gibt es für uns nichts mehr zu tun!«, meinte er fast entschuldigend.

»Aber woran sollen die denn nun alle gestorben sein?«

Frank zögerte kurz. »Möglicherweise eine Streptokokkeninfektion?!«

Frederike horchte auf. »Hatte nicht Frau Dr. Burkhardt eine bakterielle Infektion für unmöglich gehalten und deshalb überhaupt so einen Wind gemacht?«

»Auf jeden Fall gibt es keinerlei Hinweise auf ein Fremdverschulden, meint die Staatsanwaltschaft. Man hat jetzt alle Ergebnisse: keine Überdosierung, keine Lebensmittelvergiftung, kein Wohngift. Ursprünglich hatte die Gesundheitsbehörde auch eine Infektionserkrankung ausgeschlossen, aber die Rechtsmediziner aus Mainz sind da anderer Meinung. Die halten eine Streptokokkeninfektion für möglich. So viel kann ich dir sagen. Ermittelst du immer noch?«

»Was soll ich sagen? Mein Bauchgefühl gibt mir deutlich zu verstehen, dass die Sache nicht mit rechten Dingen zugeht und Jochen Anstruth da irgendwie seine Finger drin hat. Das kann doch kein Zufall sein, dass gerade in der Zeit diese Sprays dort kursierten. Natürlich kann man die Inhaltsstoffe nicht testen, wenn man die Dinger nicht findet.«

»Aber dir ist schon klar, dass du keine Chance hast, das zu beweisen? Selbst wenn du jetzt noch Beweise finden würdest, die deinen Verdacht untermauern – die sind doch alle super zufrieden mit dem jetzigen Ergebnis. Staatsanwaltschaft, Polizei, die Heimleitung, von denen hat keiner ein Interesse daran, die Untersuchungen wiederaufzunehmen. Lass es sein! Steck deine Energie lieber in etwas Sinnvolles!«

Frederike seufzte. Sie wusste nur zu gut, dass er recht hatte. Eine bereits abgeschlossene Ermittlung wiederaufzunehmen, wäre ein Politikum.

Es war vorbei!

Nachmittags fuhr Frederike zu Klara. Sie wollten sich ein letztes Mal mit Ursula, Helga und Horst treffen, um den Fall zu besprechen. Im Altersheim hatte das Gerücht über die Einstellung des Verfahrens bereits die Runde gemacht.

In Klaras kleinem Wohnzimmer herrschte eine merkwürdige Stimmung – eine Melange aus Erleichterung und Enttäuschung. Ursula brachte es auf den Punkt: »Einerseits bin ich froh, dass der Spuk vorbei ist, andererseits ist es aber auch schade.« Sie schaute in die Runde. »Mir haben die Ermittlungen richtig Spaß gemacht. Das war alles so spannend!«

Horst nickte widerstrebend. »Ist doch verrückt, dass erst so etwas passieren muss, damit man sich mal wieder nützlich fühlen kann.«

Nur Helga wirkte vollständig zufrieden, während sie den frisch gebackenen Pflaumenkuchen kaute. Sie wies darauf. »Bedient euch. Den hat Heinz Fernmüller zur Feier des Tages gebacken. Mann, was ist der froh, dass sein Küchenpersonal entlastet ist! Obwohl ihm selbst sicher noch Ärger ins Haus steht.«

Klara schaute sie fragend an. »Was weißt du, was wir nicht wissen?«

»Na ja, ich denke, das spricht sich sowieso bald rum.« Helga wollte nach einem weiteren Stück Kuchen greifen, wurde aber von Klara daran gehindert.

»Erst erzählen!«, befahl diese ruppig und entfernte den Kuchen aus Helgas Reichweite.

Die lachte nur. »Also gut, Heinz hat mir gebeichtet, dass er die ersten Proben verschwinden lassen wollte, weil er entgegen den offiziellen Richtlinien frische Eier verwendet hat. Er wusste, dass Andrea Bader ihm deshalb Ärger machen würde.«

Frederike staunte. »Frische Eier sind doch gut! Soll er denn alte nehmen?«

Horst schaute sie belehrend an. »Wohl noch nie etwas von Salmonellenvergiftung gehört? Frische Eier im Altersheim – das geht gar nicht. Hier wird normalerweise ausschließlich mit Eipulver gekocht!«

Frederike schüttelte sich bei dem Gedanken. »Allein das Wort klingt schon eklig!«

Klara winkte ab. »Ach was, wenn man die dreifache Menge Wasser draufpackt, kannst du sogar Rührei damit machen.«

»Und wie kriegt man ein Spiegelei hin?«, fragte Frederike interessiert nach.

»Indem man das Rührei auf einem Spiegel serviert«, antwortete Horst trocken.

»Für mich ist Heinz Fernmüller ein Held!«, ereiferte sich Ursula, während Helga einen langen Arm machte, um wieder an den Kuchen zu gelangen. »Ich finde es viel besser, mit natürlichen Nahrungsmitteln zu arbeiten als mit diesem denaturierten Zeug. Als ob alle Eier salmonellenverseucht wären und alte Menschen Weicheier, die nichts wegstecken können. Irgendwann kriegen wir nur noch Pulvernahrung aufgerührt, damit ja nichts schiefgeht. Als ob dieses chemische Zeug gesünder wäre! Und wie es schmeckt, interessiert auch keine Socke!«

»Genau das Gleiche sagt Heinz«, bemerkte Helga kauend. Klara hatte ihr inzwischen gnädig den Kuchenteller wieder überlassen. »Es vertrüge sich nicht mit seinem Qualitätsanspruch als Koch. Deshalb rasselt er immer mit Frau Bader aneinander, die da natürlich andere Prioritäten setzt.«

»Wir müssen Heinz schützen! Er ist zwar nicht gerade ein begnadeter Koch, aber er hat das Herz auf dem rechten Fleck.« Ursula stürzte sich mit Begeisterung auf die neue Aufgabe. »Wenn ihm die Bader am Kittel flicken will, soll sie den geballten Widerstand der Bewohner spüren.« Sie kicherte. »Typ vier zu mir auf die Barrikaden!«

Klara schaute sie lobend an. »Was für eine gute Idee! Wenn hier ein neuer Küchenchef käme, würde der mich bestimmt nicht mehr in der Küche backen lassen. Ich bin dabei.«

Frederike bemerkte, dass sich die Energie der kleinen Truppe schnell auf ein neues Ziel ausrichtete. Einerseits beneidete sie die vier um ihren Tatendrang, andererseits war sie aber mit ihren Gedanken noch bei den Todesfällen.

»Und wie geht es Heike?«, brachte sie das Gespräch wieder auf die Ermittlungen.

Klara winkte ab. »Der geht es prima. Ich glaube, die hat gar nicht richtig realisiert, dass man sie als Mörderin verdächtigt hat. Auf jeden Fall sollen ihre Kompetenzen in Absprache zwischen Heimleitung, Pflegedienstleitung und Frau Dr. Burkhardt offiziell in eine Stellenbeschreibung gefasst werden. Mal sehen, ob sie dann immer noch so fröhlich ist. Bisher ließ man ihr ja ziemlich freie Hand.«

Frederike hatte genug gehört und stand auf, um sich zu verabschieden. Sie wollte noch kurz bei Andrea Bader vorbeischauen. »Auch wenn die Sache offiziell vorbei ist – bitte haltet weiter die Augen auf. Vielleicht wird jemand gerade jetzt nach der Einstellung der Ermittlungen unvorsichtig und macht einen Fehler.«

»Jaja, du und dein Bauchgefühl!« Klara brachte sie noch bis zur Tür. »Lass dich bald mal wieder sehen – auch ohne Mord und Totschlag!«

Frederike grinste und küsste sie auf die Wange. »Das mache ich und ... danke!«

Sie ging direkt zum Verwaltungsbüro. An der Tür traf sie auf Frau Bader und begrüßte sie lächelnd.

Doch diese blickte sie ein wenig verkniffen an. »Kommen Sie rein, mit Ihnen wollte ich sowieso noch reden.«

Frederike folgte ihr ins Büro.

Andrea Bader nahm hinter ihrem Schreibtisch Platz und funkelte Frederike böse an. »Da haben Sie mich ja ganz schön reingeritten!«

»Was meinen Sie?«

»Was glauben Sie, was ich mir von Hauptkommissar Engel anhören musste? Wir hätten seine Zeit verschwendet, polizeiliche Kapazitäten wären von wichtigen Fällen abgezogen worden, nur um hier einem Hirngespinst nachzujagen. Der Staatsanwalt meinte zwar, es wäre richtig gewesen, Ermittlungen anzufordern, aber auf das gönnerhafte Getue hätte ich gut verzichten können. Und der Verwaltungsrat sitzt mir im Nacken, ich hätte dem Image des Heims geschadet, indem ich die Fälle publik gemacht habe. Das ging ja sogar durch die überregionale Presse!« Sie wies auf eine Ausgabe des *Spiegel*.

Frederike schaute sie belustigt an. »Da hat man Ihnen ja ganz schön die Hölle heiß gemacht.«

Doch die Heimleiterin war wirklich sauer. »Ja, und alles nur, weil Sie mir zugeredet haben, die Polizei einzuschalten.«

Frederike blieb ruhig, merkte aber, dass Ärger in ihr aufstieg. »Es war besser, dass die Anzeige von Ihnen kam als von Ihrer Ärztin. Was wäre denn die Alternative gewesen?«

»Danach traten ja keine Todesfälle mehr auf. Alle hätten sich wieder beruhigt, und es wäre gar nichts passiert«, konterte Andrea Bader trotzig.

»Das glauben Sie ja wohl selbst nicht!«

»Und außerdem muss ich mir jetzt noch einen neuen Küchenchef suchen, weil sich Fernmüller nicht an die Vorgaben hält.« Sie senkte ihr Gesicht in ihre Hände. »Ich bin es so leid!«, murmelte es hinter dem Vorhang aus Haaren hervor.

Frederike stand auf. »Belassen Sie es bei einer Abmahnung, das sollte reichen. Bringen Sie nicht noch mehr Unruhe rein. Und reißen Sie sich zusammen!«

Die Heimleiterin blickte verärgert auf und fauchte: »Verschwinden Sie bloß!«

Mit zusammengekniffenen Lippen verließ Frederike das Büro. Was für ein Scheißtag!

Zwei Tage später meldete sich Klaus Wieland bei ihr. »Hallo, Frau Suttner!«

»Herr Wieland! Wie schön, Ihre glockenhelle Stimme zu vernehmen.«

Wieland lachte schallend auf. »Du liebe Güte, Sie müssen ja eine furchtbare Laune haben.«

Frederike grinste. Sie mochte ihren Ex-Kollegen und wusste, dass sie ihm nichts vormachen konnte und musste.

»Sie ahnen schon – ich bin nicht glücklich über die Einstellung der Ermittlungen.«

»Das dachte ich mir. Ich habe es nie erleben dürfen, dass Sie einer Spur nicht bis zum Ende gefolgt sind, wenn Sie erst einmal Witterung aufgenommen haben.«

Frederike kommentierte das mit einem Schnauben. »Das hört sich an, als wäre ich ein Rauhaardackel auf Dachsjagd.«

»Nein, ein Bluthund. Und das soll ein Kompliment sein«, bemühte sich Wieland, jedes Missverständnis im Keim zu ersticken. »Ich rufe an, weil ich eventuell etwas Neues für Sie habe.«

»Legen Sie los!«

»Also, gestern war endlich die Testamentseröffnung von Käthe Gilles. Das hatte sich alles etwas hingezogen, weil ihr persönlicher Notar im Urlaub war. Und das Testament war eine kleine Sensation, sodass heute auch schon die *Rheinische Post* darüber berichtet.«

»Jetzt spannen Sie mich nicht auf die Folter!«

»Also, Käthe Gilles hat ihr komplettes Vermögen an wohltätige Einrichtungen gestiftet. Der Hauptteil geht an das örtliche Tierheim. Von dort hat sie wohl vor Jahren ihren kleinen Hund bekommen. Ansonsten geht noch einiges an die Museumsstiftung, die Heinrich-Heine-Universität und noch ein paar andere.«

»Das heißt, Jochen Anstruth ist leer ausgegangen?«

»Nicht ganz. Wie ich hörte, bekam er einige Wertgegenstände zugesprochen, wie auch drei andere Personen – unter anderem auch Andrea Bader. Das ist doch die Heimleiterin? Aber dabei handelt es sich wohl eher um Erinnerungsstücke als um echte Wertgegenstände.«

»Na, das war ja wohl nichts mit der Erbtante«, konstatierte Frederike trocken.

»Genau! Wenn Jochen Anstruth wirklich auf das Erbe spekuliert hat, dann ist er jetzt böse gekniffen!« Klaus Wieland schnaufte. »Das muss ganz schon wehtun, wenn man eigentlich mit ein paar Millionen gerechnet hat. Die Frage ist aber – hat er das Testament nicht schon vorher gekannt?«

»Das werde ich herausbekommen.«

Wieland lachte. »So kenne ich Sie!«

Sie beendeten das Gespräch.

Während sie im Garten ihre Tai-Chi-Übungen machte, dachte sie über das Gehörte nach. Eigentlich sollte sie sich ja ganz auf die Bewegungsabläufe und die Atmung einlassen, doch sie hatte gelernt, die fließenden Übungen zu nutzen, um ihren Geist zu klären und die Gedanken wandern zu lassen. Sollte Jochen das Testament gekannt haben, würde ihre Theorie nicht standhalten, dass er eine Mordserie geplant hatte, um den eigentlichen Mord zu tarnen. Er hätte einfach kein ausreichendes Motiv. Denn hätte er seine Tante gehasst, hätte er sie ja bloß nicht mehr besuchen müssen. Nein. Sie versenkte sich in die Figur »Der Kranich breitet seine Flügel aus.« Sollte sie sich in ihm getäuscht haben? Möglich. Sie bewegte sich fließend durch die Muster. Als sie die siebenunddreißig Figuren beendet hatte, stand ihr Entschluss fest. Sie würde mit Angela sprechen!

Sie ging ins Haus und schickte Angela eine WhatsApp-Nachricht: »Lust, vorbeizukommen? Spaghetti Bolognese!«

Die Antwort ließ nicht lange auf sich warten. »Bin um neunzehn Uhr da!« Spaghetti Bolognese war Angelas Leibgericht. Frederike lächelte und fuhr zum Einkaufen.

Pünktlich um sieben Uhr stand Angela in der Tür. Sie umarmte Frederike überschwänglich. »Deine Nachricht war so super! Ich hatte einen furchtbaren Tag, und Jochen ist am Abend zu Kumpels nach Trier gefahren. Mit dem Zug, denn Auto fahren darf er mit seiner gebrochenen Hand nicht.« Sie schälte sich aus ihrer Jacke, während sie weiterquasselte. »Eigentlich wollte er, dass ich ihn fahre, dann aber irgendwo ins Kino gehe, weil es ja ein Kumpeltreffen ist. Aber das kann er vergessen. Ich bin doch nicht seine Chauffeuse. Auch wenn er mir schon leidtut. Aber er ist es ja selber schuld …«

Während des Redeschwalls schenkte Frederike ihr seelenruhig ein Glas Rotwein ein und stellte ihr einen Teller Nudeln vor die Nase. »Jetzt lass uns erst einmal anstoßen.«

Beide hoben ihr Glas. »Auf eine warme Mahlzeit!«

Frederike hob die Brauen. »Jetzt noch mal von vorne. Also, Jochen hat sich die Hand gebrochen? Wie ist das denn passiert?«

Angela seufzte. »Er hat eine Nachricht bekommen, die ihn total verärgert hat. Du kanntest doch seine Tante, die Käthe Gilles?«

Frederike nickte nur. Das ging ja leichter als gedacht.

»Gestern wurde das Testament eröffnet. Da Käthe keine näheren Verwandten hatte, war Jochen wohl der Meinung, er wäre der nächste Erbe. Doch die Tante hat alles für wohltätige Zwecke gespendet. Jochen hat nur eine silberne Tabakdose und ein Porträt seines Großonkels, nach dem er benannt ist, geerbt.« Angela nahm einen Bissen, sprach aber weiter: »Dabei hat er sich in den letzten Jahren so nett um sie gekümmert. Das ist schon irgendwie ungerecht, findest du nicht?«

Frederike zuckte mit den Schultern. »Na ja, letztendlich muss jeder das für sich selbst entscheiden. Käthe Gilles war immer eine große Wohltäterin und Sponsorin in Düsseldorf. Wundern tut mich das also nicht.«

Angela nickte. »Ja, das hat Jochen auch gesagt. Aber er hat doch mit einem deutlich größeren Erbe gerechnet. Vor allem wohl mit Geld.«

»Hat er immer noch Geldsorgen?«

»Irgendwie schon. Er könnte sich einen Job in der Wirtschaft suchen, aber er würde lieber seine Forschungen fortführen. Dafür braucht er das Geld.«

Frederike schaute sie interessiert an. »Was forscht er denn?«

»Irgendetwas mit Trägersystemen im pharmakologischen Bereich. Echte Grundlagenforschung. Ich habe kaum ein Wort davon verstanden.«

»Und wie hat er sich die Hand gebrochen?«

Angela zögerte mit ihrer Antwort. »Das war irgendwie ganz gruselig. Also, der Notar hat ihn angerufen und informiert. Da hat Jochen einfach das Gespräch beendet und wutentbrannt mit dem Telefon in der Hand gegen die Wand geschlagen und ›Scheiße‹ geschrien.«

Frederike zog eine Grimasse. »Uuhh, das hat wehgetan!«

»Und wie. Das Telefon war hinüber und die Hand auch. Ich habe ihn direkt ins Krankenhaus zum Röntgen gefahren. Da wurde er verarztet und die Hand ruhiggestellt.«

»Was sagt Jochen denn dazu? Was hat ihn da getrieben?«

»Viel gesagt hat er nicht. Er war mit Stöhnen beschäftigt. Was für eine Idiotie! Wie kann man so was machen? Ich habe richtig Angst bekommen.«

Frederike tätschelte ihre Hand, um sie zu beruhigen. »Er wird schon seine Gründe haben. Vielleicht hat er Verpflichtungen.«

Angela zuckte mit den Achseln. »Keine Ahnung. Auf jeden Fall hat er heute Morgen gesagt, er wolle nach Trier zu seinen Kumpels. So dramatisch war es also nicht.«

Sie holte sich einen Nachschlag aus der Schüssel und aß mit Appetit.

Doch Frederike war anderer Meinung. Mit einer solchen Verletzung und einem so großen Aufwand nach Trier fahren? Das machte man nicht ohne triftigen Grund. Was wollte Jochen wirklich in Trier? »Meinst du, er hat sich Geld geborgt?«

Angela nickte. »Ich glaube schon.« Sie zögerte kurz. »Vor einigen Tagen hat er mich gefragt, ob ich ihm was leihen kann. Aber ich habe ja selbst nur die Lebensversicherung.«

Frederike blickte auf. »Lös die bloß nicht auf. Da verlierst du garantiert Geld.«

Angela blickte sie leicht genervt an. »Das weiß ich selber. Aber Jochen war schon ein wenig enttäuscht. Vielleicht hat er sich ja schon woanders Geld geliehen, das er zurückzahlen muss? Das würde auch erklären, warum er sich so aufgeregt hat. Aber selbst wenn, was sollen die Banken denn machen? Notfalls muss er Privatinsolvenz anmelden – davon geht die Welt auch nicht unter! Und ich bin ja auch noch da.«

Doch Frederike wusste, dass es durchaus Geldgeber gab, die da etwas kleinlicher waren. Hatte sich Jochen mit den falschen Leuten eingelassen? Die Situation wurde immer verworrener. Eins war aber nach ihrem Gespräch mit Angela definitiv klar – Jochen hatte nichts von dem Inhalt des Testaments seiner Tante gewusst.

18. Kapitel

Am nächsten Morgen wachte Frederike mit einem dicken Kopf auf. Angela war gestern noch lange geblieben, und sie hatten jede eine Flasche Wein getrunken. Vorsichtshalber war Angela im Taxi heimgefahren. Frederike hatte ihr angeboten, dass sie auf der Couch schlafen könnte, doch das hatte Angela abgelehnt. Sie wollte nicht, dass Jochen sich Sorgen machte, wenn er nachts nach Hause kam und sie nicht da wäre. Heute Morgen musste sie schon in aller Frühe ihr Auto abgeholt haben, denn der Wagen stand nicht mehr vor der Tür. Wie rücksichtsvoll, dass sie nicht geklingelt hatte.

Stöhnend erhob sich Frederike aus dem Bett und wankte ins Badezimmer. Alles in allem war es ein schöner Abend gewesen, fast wie in alten Zeiten. Sie schaute in den Spiegel und betrachtete ihr verkatertes Gesicht. Ich bin zu alt für so was, dachte sie und schüttete sich kaltes Wasser ins Gesicht.

Eine Dusche und ein starker Kaffee weckten ihre Lebensgeister wieder. Seufzend machte sie sich daran, die Küche aufzuräumen. Wie das hier aussah! Überall stand noch das schmutzige Geschirr des gestrigen Abends herum. Während sie wieder für Ordnung sorgte, ließ sie den Abend noch einmal Revue passieren. Angela hatte überlegt, wie ihre weitere berufliche Zukunft aussehen könnte. Sie hatte die Möglichkeit, ein Bachelor-Studium im Gesundheitswesen zu machen, war sich aber nicht sicher, ob sie das schaffen würde. Im Moment waren Pflegekräfte gesucht; das bot natürlich auch viele Chancen, sich zu entwickeln. Und so hatten sie gemeinsam über Karriereplanung und Lebensziele gesprochen. Frederike hatte von ihren Erfahrungen berichtet, und so war der Abend schnell mit Anekdoten und Geschichten gefüllt. Um das Thema Jochen hatte Frederike im Verlauf des Gesprächs bewusst einen Bogen gemacht. Sie hatte genug gehört und wollte nicht riskieren, das Verhältnis zu Angela mit ihrem Misstrauen zu belasten.

Sie beschloss, mit Frank Junge zu telefonieren, um ihn über Käthes Testament und Jochens Reaktion darauf zu informieren. Zwar waren die Ermittlungen eingestellt, aber vielleicht fanden sich ja noch Ansatzpunkte. Auf jeden Fall wäre es gut, wenn er Bescheid wüsste.

Am Telefon meldete sich jedoch Hauptkommissar Engel. Frederike war kurz verwirrt. Hatte sie die falsche Visitenkarte in der Hand? Doch ein Blick auf die Telefonnummer zeigte ihr, dass sie sich nicht vertan hatte.

»Guten Tag, Herr Engel. Ich wollte eigentlich mit Kommissar Junge sprechen.«

Engel war nicht gerade angetan, sie in der Leitung zu haben, und knurrte: »Da werden Sie wohl mit mir vorliebnehmen müssen. Herr Junge ist auf Lehrgang. Was wollen Sie von ihm?«

Frederike stöhnte innerlich auf. Das hatte ihr gerade noch gefehlt, mit Engel über die Sache reden zu müssen. »Es geht noch einmal um die Todesfälle im St. Ägidius ...«, begann sie.

»Die Ermittlungen wurden bereits eingestellt«, unterbrach Engel sie. »Aber das wissen Sie vermutlich schon.«

Frederike biss sich auf die Lippen. Das lief nicht gut. »Ja, das weiß ich. Ich wollte trotzdem nicht versäumen, Ihnen von der Reaktion Jochen Anstruths auf das Testament von Käthe Gilles zu berichten.«

Engel stöhnte. »Jagen Sie immer noch Geister? Da ist nichts dran!«

»Ja, aber falls sich etwas Neues ergibt, sollten Sie wissen ...«

»... jetzt rücken Sie schon raus damit! Was sollen wir Ihrer werten Meinung nach wissen?« Engel war nicht blöd. Er hatte erkannt, dass er sie am schnellsten loswürde, wenn er sie einfach reden ließ.

Frederike berichtete ihm von ihren Gesprächen mit Klaus Wieland und Angela.

Engel war nicht überzeugt. »Schön, und was sollen wir jetzt mit dieser Information anfangen? Wir haben die Todesfälle untersucht, wir haben auch Jochen Anstruth überprüft. Und noch ganz viele andere Spuren. Da ist nichts – nada!«

»Sie haben Jochen Anstruth überprüft?«, fragte sie erstaunt nach. Das hatte ihr Frank Junge nicht erzählt.

»Ja, und wir haben nichts, was wir ihm anlasten können. Sie jagen Hirngespinsten nach, liebe Frau Ex-Kollegin!« Er lachte hämisch. »Auch wenn Sie den Typen nicht mögen oder er für Ihre kleine Nichte nicht gut genug ist – Sie müssen sich etwas anderes überlegen, wie

Sie die Beziehung zwischen Anstruth und Ihrer Nichte hintertreiben können.«

Frederike sog verärgert Luft ein. So ein Arsch!

»Jetzt lassen Sie uns unsere Arbeit tun. Wir haben nämlich die Schreibtische voll und nicht so viel Zeit und Muße wie Hobby-Detektivinnen in Rente.«

»Was erlauben Sie sich!« Jetzt war Frederike wirklich verärgert.

Doch Engel wich keinen Millimeter zurück. »Hören Sie auf, sich einzumischen, und lassen Sie meine Mitarbeiter mit Ihren spinnerten Ideen in Ruhe. Hier kann nicht jeder kommen und einfach mal missliebige Menschen bezichtigen. Passen Sie auf, dass Sie sich nicht wegen übler Nachrede strafbar machen. Akzeptieren Sie es – die Sache ist vorbei!«

Er hatte aufgelegt.

Frederike presste das Telefon in der Hand und hatte nicht übel Lust, es gegen die Wand zu pfeffern. Unglaublich! Was bildete dieser Typ sich ein? Was für ein Schwachmat! Zu blöd, dass Frank Junge auf Lehrgang war. Das konnte jetzt drei Wochen dauern, bis sie ihn an die Strippe bekam, zumal sie nur seine Büronummer hatte. Vielleicht sollte sie Willi fragen, wie sie ihn erreichen konnte. Von diesem Deppen Engel ließ sie sich nicht diktieren, was sie zu tun hatte.

Nach und nach verrauchte ihre Wut. Nachdem sie eine Stunde im Garten Unkraut gejätet hatte, gelang es ihr, auch eine gewisse Komik in der Situation zu entdecken. Sie hatte sich nicht gerade mit Ruhm bekleckert bei diesem Gespräch. Sie wusste doch, wie Engel tickte, und es hätte ihr durchaus klar sein können, dass sie bei ihm auf Granit beißen würde. Es wäre besser gewesen, sie hätte einfach das Gespräch beendet, als sich Engel statt Frank gemeldet hatte.

Wahrscheinlich war ihr Geist noch ein wenig benebelt vom gestrigen Abend. *Was erlauben Sie sich!* Sie hatte sich angehört wie eine Gouvernante. Sie kicherte.

Ob Willi noch im Krankenhaus lag? Durch den ganzen Trubel der letzten Tage und die frustrierende Einstellung der Ermittlungen hatte sie gar nicht mehr an ihn gedacht. Jetzt überfiel sie die Sorge um den Zustand des Mannes, den sie als Freund betrachtete, und sie bekam ein schlechtes Gewissen, sich nicht weiter um ihn gekümmert zu haben. Frank Junge hatte so besorgt gewirkt. Kurz entschlossen rief sie im Gerolsteiner Krankenhaus an und fragte nach Willi Walter. Sie war erleichtert, als sie hörte, dass sich sein Zustand gebessert hatte und er seit zwei Tagen wieder zurück im Altersheim war. Sie freute sich auf weitere interessante Gespräche mit ihm.

Am nächsten Morgen beschloss sie, zunächst bei Klara und Willi vorbeizuschauen und dann einkaufen zu fahren. Sie brauchte dringend frisches Brot. Zwar war früh der Bäckerwagen vorbeigekommen, doch da stand sie noch unter der Dusche und hatte ihn verpasst.

Klara war nicht in ihrem Appartement. Als sich Frederike an der Rezeption nach ihr erkundigte, hörte sie, dass sie gerade am Singkreis teilnahm. Da wollte sie nicht stören, sondern begab sich direkt zu Willi Walters Zimmer.

Vorsichtig öffnete sie die Tür. Nicht dass sie ihn gerade bei einem Schläfchen störte. Doch Willi saß in einem Rollstuhl und blickte aus dem Fenster. Er strahlte, als er sah, wie sie durch den Türspalt linste. »Das ist ja eine Freude – Frederike Suttner. Ich habe schon an dich gedacht!«

Sie schob sich ins Zimmer. »Das will ich doch hoffen.«

Er wendete sich ihr zu und bot ihr einen freien Stuhl an: »Komm, setz dich zu mir.«

Sie nahm Platz und musterte ihn dann ausgiebig. Er sah wesentlich fitter aus als bei ihrem letzten Treffen. »Dir geht es besser!«, konstatierte sie zufrieden.

Er nickte. »Anscheinend wollte mich der Teufel noch nicht haben.«

»Tja, Unkraut vergeht nicht.« Frederike schaute Willi unternehmungslustig an. »Was hältst du von einem kleinen Ausflug? Wir können uns im Garten ein ruhiges Eckchen suchen. Bei dem schönen Wetter willst du doch sicher nicht hier im Zimmer versauern.«

Er lächelte. »Aber nur, wenn du mich schiebst. Ich sehe vielleicht fit aus, fühle mich aber noch schwach wie ein neugeborenes Kätzchen. Heute Nachmittag kommt mein Physiotherapeut. Ich muss jetzt Krafttraining machen.«

»Klar.« Frederike erhob sich und schob den Rollstuhl aus dem Zimmer. Auf dem Flur wurde Willi mit Lächeln und Hallo-Rufen begrüßt, sodass es eine ganze Weile dauerte, bis sie draußen in der Gartenanlage angekommen waren. Frederike suchte einen Platz, wo man ungestört plaudern konnte.

Willi blickte um sich und sog die Luft ein. »Aah, das habe ich vermisst. Schau mal, wie schön der Lavendel blüht. Und dieser Duft ...« Er schnüffelte mit hochgezogener Nase.

Frederike lachte. »Du siehst aus wie ein Hase.«

Beide schwiegen eine Weile und genossen den Ausblick und die Wärme der Sonne. Doch nach einer Weile unterbrach Willi die gemütliche Stille. »Erzähl mal, was habe ich alles verpasst?«

Frederike schilderte ihm detailliert den Verlauf der Ermittlungen. Als sie Engel beschrieb und sowohl Tonfall als auch Mimik perfekt kopierte, lachte Willi laut auf. »So habe ich ihn mir nach den Erzählungen von Frank vorgestellt. Er muss dich ganz schön geärgert haben.«

»Wer? Frank?«

»Nein, Hauptkommissar Engel. Ich nehme an, er wusste deine Unterstützung nicht zu würdigen.«

Frederike schnaubte erbost. »Nicht im Geringsten. Aber ehrlich gesagt, wäre ich an seiner Stelle, hätte ich wohl ähnlich reagiert.«

Willi nickte. »Wir schätzen es in der Regel nicht, wenn jemand unsere Kreise stört.« Er musterte sie. »Aber davon abgesehen – du bist nicht zufrieden.« Das war keine Frage, sondern eine Feststellung.

Frederike dachte nach. »Nein, ich bin nicht zufrieden. Ich glaube nicht an Zufälle. Und mein Bauchgefühl sagt mir, dass Jochen in der Sache drinhängt. Ich weiß nur nicht, wie.«

»Aber zumindest das Warum ist relativ klar.«

Frederike schaute Willi erstaunt an. »Du glaubst also auch, dass da was dran sein könnte?«

Willi wiegte den Kopf hin und her. »Ich sehe jedenfalls, dass du davon überzeugt bist. Erzähl mir doch mal von deiner ersten Begegnung mit Jochen.«

»Er stand eines Abends einfach bei mir im Garten. Angela hatte mir gerade von ihm erzählt und angekündigt, dass er sie abholen wollte – da stand er auch schon im Garten. Einfach so.«

»Das klingt, als hätte dich das irritiert ...«, fasste Willi seinen Eindruck zusammen.

»Ja, das hat es irgendwie auch. Er kannte mich nicht, auch mein Haus nicht, und kommt einfach so reinspaziert. Und Angela ist sofort auf ihn zugestürmt.« Frederikes Stimme verlor sich in der Erinnerung.

»Wie wirkte das Verhalten auf dich?«

»So besitzergreifend. Ich fand es irgendwie übergriffig. Man klingelt doch oder klopft oder man ruft. Aber ich kann doch nicht einfach so über den Zaun steigen, als würde das Grundstück mir gehören.«

»Er hat dein Territorium verletzt ...« Willis Kommentare waren eine Mischung aus Fragen, Behauptungen und Resümee und ließen viel Raum für Widerspruch oder Entwicklung.

»Ich fühlte mich überflüssig zwischen den beiden. Und das in meinem Garten. Als wäre ich gar nicht da.« Frederike lachte auf. »Was ja eigentlich Quatsch ist, denn Angela hatte erzählt, dass sie ihn quasi eingeladen hat. Aber ich hatte plötzlich den Eindruck, als würde Jochen mir etwas wegnehmen, was mir gehört.«

»Vielleicht ist das ja der Grund, weshalb dein Bauchgefühl bei ihm angesprungen ist.« Willi pflückte eine

Lavendelblüte ab und zerrieb sie zwischen den Fingern. Ein beruhigender Duft stieg auf.

Frederike dachte nach. »Ja, das kann sein. Meine Oma hat bei solchen Typen immer gesagt: wie Graf Koks von der Gasanstalt! Ich konnte das damals gar nicht verstehen. Mir hat die Art durchaus imponiert. Erst später habe ich dann gemerkt, was meine Oma damit gemeint hat – viel warme Luft, aber nichts dahinter. Alles nur Fassade!«

»Was meinst du mit Fassade?«, fragte Willi beiläufig.

»Na ja, du kennst doch sicher auch so Blender-Typen. Gut aussehend, charmant, vielleicht sogar intelligent – aber insgesamt ein Hohlbrot.«

Willi lachte. »Was für ein schönes Wort. ›Hohl‹ im Sinne von was?«

Frederike zauderte. »›Hohl‹ ist vielleicht die falsche Dimension. Oberflächlich, keine Tiefe. Vielleicht auch keine Prinzipien.« Sie dachte nach, während Willi sie beobachtete. »Du hast mal von Narzissten gesprochen. Vielleicht ist es auch das – nur sich selbst sehend, rücksichtslos … ach, ich weiß auch nicht.« Sie verschränkte die Hände. »Ich kann es kaum beschreiben – es ist mehr ein Gefühl.«

»Was für ein Gefühl?« Willi ließ nicht locker.

Sie überlegte. »Am ehesten ein Gefühl der Bedrohung. Aber auch der Hilflosigkeit …«

»Das hört sich an, als würde Jochen Anstruth dir aus irgendeinem Grund Angst machen…« Wieder so eine leicht dahingeworfene Bemerkung.

Sie brauste auf. »Wieso sollte so ein Typ mir Angst machen? So einen fresse ich zum Frühstück!«

Willi lachte. »Aber auf jeden Fall kann der Typ ganz schön deine Gefühle triggern.«

Frederike dachte nach und nickte dann. »Ja, das stimmt. Eigentlich hat er nichts getan, was wirklich bedrohlich wirkte. Ich weiß auch nicht, aber er hat irgendetwas an sich, was bei mir Widerwillen auslöst.«

Willi wechselte den Fokus. »Kommen wir doch noch mal auf deine Oma zurück. Wen hat sie denn beispielsweise als Graf Koks von der Gasanstalt bezeichnet?«

Frederike lächelte, als sie in ihren Erinnerungen wühlte. »Es gab so einen Cousin, den sie nicht leiden konnte. Der tat immer wahnsinnig vornehm. Da habe ich den Ausdruck zum ersten Mal von ihr gehört.«

»Und später?«

Frederike zögerte kurz. »Als ich ihr meinen Verlobten vorgestellt habe. Sie hat es nicht zu mir gesagt, aber zu meiner Mutter. Und die hat es mir dann später berichtet, als ich mich das erste Mal von Rolf trennen wollte.«

Willi hörte aufmerksam zu. »Was war Rolf denn für ein Typ?«

»Ein Arschloch!«

Beide lachten, doch Frederike ergänzte bitter: »Jetzt kann ich drüber lachen, aber damals war die Situation alles andere als lustig.«

»Was ist passiert?«

»Als ich Rolf kennenlernte, war ich Feuer und Flamme. Ein gut aussehender Typ, Banker, reiche Familie im Hintergrund. Alle meine Freundinnen haben mich um ihn beneidet ... Ich war damals schon bei der Polizei, und das war für ihn auch okay. Er wollte sowieso keine Kinder, und da war es ihm ganz recht, dass ich in meinem Beruf Karriere machte. Es war aber klar, zu Hause hatte er das Sagen.«

Willi blickte sie forschend an. »Was bedeutete das?«

Frederike zögerte. »Er konnte unglaublich brutal sein, wenn man seinen Willen nicht erfüllte. Zuerst waren es nur Worte – Beschimpfungen, Beleidigungen. Es war wahnsinnig verletzend. Das war das erste Mal, dass ich mich von ihm trennen wollte. Er hat sich dann entschuldigt.« Sie blickte ins Leere. »Damals hätte ich gehen sollen – da hätte ich mir eine Menge Ärger erspart.«

»Wie meinst du das?«

»Ich hatte damals ein Angebot, zum Bundeskriminalamt zu wechseln – raus aus der Stadt, weg von Rolf. Er wusste davon. Nachdem wir uns wieder versöhnt hatten, habe ich dort abgesagt. Danach war ein paar Monate Ruhe, und dann fing Rolf wieder an. In der Zeit wurde ich immer kleiner, hatte überhaupt kein Selbstbewusstsein mehr und rang mit Selbstzweifeln, warum ich es nicht geschafft hatte, ihm die Stirn zu bieten. Und das in meinem Job!«

»Aber irgendwann hast du es geschafft ...«

»Später wurde er dann handgreiflich. Zu dem Zeitpunkt hatte ich auch schon mitbekommen, dass er gar nicht so eine große Nummer bei der Bank war, sondern nur ein kleiner Sachbearbeiter, der seinen Frust zu Hause bei seiner Frau ablud. Nach außen war immer alles prima, aber wehe, wir waren allein. Nachdem er mich das erste Mal geschlagen hatte, habe ich die Scheidung eingereicht.« Sie lächelte schmerzlich. »Ich sah in den Spiegel, erblickte mein verschrammtes Gesicht, die blutende Lippe und das zugeschwollene Auge und war das erste Mal seit langer Zeit wieder ich selbst. Ich habe die Wohnung verlassen, alles zurückgelassen, was mich an diese schlimme Zeit erinnert hat, und bin erst einmal bei einer Freundin untergekommen. Ein Arzt hat mich krankgeschrieben, sodass man auf meiner Arbeitsstelle nichts von dem Elend mitbekommen hat. Deshalb habe ich auch auf eine Anzeige verzichtet. Ich wollte nicht, dass man sich das Maul zerreißt über die arme Frederike. Das musste ich ganz allein mit mir und Rolf ausmachen!«

»Wie hat er reagiert?«

Frederike schnaubte. »Das kannst du dir doch denken! Über meine Dienststelle hat er meine neue Adresse in Erfahrung gebracht und mich dann belagert. Stalking war damals noch kein Begriff, aber genau das war es. Er hat zu allen Tages- und Nachtzeiten bei mir angerufen, mir Briefe mit Liebesschwüren und Drohungen geschickt. Später fand ich dann Fäkalien im Briefkasten und vor meiner Tür. Da hatte er wohl begriffen, dass ich definitiv nicht zu ihm zurückkommen würde. Es gab dann sogar einen anonymen Brief an meinen Vorgesetzten, in dem man mich der Korruption bezichtigte. Danach musste ich das Beziehungsdrama natürlich doch offenlegen. Gott sei Dank haben mich meine Kollegen rückhaltlos unterstützt.«

»Das muss eine schlimme Zeit gewesen sein.«

»Ja und nein! Einerseits war die Situation wirklich bedrohlich. Rolf schreckte nicht davor zurück, in meine Wohnung einzubrechen und mir aufzulauern, andererseits habe ich bei meinen Kollegen aber auch einen Rückhalt erlebt, wie ich ihn mir nie hätte träumen lassen.«

Frederike blickte auf. »Verstehst du, ich war wieder ich. Ich konnte handeln. Ich war keine Marionette mehr.«

»Wie ist die Sache ausgegangen?«

»Eines Tages torkelte Rolf besoffen mit einem Baseballschläger in meinen Garten und schrie herum. Ich stand mit meiner Dienstwaffe in der Hand hinter der Gardine.« Sie blickte Willi ernst an. »An diesem Abend habe ich nur darauf gewartet, dass er wieder die Tür eintritt. Meine Pistole war entsichert, und ich war fest entschlossen, ihm in den Kopf zu schießen, sobald er meine Schwelle übertritt. Ich war ganz sachlich und kalt.« Sie dachte kurz nach. »Ich glaube, ich wollte ihn sogar töten.«

Willi blickte sie einfach schweigend an.

»Letztendlich haben die Nachbarn die Polizei gerufen. Plötzlich stand ein Streifenwagen vor dem Haus, und zwei Uniformierte griffen zu. Sie haben Rolf auf die Wache gebracht.«

»Du hast die Kollegen nicht angerufen?«

Frederike schüttelte langsam den Kopf. »Nein, das habe ich nicht.«

Willi wartete.

»Ich glaube, ich wollte, dass es endlich vorbei ist. Stalking war damals noch kein Straftatbestand. Was hätte ich ihm vorwerfen können? Wahrscheinlich wäre er einfach aus dem Gerichtssaal spaziert mit dem Gefühl, mich besiegt zu haben. Das wollte ich nicht zulassen.« Frederike schüttelte sich und blickte auf ihre Uhr. »Schon so spät!«

Doch Willi ließ nicht locker. »Was ist auf der Wache passiert? Denn du hattest dann ja eigentlich immer noch keine Ruhe vor ihm, oder?«

Frederike blickte ihn offen an. »Belassen wir es dabei, dass meine Kollegen ihn davon überzeugt haben, es wäre eine gute Entscheidung, Düsseldorf den Rücken zu kehren und in die Scheidung einzuwilligen. Keine Ahnung, wie sie das geschafft haben ... und ich habe auch nicht gefragt.«

Willi nickte leicht. »Und was hat das jetzt mit Jochen Anstruth zu tun?«

Frederike, die sich gerade erheben wollte, sackte zusammen, als hätte sie einen Schlag in den Bauch erhalten. Sie ächzte und setzte sich wieder in ihren Stuhl.

»Deine Reaktion ist deutlich«, konstatierte Willi trocken.

Sie sah ihn an. »Du meinst, ich sehe Rolf in Jochen?«

»Nun, ich halte es für möglich, dass es sich um eine Übertragung handeln könnte. Irgendetwas an Jochen erinnert dich an Rolf, sodass du dessen Persönlichkeitsmerkmale unbewusst auf Jochen überträgst. Aber Jochen ist nicht Rolf!«

Frederike seufzte und nickte. Eine Träne lief ihr die Wange herunter. »Möglicherweise hast du recht.«

»Und nun?«, fragte Willi ruhig.

»Ich gebe Jochen eine zweite Chance«, sagte Frederike fest. »Ich werde mit ihm reden.«

»Recht so!« Willi hielt ihr eine Packung Papiertaschentücher unter die Nase. Sie griff danach, tupfte sich das Gesicht ab und schnäuzte sich ausgiebig. »Hast du immer eine Packung Tempo in Reserve?«, fragte sie dann, eine Augenbraue hochgezogen.

Willi lächelte sie an. »Allzeit bereit!«

»Soll ich dich wieder auf dein Zimmer bringen?«

»Nein, lass mich noch eine Weile hier sitzen. Es ist so schön. Irgendjemand wird sich schon meiner erbarmen, sollte es regnen.«

Frederike lachte und blickte in einen wolkenlosen Himmel. Plötzlich kam ihr die Welt wunderschön vor. Sie beugte sich zu Willi hinunter und küsste ihn auf die Wange.

»Danke. Das hat gutgetan. Mir ist einiges klarer geworden.«

Willi lächelte sie warm an. »Stets zu Diensten! Lass dich bald mal wieder sehen.«

»Und du, vergiss deine Krankengymnastik nicht«, erinnerte sie ihn und entfernte sich winkend.

Sie entschloss sich, auf den Einkauf zu verzichten und lieber die rund vierhundert Jahre alte Siegeseiche zu besuchen. Der mächtige Baum stand etwas abseits der Landstraße zwischen Walsdorf und Rockeskyll.

Frederike setzte sich an den Fuß des uralten Baumdenkmals. Hier fühlte sie sich sicher und geerdet. Diesen besonderen Platz hatte sie für schwierige Stunden reserviert, in denen sie wieder Bodenhaftung finden und Kraft schöpfen wollte. Das Gespräch hatte sie aufgewühlt. Die Ruhe, die Natur – das brauchte sie jetzt. Vieles war in der letzten Stunde hochgekommen – Gefühle, von denen sie geglaubt hatte, sie hätte sie längst hinter sich gelassen. Es war eine schlimme Zeit gewesen. Das Ganze lag jetzt schon einige Jahre zurück. Sie hatte tatsächlich danach die Stelle gewechselt. Der Rückhalt der Kollegen hatte gutgetan, doch gleichzeitig war es ihr unangenehm gewesen, dass man sie dort in ihrer Schwäche gesehen hatte. Auch ihre Kollegen hatten viel riskiert, um ihr zu helfen, und manch einer erinnerte sich nur sehr ungern daran. Sie hatte gespürt, dass man sich in ihrer Gegenwart unwohl fühlte.

Die warme Rinde, das Rascheln der Blätter, das Spiel von Licht und Schatten – der Baum spendete ihr auch heute Trost und Zuversicht. Es war eine gute Idee, sich mal ausführlicher mit Jochen zu unterhalten. Sie würde ihm eine Chance geben. Und sich selbst auch.

19. Kapitel

Abends rief sie Angela an.
»Du, sag mal, ich würde mich gerne mal mit Jochen über seine Geschäftsidee unterhalten und ihn dabei auch gleich ein wenig näher kennenlernen. Meinst du, er hat Interesse?«

Angela war erleichtert. »Ich bin so froh, dass du fragst. Ich hatte schon Sorgen, dass du ihn partout nicht ausstehen kannst.«

»Na ja, mir ist da einiges durch den Kopf gegangen. Vielleicht habe ich ihm wirklich unrecht getan. Hat sich denn bei ihm inzwischen etwas ergeben?«

Angela seufzte. »Leider nicht. Ich glaube, er ist ziemlich verzweifelt, aber er bespricht das Thema nicht mit mir.«

»Ja, warum denn nicht?«

»Ich glaube, er will mich nicht damit belasten, und irgendwie ist es ihm wohl auch peinlich, dass er mir auf der Tasche liegt.« Angela schwieg eine Sekunde. »Willst du wirklich bei ihm investieren?«

Frederike zögerte mit der Antwort. Eigentlich wollte sie Angela nicht anlügen. »Ich weiß noch nicht so recht. Ich habe hier ja noch das Geld aus meiner Lebensversicherung liegen. Auf dem Tagesgeldkonto bringt es so gut wie keine Zinsen. Mein Bankberater versucht, mich mit Aktienfonds zu ködern, aber davon verstehe ich nichts. Wer weiß, vielleicht bietet Jochens Geschäftsidee ja tatsächlich eine gute Investitionschance«, schloss sie optimistisch. War doch so! Man sollte den Glauben an das Gute im Menschen nicht verlieren.

Angela jauchzte auf. »Das wäre wunderbar. Aber bitte überstürze nichts. Ich will nicht, dass du vielleicht meinetwegen ein Risiko eingehst.«

»Das werde ich nicht. Ich will es mir einfach mal anhören, um mir ein Bild zu verschaffen. Wann würde es euch denn passen?«

Angela überlegte kurz. »Ich werde noch mit Jochen reden, aber ich glaube, Freitagabend wäre prima. Ich koche uns etwas Schönes.«

»Das wäre toll. Ich freue mich auf euch.«

»Ja, ich mich auch. Ich rufe noch mal kurz durch oder schicke dir eine WhatsApp, um den Termin zu bestätigen.«

Sie verabschiedeten sich und beendeten das Gespräch. Kaum fünf Minuten später piepte schon Frederikes Handy mit der Terminbestätigung. Sie lächelte, als sie die Nachricht mit den vielen Emojis las. Es ging voran.

Egal wie weit man davonläuft und welche Veränderungen man in sein Leben bringt – man begegnet sich doch immer wieder selbst, dachte sie. Sie fühlte sich immer noch erschöpft. Heute hatte sie in ihren ganz persönlichen Abgrund geblickt und erkannt, dass Rolf immer noch ihr Denken und Fühlen beeinflusste. Es ist interessant, wie viel Macht wir anderen Menschen über uns selbst einräumen, sinnierte sie. Zeit, sich davon zu emanzipieren!

Die Zeit bis Freitag war ihr nicht lang geworden. Inzwischen hatte sich das sommerliche Wetter weitestgehend verabschiedet, und der Herbst hatte Einzug gehalten. Im Garten lag viel an: Rückschnitte, Tulpenzwiebeln setzen und auch schon das eine oder andere Sensibelchen vor den ersten Nachtfrösten in Sicherheit bringen. Morgens war es schon reichlich kühl, und sie hatte die Heizung wieder eingeschaltet.

Für ihren Besuch bei Angela schnitt sie einen Blumenstrauß aus Dahlien. Die mussten sowieso bald aus der Erde, da kamen sie ihr für die Vase gerade recht. Normalerweise brachten sie sich nichts mit, aber heute war ihr danach.

Pünktlich um sieben Uhr klingelte sie an der Tür. Angela bewohnte eine schicke Dreizimmerwohnung in Uedelhoven. Sie war auf der Suche nach einem eigenen Häuschen, war aber noch nicht fündig geworden.

Jochen öffnete ihr die Tür und begrüßte sie überschwänglich. Anscheinend hat Angela ihm die Höhe meiner Lebensversicherung verraten, dachte Frederike zynisch, rief sich aber schnell zur Ordnung. Zweite Chance!

»Komm doch rein. Angela ist in der Küche. Sie braucht noch ein bisschen. Wir sollen uns schon mal unterhalten.«

Da stürmte auch schon Angela zu ihr, umarmte sie und entschuldigte sich, noch nicht fertig zu sein. »Ich war heute später dran als geplant. Es dauert wohl noch ein halbes Stündchen, bis wir essen können.« Sie schaute Frederike entschuldigend an. »Ich hoffe, es ist okay, wenn ich euch einfach allein lasse.«

Frederike nickte und beruhigte sie: »Das ist doch prima. Dann nutzen wir die Gelegenheit fürs Geschäftliche.«

»Aber erst einmal ein Glas Wein«, mischte sich Jochen ein und reichte ihr einen Merlot.

»Ja, lasst uns schon mal anstoßen, und dann verschwinde ich wieder in der Küche.« Angela griff nach ihrem Glas, und die drei stießen an. »Zum Wohl, auf einen schönen und erfolgreichen Abend!«

Während Angela sich in die Küche zurückzog, nahmen Jochen und Frederike auf der Couchgarnitur Platz.

Frederike fackelte nicht lange. »Dann erzähl mal von deiner Geschäftsidee.«

Jochen sammelte sich. »Da muss ich wohl etwas ausholen. Angela hat dir sicher erzählt, dass ich Chemiker bin?«

Frederike nickte.

»Und dass ich an meiner Promotion arbeite?«

»Ich dachte, die hättest du abgebrochen?«

Er lächelte gequält. »Sagen wir mal so – es gab Ärger. Aber ich arbeite weiter an dem Thema und möchte die Arbeit gerne zu Ende führen. Ich bin da an einer Sache dran, die ich als Patent anmelden möchte.«

Frederike schaute ihn aufmunternd an, und er fuhr fort: »Sagt dir Nanotechnologie etwas?«

»Nicht wirklich.«

»Nanotechnologie ist das ganz große Ding moderner Medizin. Ein Nanometer ist ein milliardstel Meter, also sehr, sehr klein«, dozierte Jochen, »ein Nanomolekül umfasst nur wenige Atome. Wir bewegen uns hier auf Zellebene.«

»Wie kann man mit so kleinen Teilchen arbeiten?«, fragte Frederike interessiert nach.

»Nun, mit der nötigen Labortechnik gibt es viele Möglichkeiten«, winkte Jochen ab, »viel interessanter ist die Frage, was man damit machen kann.«

Sie sah ihn abwartend an.

»Mithilfe der Nanotechnologie kann man zum Beispiel Krebszellen erkennen und diese ganz gezielt mit Chemotherapie angreifen.«

»Echt? Wie geht das denn?« Frederike war ehrlich fasziniert.

»Da läuft im Moment ganz viel Forschung. Das ist die Zukunft der Medizin.« Jochen begeisterte sich für sein Thema. »Man arbeitet einerseits an diagnostischen Tools, die helfen, Zellen zu untersuchen, andererseits an therapeutischen Anwendungen. Du musst dir mal vorstellen, was das alles bringen kann. Das ist eine neue Dimension der Krebstherapie. Und das ist erst der Anfang! Es gibt schon Ideen, Alzheimer zu therapieren – oder psychische Krankheiten.«

»Und wie funktioniert das konkret?«

»Ich experimentiere mit bioabbaubaren Nanopartikeln aus Polymeren wie Polycyanacrylat oder Poly-L-Milchsäure. In diese Nanopartikel, -kugeln oder -kapseln können Medikamente oder andere Wirkstoffe gelöst oder ›eingehöhlt‹ werden. Die Nanopartikel fungieren wie ein Taxi und bringen die Medikamente gezielt dorthin, wo sie wirken sollen. Das nennt sich Drug Targeting.«

»Lass die chemischen Fachbegriffe, das sind für mich böhmische Dörfer. Was ich verstanden habe, ist, dass die Nanopartikel also ein Hilfsmittel darstellen, um die Medikamente zum richtigen Platz, zum Beispiel zu den Krebszellen, zu bringen und dort abzuladen, richtig?«

»Genau! Und das funktioniert auch bei anderen Krankheiten. So forscht man daran, mit Insulin Alzheimer zu bekämpfen oder auch Oxytocin bei psychischen Krankheiten einzusetzen.«

Frederike wunderte sich. »Aber wie soll das gehen? Es heißt doch immer, dass man nicht so einfach die Blut-Hirn-Schranke überwinden kann. Ich habe das mal bei einem Kollegen mitbekommen, der an schweren Depressionen erkrankt war.«

»Stimmt, das war bisher das Problem. Das macht die Nanotechnologie ja so interessant. Mit Nanos kannst du direkt ins Gehirn marschieren.«

»Und daran arbeitest du konkret?«

Er trank noch einen Schluck, bevor er weitersprach. »Ja, es geht bei meiner Arbeit vorrangig darum, wie man die Nanos am besten appliziert, um sie direkt ins Gehirn zu kriegen.«

»Direkt ins Gehirn – das hört sich spannend an, aber auch riskant. Da kann doch sicher auch einiges schieflaufen.« Frederike schauderte es.

»Ja, schon, aber überleg doch mal, wenn man hier direkt zu den Zellen gehen kann, dann könnte man Eiweißablagerungen im Gehirn unmittelbar angreifen und auflösen. Oder Gehirnzellen stimulieren, zum Beispiel nach Schlaganfällen.«

»Also keine Demenz, keine Schusseligkeit, nie mehr den Schlüssel verlegen?«

Jochen lachte. »Genau. Und wenn du dir den demografischen Wandel in unserer Gesellschaft anschaust, wäre das eine tolle Sache. Man könnte viel länger fit und selbstbestimmt im eigenen Haus wohnen, hätte weniger Pflegefälle und bräuchte weniger Heimplätze.«

»Das wäre schon toll!«

Aber Jochen war noch nicht am Ende. »Und stell dir mal vor, du hast damit auch Zugriff auf den Neurotransmitterhaushalt und kannst ganz gezielt intervenieren. Dafür wäre dein depressiver Kollege bestimmt dankbar. Die meisten Antidepressiva schlagen nämlich nach einer gewissen Zeit nicht mehr an und haben darüber hinaus auch noch starke Nebenwirkungen.«

Frederike nickte. »Das stimmt. Aber öffnet das nicht auch Missbrauch Tür und Tor? Was meinst du, was du an Koks sparst, wenn du dir die Drogen direkt ins Hirn blasen kannst? Das dürfte ein Riesenmarkt werden.«

Jochen schaute sie unbehaglich an und trank einen Schluck.

»Wieso hört man so wenig von diesen neuen Therapieformen?«, hakte Frederike nach. »Eine meiner Chorkolleginnen musste im Frühjahr das volle Programm durchziehen, Bestrahlungen, Chemo – das war eine echte Tortur. Da war von punktgenauem Arbeiten keine Rede.«

Jochen verzog das Gesicht. »Tja, einige Nanomaterialien wie Abraxane oder Oncaspar sind inzwischen bereits von der FDA, der zuständigen Behörde in den USA, zugelassen, aber vieles ist noch in der klinischen Erprobung. Und dann dauert das ja auch, wenn eine neue Therapie zugelassen wird, bis die Kliniken die Kompetenzen und Techniken aufgebaut haben. Das ist also noch ziemlich viel Zukunftsmusik. Und bei den Anwendungen im Gehirn haben wir ein noch größeres Problem. Hier sind wir noch in der Grundlagenforschung. Die Ergebnisse sind sehr vielversprechend. Bis so ein Verfahren aber für Menschen zugelassen wird, dauert es oft Jahre.«

Frederike wurde hellhörig. »Ach, das geht noch gar nicht bei Menschen?«

Jochen schüttelte den Kopf.

»Ja, aber was ist denn dann deine Geschäftsidee?«

»Nun, es geht hier vor allem um den Applikationsmechanismus, der die Blut-Hirn-Schranke passieren kann, also die Trägertechnik. Der dürfte für die Pharmaindustrie sehr interessant sein. Die würden dann das Patent ankaufen und die weiteren Studien finanzieren.«

»Und wie sehen deine Forschungen dazu konkret aus?«, wollte Frederike wissen.

»Ach, ich will dich nicht mit biochemischen Details langweilen«, wich Jochen aus und lächelte sie dann breit an. »Du merkst aber sicher, was das für eine Riesenchance bietet. Das wird die Medizin revolutionieren.«

Frederike nickte nachdenklich. Ihr Bauchgefühl lief schon wieder Amok.

Da öffnete Angela die Küchentür und trat mit einer großen, dampfenden Auflaufform zum Esstisch. »Genug vom Geschäft geredet – jetzt wird gegessen.«

Frederike lächelte Jochen an. »Ich werde es mir durch den Kopf gehen lassen. Aber jetzt wollen wir essen.«

Er nickte widerstrebend. Beide erhoben sich und nahmen ihre Plätze am Tisch ein.

»Wie geht es eigentlich deiner Hand?«, fragte Frederike mit Blick auf die Bandage an Jochens Hand.

Er zuckte nur mit den Schultern. »Wird schon!«

Danach drehte sich das Gespräch mehr um tagesaktuelle Ereignisse. Frederike war dankbar, dass Jochen sie nicht bedrängte und ihr Zeit gab, ihr Investment zu überlegen.

Bald nach dem Essen verabschiedete sie sich und schob Müdigkeit vor. Doch sie war nicht müde. Im Gegenteil. In ihr brodelte es – tausend Fragen, tausend Möglichkeiten. Sie hatte den Eindruck, einen Faden zu verfolgen, der sie zum Ziel bringen würde. Zu Hause angekommen, setzte sie sich sofort an ihren Computer. Nanotechnologie! Das würde eine lange Nacht werden.

Es war schon fast zwei Uhr morgens, als Frederike endlich ihren Computer herunterfuhr. Jetzt war sie felsenfest davon überzeugt, dass Jochen die Todesfälle ausgelöst hatte – zweite Chance hin oder her! Nasensprays waren anscheinend besonders gut geeignet, die Nanopartikel in die Nasennebenhöhlen und tieferen Abschnitte der Atemwege zu befördern.

Wahrscheinlich hatte er damit die Bewohner vergiftet – ihnen irgendeinen Stoff zugeführt, der sofort ins Gehirn gelangte und dort nicht nachweisbar war. Wenn man Zellen heilen konnte, konnte man sie auch schädigen. Wer würde schon nach Nanopartikeln suchen?

Wäre das überhaupt nachweisbar? Frederike dachte an ihr Gespräch mit Dr. Schröder. Man müsse wissen, wonach man suchen solle, um es finden zu können, hatte er gesagt. Würde der Hinweis auf Nanopartikel ausreichen, die Untersuchungen wiederaufleben zu lassen? Wahrscheinlich nicht. Nicht ohne den Wirkstoff zu kennen. Sie machte sich da keine Illusionen. Wenn sie einen der Pumpzerstäuber hätte vorlegen können, dann vielleicht. Aber nicht nur auf einen Verdacht hin.

Und doch, was für ein Aufwand! Irgendetwas fehlte in der Gleichung. Hätte es nicht gereicht, Käthe Gilles zu vergiften? Wozu die vielen Toten? Das Grübeln verursachte ihr Kopfschmerzen. Sie war einfach zu müde. Morgen war auch noch ein Tag.

Am nächsten Morgen blieb sie nach dem Aufwachen noch eine Weile im Bett liegen. In der Zwischenwelt von Schlaf und Wachsein kamen ihr oft die besten Ideen. Plötzlich fielen ihr die Worte von Frank Junge ein: »Vielleicht ist irgendetwas schiefgegangen.« Was wäre, wenn Jochen es gar nicht auf seine Tante abgesehen hatte? Aber was dann? Sie dachte an seine merkwürdige Reaktion, als sie Drogenkonsum mit Nanotechnologie in Verbindung gebracht hatte. War es das? Experimentierte er mit verbotenen Substanzen und entwickelte ein neues Geschäftsmodell für den modernen Drogenhandel? Wer waren die Freunde, die er so dringend in Trier treffen wollte? Und hatte Angela nicht angedeutet, dass er sich womöglich Geld geliehen hatte? Vielleicht war das ja kein Bankkredit, sondern ein kleines Privatdarlehen eines Drogenbarons, der sich neue Zielgruppen erschließen wollte. Jochen hatte nachweislich Verbindungen in die Drogenszene. Lag hier die Lösung?

Aber hätte er einfach Kokain oder irgendeine andere Droge applizieren können, ohne dass die Probanden darauf merklich reagierten? Sie hatte nichts davon gehört, dass die Bewohner irgendwelche typischen Drogensymptome gezeigt hatten. Woran waren sie gestorben?

Sie erhob sich aus ihrem Bett und schlurfte zu ihrem Schreibtisch, wo sie die Unterlagen von Angela aus der Pathologie liegen hatte. Entzündungen im Lungengewebe, aber keine Hinweise, die auf Drogen schließen ließen. Um sicherzugehen, schaltete sie den Computer an und ließ sich von der Suchmaschine anzeigen, zu welchen Symptomen die unterschiedlichen Drogen führten.

Jochen hatte gesagt, dass auch zum Thema Demenz geforscht wurde. Vielleicht war sie mit den Drogen auf eine falsche Fährte geraten. Wären Bewohner eines Altersheims nicht eher eine Zielgruppe für Demenzprophylaxe als für Koks oder Ähnliches?

Schon nach kurzer Zeit stöhnte sie. Die einschlägigen Fachartikel waren alle in englischer Sprache – Fremdsprachen gehörten ebenso wenig zu ihren Stärken wie Chemie. Was ihr beim Überfliegen jedoch auffiel – es war die Rede von Mäusen, von Fröschen, von Eidechsen. Sie fand auf Anhieb aber keine klinischen Studien an Menschen.

Sie stand auf und ging in die Küche, um sich einen Kaffee zu kochen. Den brauchte sie jetzt, um den Kopf klarzukriegen. Sie wusste, sie war an etwas dran.

Als sie am Küchentisch saß, den Kaffeebecher in der Hand, fand ein weiterer Gedanke den Weg in ihr Bewusstsein. Wie wäre es, wenn es Jochen wirklich gar nicht um den Wirkstoff ging, sondern nur um die Applikationsweise? Vielleicht war er zu ungeduldig gewesen, mit Experimenten an Tieren fortzufahren, und hatte seine Forschungen zu den Trägermolekülen auf Menschen verlagert. Es wäre kein Wunder, wenn die Uni ihn dafür rausgeschmissen hätte. Und es wäre auch verständlich, dass das Institut auf eine Anzeige verzichtet hatte, um möglicherweise die eigene wissenschaftliche Reputation nicht zu gefährden ... Sie bremste sich selbst: Spekulation!

Aber wenn die Richtung ihrer Gedanken stimmte, dann war es doch ganz praktisch, Menschen im Altersheim als Versuchskaninchen zu missbrauchen. Sollte wirklich etwas schiefgehen, würde ja kaum jemand auf den Gedanken kommen, dass es sich um ein misslungenes Experiment handelte. Würde Jochen so ein Risiko eingehen? Möglich. Wenn er dringend Geld brauchte oder um jeden Preis seinen Doktor machen wollte, wäre das ein Motiv. Sollten seine Versuche erfolgreich sein, könnte er ... Aber vielleicht ließen sich die positiven Ergebnisse der Tierversuche nicht so einfach auf Menschen übertragen. Wäre Jochen so skrupellos, das Risiko einzugehen, den alten Leuten zu schaden? Sie lachte in sich hinein. Immerhin hatte sie ihn bereits als Serienmörder in Verdacht gehabt. Da war der fehlgeleitete, übermotivierte, gewissenlose Forscher doch schon fast ein Fortschritt. Sie hatte ja gesagt, dass sie ihm eine zweite Chance gab ...

Das Telefon klingelte. Grete fragte nach, ob sie abends zur Probe käme.

»Klar!«, beschied Frederike sie, »warum rufst du dafür extra an?«

»Ach, anscheinend hat sich Elsbeth irgendetwas eingefangen, fiebert und ist stockheiser. Torsten hat es auch erwischt, und wir haben schon überlegt, ob wir heute ausfallen lassen.«

»Was willst du denn?«, fragte Frederike zurück.

»Ach, ich bräuchte heute keine Probe, hätte aber nichts gegen ein gepflegtes Radler in netter Gesellschaft einzuwenden.«

Frederike lachte. »So ist's recht! Sag die Probe ab, und wir treffen uns trotzdem in der Kneipe.«

»Fein, ich bin um acht Uhr da.«

Elsbeth war also stockheiser? Der würde es bestimmt nicht gut gehen, wenn sie nicht erzählen konnte. Hoffentlich hatte sie sich keine Bronchitis oder eine Lungenentzündung zugezogen – das könnte langwierig werden.

Apropos Lungenentzündung. Frederike ging wieder an den Computer. Irgendetwas hatte sie gestern schon fast im Halbschlaf gelesen. Irgendetwas mit Lungen. Ja, da stand es – beim Eintrag zu feinen Aerosolen und Nasenspray: *Das bedeutet aber auch, dass es zu einer unerwünschten Inhalation der Tröpfchen kommen und sich Teilchen in der Lunge und den Bronchien ablagern können.* Sie dachte nach. Vielleicht hatten ja die Nanoteilchen die Entzündungen in der Lunge hervorgerufen. Dann wären die Todesfälle nicht geplant, sondern ein Unfall gewesen.

Kurzzeitig hatte sie fast Mitleid mit Jochen. Mit etwas Wohlwollen könnte man annehmen, Jochen glaubte tatsächlich, einen funktionierenden Nanoträger konzipiert zu haben. Sonst hätte er sicher nicht den Schritt zu Menschenversuchen gemacht. Und dann starben innerhalb kürzester Zeit seine Probanden. Das musste ein böser Schlag für ihn gewesen sein. Aber wenn er jetzt noch weitermachte, einen Investor suchte – nein, ihr Mitleid war wirklich fehl am Platz.

Ihr Kopf sagte ihr, dass das alles Spekulation war, doch ihr Bauchgefühl sprach eine andere Sprache. Jochen war schuldig – so oder so. Vielleicht war Käthe ein Kollateralschaden, weil sie doch irgendwie an das Nasenspray gekommen war, vielleicht war es auch ein Akt der Verzweiflung gewesen, als Jochen merkte, dass alles den Bach runterging und seine Geldsorgen sich nur noch durch eine Erbschaft auflösen ließen. Aber Frederike war sich sicher, dass Jochen auch seine Tante auf dem Gewissen hatte. Deshalb war Käthe später gestorben als die anderen. Irgendwie hatte er es geschafft, auch sie zu töten und zu einer Leiche unter vielen werden zu lassen.

Sie lehnte sich im Stuhl zurück und war mit sich selbst zufrieden. Es war ein magischer Moment, wenn man den Eindruck hatte, dass plötzlich alle Puzzleteilchen wie von selbst ihren Weg zu einem großen Bild fanden. Sie war davon überzeugt, den Täter und sein Motiv zu kennen. Gleichzeitig erkannte sie aber auch, dass sie keine Chance hatte, die Morde zu beweisen.

Diesen ruhigen Moment suchte sich Kater Hannelore aus, um ihr schwungvoll auf den Schoß zu springen und sich maunzend in Erinnerung zu bringen.

»Stimmt!«, sagte Frederike und nahm den Kater hoch. »Essenszeit!« Sie drückte ihm ihre Nase in das weiche Fell. »Du hast ein super Timing.«

Nachmittags hatte sie sich mit Klara verabredet. Sie brauchte jemanden, mit dem sie ihre Theorie besprechen konnte. Je intensiver sie über die ganze Sache nachdachte, umso wahrscheinlicher erschien sie ihr. Da wäre es gut, wenn mal ein Außenstehender draufschaute.

Doch Klara war nicht allein, sondern die komplette Gang hatte sich eingefunden. Auch Heike war dabei. Klara zuckte entschuldigend mit den Schultern. »Ich habe beim Essen erzählt, dass du eine Theorie hast. Da wollten alle Bescheid wissen.«

»Ja«, Helga nickte heftig mit dem Kopf, »wir sind schon total neugierig. Was hast du rausgefunden?«

Frederike setzte sich in einen Sessel, den man extra für sie freigehalten hatte. Heike stand auf, um ihr eine Tasse zu holen. Diese Gelegenheit nutzte Frederike, um Klara zuzuflüstern: »Wieso ist Heike hier?«

Die flüsterte zurück: »Sie hat uns beim Mittagessen zugehört. Ich konnte sie nicht abwimmeln.«

Frederike rollte mit den Augen, nickte dann aber. War ja eigentlich auch egal. Sie hatte immer noch Willis Einschätzung von Heike im Hinterkopf, aber alles in allem war die Frau entlastet. Was sollte es also?

Als alle mit Getränken versorgt waren und sich um den Wohnzimmertisch scharten, berichtete Frederike von den Ereignissen der letzten Tage.

Als sie geendet hatte, schaute Klara sie bewundernd an. »Chapeau! Ich wusste gar nicht, dass du so eine Spezialistin für Nanotechnologie bist. Das hört sich für mich alles sehr stimmig an.«

Frederike winkte ab. »Profundes Halbwissen auf Google-Basis!«

Ursula war tief beeindruckt, legte die Prioritäten allerdings auf andere Inhalte: »Dann kann man wirklich zukünftig die Chemotherapie direkt am Tumor machen?« Sie griff sich gedankenverloren an die linke Brust. »Das wäre wunderbar.«

Helga nahm ihre Hand. »Ich befürchte, das wird noch eine Weile dauern. Du schaffst das schon.«

Alle schauten betreten auf Ursula, die plötzlich bemerkte, dass sie im Mittelpunkt der Aufmerksamkeit stand. »Weg mit dem Schaden«, winkte sie ab. »In meinem Alter wächst der Krebs nicht mehr so schnell.«

Keiner wusste so recht, was er sagen sollte. Heike beschloss, Ursula beizuspringen und den ursprünglichen Faden wiederaufzunehmen. »Was hat es denn mit dem Nasenspray auf sich? Ich weiß gar nicht, wovon ihr da redet.«

Ursula, die froh war, das Thema wechseln zu können, erzählte Heike von den kleinen Fläschchen mit den chinesischen Schriftzeichen und von ihren Bemühungen, wenigstens eines der Fläschchen aufzutreiben.

Während sie erzählte, wurde Heike immer blasser. »Meint ihr etwa Marias Zaubermittel gegen Demenz?«, fragte sie schließlich mit bebender Stimme.

Klara nickte. »Genau.« Sie betrachtete Heike forschend. »Hast du vielleicht so ein Nasenspray gesehen?«

Heike nickte und begann zu schluchzen. »Wenn ich das gewusst hätte, hätte ich das Zeug nie angerührt. Aber Maria hat so davon geschwärmt.«

Frederike mischte sich ein: »Heike, erzählen Sie ganz von vorne. Was wissen Sie über das Mittel?«

Horst reichte Heike ein Papiertaschentuch. Frederike schaute ihn an. Komisch, immer waren es die Männer mit den Taschentüchern.

Heike schnäuzte sich und knetete dann das Taschentuch zwischen ihren Händen, während sie sprach. »Schon nach dem ersten Todesfall bekam ich die Aufgabe, die Medikamente einzusammeln. Da lag ja alles Mögliche rum, und wir hatten Sorgen, dass irgendjemand auf den Gedanken käme, es wären seine Tabletten. Hier gibt es Leute, die stecken sich alles in den Mund.«

Horst nickte ihr aufmunternd zu, während Klara die Lippen zusammenkniff und Frederike einen drohenden Blick zuwarf. Diese zupfte sich vielsagend am Ohr und grinste nur breit.

»Na ja, dabei waren halt auch diese merkwürdigen Nasensprays«, fuhr Heike fort. »Ich kannte das Zeug nicht. Maria hat mich dabei beobachtet, wie ich das Spray in der Hand hielt, und hat mir freudestrahlend von ihrem chinesischen Wundermittel berichtet. Sie wirkte so euphorisch und aufgeweckt, dass ich gedacht habe, das Mittel wäre wirklich hilfreich. Weil ich weiß, dass unsere Ärztin so was nicht gerne sieht, habe ich nichts gesagt und die Fläschchen einfach eingesteckt.«

»Wie viele Fläschchen hast du gefunden?«, fragte Frederike interessiert nach.

»Zwei. Eins davon habe ich dann aber Maria überlassen.«

»Also ist nur eins bei dir gelandet!«, konstatierte Frederike. »Und was hast du damit gemacht?«

Jetzt zögerte Heike und brach wieder in Tränen aus. »Ich habe es später bei zwei Bewohnern appliziert, die stark an Demenz litten. Sie sind beide tot.« Sie schluchzte laut auf und schlug die Hände vors Gesicht. »Ich bin schuld!«

Klara bemerkte sachlich: »Na, dann ist das Geheimnis ja gelüftet, wieso Leute gestorben sind, die definitiv keinen Zugang zu den Sprays hatten.«

Frederike nickte. Sie legte die Hand auf Heikes Schultern. »Was hat dich bewogen, das zu tun?«, fragte sie ruhig.

»Ich wollte doch bloß helfen. Änne ging es schlecht – der Umzug hat ihr nicht gutgetan. Sie wollte immer nach Hause, war völlig desorientiert. Und Ernst stierte nur noch vor sich hin. Ich dachte, wenn die beiden plötzlich wieder lichte Momente hätten, das wäre doch toll.« Sie schniefte. »Ich hatte mich schon darauf gefreut, wie Frau Dr. Burkhardt aus der Wäsche schaut, wenn es den beiden plötzlich besser geht ... und jetzt sind sie tot!« Schluchzen schüttelte ihren Körper, sie bekam kaum noch Luft. Ursula und Helga bemühten sich, die völlig aufgelöste Frau zu beruhigen.

Frederike wandte sich leise Klara zu. »Da hatte Willi mit seiner Einschätzung also durchaus recht.«

Klara nickte. »Ich hätte das nicht geglaubt, aber einfach irgendwelche Medikamente einzusetzen ohne Verordnung, nur um sich wichtig zu machen – das ist schon heftig.«

Horst mischte sich ein: »Ich bin sicher, das wird ihr eine Lehre sein.« Er sah Frederike an. »Willst du das wirklich an die große Glocke hängen?«

Frederike blickte zu Heike hin, die wie ein Häuflein Elend in ihrem Sessel saß, und schüttelte mit dem Kopf. »Ich denke, sie hat ihre Lektion gelernt. Es würde die Leute nicht zurückbringen. Und letztlich hat nicht Heike sie vergiftet, sondern Jochen.«

Klara nickte. »Eine Verquickung unglücklicher Umstände.«

»Ich bin froh, dass ihr das so seht«, meinte Horst, »Heike ist mir von allen Pflegerinnen die liebste. Sie ist wirklich bemüht und engagiert. Es wäre ein echter Verlust, wenn sie ihren Beruf aufgeben müsste.«

Frederike war mit ihren Gedanken aber schon wieder einen Schritt voraus und fragte von Hoffnung erfüllt: »Sag mal, Heike, hast du zufällig das Fläschchen noch?«

Heike hob den Kopf und sah sie an. »Nein, es war leer. Ich hatte es in der Tasche und habe es zu Hause in die Mülltonne geworfen.«

Frederike nickte resigniert. Es wäre auch zu schön gewesen.

Das Puzzle war vollständig. Frederike bedauerte, dass sie Heike nicht schon früher in die Ermittlungen einbezogen hatte. Jetzt war das Nasenspray unwiederbringlich verloren und damit auch die letzte Chance, Jochen zu überführen.

Als Frederike nach Hause kam, setzte sie sich erst einmal in einen Sessel, schloss die Augen und ließ den kompletten Fall vor ihrem geistigen Auge ablaufen.

Jochen hatte möglicherweise bereits an der Uni mit Menschenversuchen begonnen, aber sicherlich nicht mit dem Rückhalt seiner Fakultät. Auf jeden Fall hatte er irgendetwas getan, das zum sofortigen Abbruch seiner Promotion führte. Vielleicht hatte er auch mit verbotenen Substanzen experimentiert. Das konnte man möglicherweise rausbekommen, es war aber fraglich, ob die Uni sich dazu äußern und einen Skandal provozieren würde. Denn anscheinend war die Sache nicht so schlimm gewesen, dass man auf einer Anzeige beharrt hätte. Danach war Jochen auf die Idee gekommen, seine Experimente im Heim seiner Tante fortzuführen. Er kreierte ein Nasenspray, beschriftete es mit chinesischen Schriftzeichen und erfand die Story vom Wundermittel gegen Demenz. Mindestens fünf Fläschchen waren im Umlauf.

Doch dann starben in kürzester Zeit seine Probanden und auch noch andere Bewohner. Jochen musste in Panik geraten sein. Seine Forschungen waren gescheitert, und er musste die Fläschchen verschwinden lassen. Eins hatte Heike entsorgt, die anderen waren nicht aufzufinden. Möglicherweise war Jochen deshalb noch nach dem Tod von Käthe Gilles im Heim gesichtet worden. Er hatte die Fläschchen eingesammelt und damit Beweismaterial vernichtet.

Jochen hatte Geldsorgen – so viel wusste sie von Angela. Also musste er dringend an Geld kommen. Mit seinen Forschungen war kurzfristig kein Gewinn zu erzielen – er musste neu anfangen. Doch auch dafür benötigte er Geld. Jetzt kam Käthe Gilles ins Spiel. War es möglich, sie in die Todesfälle einzureihen? Immerhin winkte ein großes Erbe. Durch die hohe Anzahl der

Todesfälle würde er als Begünstigter von Käthe Gilles wahrscheinlich nicht verdächtigt werden, denn bis zu diesem Zeitpunkt hatte man die Nanopartikel nicht entdeckt. Mit dem Geld könnte er seine Forschungen fortführen oder untertauchen und irgendwo ein neues Leben anfangen. Irgendwie war es ihm gelungen, dass Käthe das Nasenspray benutzte oder die Nanos irgendwie anders einatmete. Vielleicht hatte er ihr einen Parfüm-Zerstäuber gebaut.

Frederike knirschte mit den Zähnen. Um das zu erfahren, musste Jochen schon ein Geständnis ablegen. Überhaupt, ohne ein Geständnis würde ihm nicht beizukommen sein. Selbst wenn man seine Forschungsarbeiten auseinandernahm, wäre ihm nicht nachzuweisen, dass er wirklich bei den Todesfällen seine Hände im Spiel hatte. Ohne die Wirkstoffe zu kennen, wäre der Nachweis nicht möglich. Darüber hinaus müsste man die Fläschchen auch mit ihm in Verbindung bringen können. Ursula hatte nur über Maria davon gehört, dass Jochen das Nasenspray in Umlauf gebracht hatte. Aber das war Hörensagen.

Inzwischen dürften Jochen alle Felle davongeschwommen sein – keine positiven Forschungsergebnisse, kein Erbe.

Frederike fuhr hoch. Die einzige Möglichkeit für ihn wäre jetzt, seine Experimente mit Hochdruck fortzuführen. Das bedeutete, er musste sich neue Versuchskaninchen für ein verändertes Trägersystem suchen. Was wäre, wenn er dafür Angela auserkoren hätte? Heiße Angst überfiel Frederike. Sie durfte ihn nicht davonkommen lassen.

Egal wie sie über Engel dachte, sie musste ihn informieren.

Sie nahm ihr Telefon und wählte die Nummer des Kommissars. Doch das Gespräch wurde von einer jungen Beamtin entgegengenommen. Diese informierte sie, dass Engel für Frederike nicht zu sprechen sei. Er müsse sich um einen Fall kümmern.

Frederike beendete das Gespräch mit einem Fluch. So ein Arsch.

Doch irgendwie musste sie die Polizei auf die Gefahr hinweisen. Also wählte sie ihre alte Nummer in Düsseldorf. Klaus Wieland war sofort am Apparat. Wieso eigentlich? Hatte der sonst nichts zu tun?

Sie erzählte ihm in Kürze von ihrer Theorie zu Jochen Anstruth, und er fragte interessiert nach. Doch als sie ihn bat, sich in die Ermittlungen einzuschalten und seine Kontakte zu aktivieren, blockte er ab.

»Frau Suttner, Sie wissen, wie sehr ich Ihnen vertraue und dass ich Ihnen gerne alle möglichen Gefallen tue. Aber das ist nicht unser Zuständigkeitsbereich. Das ist noch nicht mal das gleiche Bundesland. Wir haben nicht ermittelt, es gibt hier keinerlei Spuren, denen wir folgen könnten. Wir haben nichts. Und Sie haben mir gerade deutlich gemacht, dass es auch nichts zu finden gibt, sonst hätten Sie es nämlich schon in den Händen. Mit welcher Begründung sollen wir uns denn da einschalten?«

Frederike schwieg. Dann seufzte sie laut. »Ich weiß es nicht. Aber wir müssen doch irgendetwas tun!«

»Schaffen Sie zunächst mal Ihre Nichte aus Anstruths Einflussbereich. Das ist jetzt das Wichtigste!«

Und das Schwerste, dachte Frederike müde. Wie sollte sie das bloß anstellen?

»Ich versuche mal, über ein paar Kontakte Einfluss zu nehmen, aber informell. Ich will Ihnen nichts versprechen.«

»Ich danke Ihnen, mehr kann ich nicht erwarten.« Sie beendeten das Gespräch.

Sie setzte sich wieder in ihren Sessel und atmete tief ein und aus, um sich zu entspannen. Wie könnte es ihr gelingen, Angela von Jochen zu trennen? Würde es helfen, wenn sie ihr von ihrer Theorie berichtete? Sie könnte es versuchen. Aber Angela würde sicher auch nachfragen, wieso die Polizei sich nicht darum kümmerte. War ihr Vertrauen in Frederike größer als in Jochen? Frederike zögerte. Sie hatte einfach Angst vor der Antwort.

Sie stand auf, ging in die Küche und machte sich eine Tasse Tee. Tee half immer. Wo war eigentlich Hannelore? Sie ging rufend durch das Haus und fand ihn schließlich schlafend in ihrem Schlafzimmer. Sie legte sich zu ihm und kraulte ihm das Fell. Er streckte sich, gähnte mit weit aufgerissenem Maul und rollte sich dann an sie gekuschelt wieder ein. Sie erzählte ihm ihre Sorgen, während er gemütlich mit geschlossenen Augen vor sich hin schnurrte.

Irgendwann schreckte sie aus dem Schlaf auf. Hannelore hatte sich durch die plötzliche Bewegung erschrocken und miaute protestierend, bevor er sich wieder einrollte. Frederike stand auf. Mist! Sie hatte nicht schlafen wollen. Es gab Wichtigeres zu tun.

Sie schnappte sich das Telefon und wählte Angelas Nummer. »Hallo Angela, was hältst du von einem Wellnesswochenende in Bad Neuenahr?«

Davon hatten sie schon öfter geschwärmt. Dort ergab sich bestimmt eine Gelegenheit, in Ruhe mit Angela zu sprechen.

»Bad Neuenahr? Was ist denn mit dir los?«

»Ach, weißt du, wir haben doch schon so oft darüber gesprochen. Ich bin ein wenig urlaubsreif, und du hattest doch auch so viel zu tun in den letzten Wochen. Ich dachte, wir gönnen uns mal was. Ich lad dich ein.« Frederike biss sich auf die Lippen. Hoffentlich klappte das.

Angela zögerte. »Mensch, Frederike, das tut mir leid, aber ich habe Jochen versprochen, am Wochenende mit ihm nach Frankfurt zu fahren.« Sie stockte kurz. »Ehrlich gesagt wollen wir uns nach einer Wohnung umsehen.«

Frederike erschrak. »Du willst weg aus der Eifel?«

»Na ja, hier hat Jochen keine Chance, seine Forschungen fortzuführen. Und ich finde überall einen Job, Pflegekräfte sind gesucht.«

Das war gar nicht gut. Das Gespräch lief völlig anders, als es sich Frederike erhofft hatte. Sie atmete tief durch. Es wurde Zeit für Plan B. »Lass uns darüber noch mal ausführlicher sprechen. Kannst du eure Wohnungssuche verschieben? Mir wäre es wichtig, dass du mitkommst nach Bad Neuenahr.«

Angela seufzte. »Ich habe jetzt ein ganz schlechtes Gewissen dir gegenüber, aber es geht nicht. Wir haben zwei Besichtigungstermine. Aber wir holen es nach, versprochen!«, beeilte sie sich Frederike zu versöhnen.

»Na, dann viel Spaß!«, quetschte Frederike noch heraus.

Das Gespräch war beendet. Sie nahm das Telefon und warf es gegen die Wand. Es gab eine kleine Delle im Putz, und die Batterieabdeckung flog durch die Gegend. Sie hob das Telefon seufzend auf und schob den Batteriedeckel wieder an seinen Platz. Das Mobilteil funktionierte noch. Gott sei Dank! Das letzte Mal, dass sie so ausgerastet war, war bei Rolf gewesen. Sie erinnerte sich wieder an ihr Gespräch mit Willi. Dort hatte sie sich mit ihrer schwächsten und dunkelsten Stunde konfrontiert gesehen. Alle diese Gefühle waren wieder da. Wenn Jochen jetzt vor ihr stehen würde, und sie hätte eine Knarre in der Hand – sie hätte für nichts garantieren können.

In der Küche stand noch ihre Tasse mit Tee, der inzwischen kalt geworden war. Sie überlegte, ob sie sich einen frischen aufgießen sollte, doch dann stellte sie den Wasserkessel beiseite und griff zur Whiskyflasche. Das war jetzt definitiv ein Fall für etwas Stärkeres.

Nach drei Whiskys fiel Frederike müde in ihr Bett. Sie war sich noch nicht ganz darüber im Klaren, aber irgendwann zwischen dem zweiten und dem dritten Glas hatte sie einen Entschluss gefasst: Sie würde Jochen das Handwerk legen, mit allen Mitteln, koste es, was es wolle.

20. Kapitel

In der Nacht schlief Frederike unruhig. Das lag zum einen am Alkoholkonsum, zum anderen hatte es draußen aufgefrischt, und ein starker Wind wehte ums Haus. Sie wälzte sich unruhig von einer Seite auf die andere und lauschte Regen und Wind. Man hatte zwar in den letzten Tagen bereits ein schweres Unwetter angekündigt, aber sie hatte sich abgewöhnt, dem Wetterbericht allzu viel Aufmerksamkeit zu schenken. Wenn sie wissen wollte, wie das Wetter war, schaute sie aus dem Fenster.

Dementsprechend hatte sie sich auch nicht vergewissert, ob im Garten und am Haus alles gut verstaut war. Von Hannelore war weit und breit nichts zu hören und zu sehen. Sollte er bei diesem Wetter etwa draußen unterwegs sein? Es schepperte. Anscheinend hatte sich die große Metallgießkanne selbstständig gemacht. Sie seufzte und stand auf. Nachdem sie sich etwas übergezogen hatte, ging sie nach unten, um nach dem Rechten zu sehen. Gut, Hannelore lag in seinem Körbchen. Der Kater schaute sie beunruhigt an. Anscheinend war ihm das Wetter auch nicht so ganz geheuer. Draußen zog ein Gewitter auf. Blitze erhellten die Nacht, und der Regen rauschte –

es schüttete wie aus Eimern. Du liebe Güte! Ein so schweres Unwetter erlebte auch die Eifel nicht alle Tage.

Sie blickte durch die Gartentür nach draußen. Die Bäume und Sträucher wogten im Wind, der in schweren Böen um das Haus jagte. Ihre Gießkanne war nicht mehr zu sehen, und der Wind hatte auch zwei Töpfe umgerissen. Sie wollte sich gerade aufmachen, nach draußen zu gehen, um zu retten, was zu retten war, als mehrere Dachziegeln vom Dach fielen und auf der Erde zersplitterten. Himmel! Schnell zog sie den Kopf wieder ein. Es war draußen nicht sicher. Sie gab Hannelore ein Schälchen mit Katzenmilch und setzte sich zu ihm. Er hatte schon immer Angst vor Gewittern gehabt und jammerte leise. Doch dann schmiegte er sich an sie, und die beiden beruhigten sich gegenseitig. Plötzlich krachte es laut, und das Licht erlosch. Irgendwo in der Nähe musste der Blitz eingeschlagen sein. Draußen war alles dunkel, auch die Straßenbeleuchtung brannte nicht. So verzichtete Frederike darauf, die Sicherungen zu prüfen. Gut, dass sie die Taschenlampe vorhin schon bereitgelegt hatte. Sie ging nach oben und zog sich im Licht der Leuchte vollständig an. Das Unwetter konnte andauern. Und sollte das Dach wegfliegen, wollte sie nicht im Nachthemd auf die Straße müssen. Sonst konnte sie im Moment nichts tun. Sie ging wieder nach unten und setzte sich in eine Decke gehüllt aufs Sofa. Wenige Minuten später stand Hannelore jammernd vor ihr und wollte dringend auf den Arm.

Als es draußen hell wurde, erwachte Frederike auf der Couch. Anscheinend gab es immer noch keinen Strom, denn das Licht in der Küche brannte nicht. Sie legte Hannelore vorsichtig auf den Sessel und wickelte sich aus der Decke. Ein Blick auf die Armbanduhr zeigte ihr, dass es erst kurz vor sieben war. Draußen hatte sich das Wetter etwas beruhigt, aber es wehte immer noch ein frischer Wind. Der Regen hatte nachgelassen, es nieselte nur noch leicht. Durchs Fenster sah sie Max, der in seinem Garten nach dem Rechten sah. Ihn hatte es anscheinend auch aus dem Bett »geweht«.

Sie zog ihren Anorak über und ging nach draußen. »Na, noch alles da?«

Max nickte, während er einige Äste vom Rasen klaubte, und stöhnte: »Mensch, was war das für ein Sturm! Das habe ich aber auch noch nicht erlebt.«

Frederike schaute sich um. Überall lagen Äste und Reste von Dachziegeln auf der Straße. Ihre Gießkanne entdeckte sie zwei Häuser weiter. Sie hatte sich zwischen Hauswand und Auto verkantet. Sie verzog das Gesicht. Das hatte bestimmt einen hässlichen Kratzer gegeben. Gut, dass sie gegen Sturmschäden versichert war.

»Wie sieht es bei dir aus?«, fragte Max. »Bei mir ist der Fernseher durch den Blitzeinschlag kaputt.«

Frederike runzelte die Stirn. »Ist der Strom wieder da?«

»Ja, seit fast einer Stunde. Ich habe schon alles überprüft.«

Dann sollte sie sich doch mal den Sicherungskasten anschauen. Tatsächlich war die Hauptsicherung rausgesprungen und widerstand jedem Versuch, den Schalter nach oben zu schieben. Das war ein Fall für den Elektriker. Sie stöhnte. Da würde es heute früh mit Kaffee nichts werden.

Max erlaubte ihr, von seinem Telefon den Elektriker anzurufen. Es war zwar noch elend früh, aber der Anrufbeantworter lief und nahm die Nachricht auf. Bei ihrem Handy war der Akku leer. Auch da leistete Max Schützenhilfe und bot eine Steckdose an. »Hier, eine Tasse Kaffee!«

»Max, du bist ein Engel.« Dankbar nahm sie den dampfenden Becher entgegen.

»Dafür hilfst du mir gleich bei dem Baum da draußen«, winkte Max resolut ab.

Frederike erschrak. Das hatte sie noch gar nicht bemerkt. Der alte Kastanienbaum vor Max' Eingang war vom Blitz gespalten worden, und ein Teil des Baumes hatte sich bedenklich geneigt, die Krone berührte schon das Dach.

»Bist du verrückt? Guck dir mal die Wurzeln an. Noch eine Bö, und der ganze Baum kracht dir ins Wohnzimmer.«

Max nickte bedächtig. »Eben! Ich habe schon bei der Feuerwehr angerufen. Aber das ist nicht der einzige Baum, der dran glauben musste. Oben im Wald sieht es ganz schlimm aus. Die Fichten halten ja nichts aus. Die sind umgeknickt wie Grashalme.«

Frederike war erschüttert. Anscheinend war der Sturm wesentlich stärker gewesen, als sie mitbekommen hatte. Da war sie wohl mit einem blauen Auge davongekommen. Als sie das zu Max sagte, zeigte er nur auf ihr Dach.

»Schau dir da oben die verschobenen Dachziegeln und fehlenden Schindeln an. Da muss ein Dachdecker ran. Und warte erst mal, was der Elektriker sagt.«

»Und Hubert!«

»Hubert?«

Frederike deutete müde auf die Gießkanne, die ihr Nachbar Hubert gerade schimpfend zwischen der Hauswand und seiner Mercedes A-Klasse herauszog.

Sie ging zur Tür und rief: »Hubert, das ist meine. Entschuldigung!« Dann schloss sie die Tür wieder, ohne auf eine Erwiderung zu warten. Es gab zu tun.

Sie verbrachte den Tag mit Aufräumen und Warten: auf den Dachdecker, den Elektriker und die Telekom, denn es hatte ihre Telefonleitung zerstört. Dabei erfuhr sie, dass die Landstraße in Richtung Wiesbaum bis auf Weiteres wegen Windbruch gesperrt war. Im Moment interessierte sie das nicht, sie hatte schließlich genug hier zu tun.

In den folgenden Tagen packte Frederike überall im Dorf mit an, wo Not am Mann beziehungsweise an der Frau war. Im Hintergrund kreiste zwar auch noch Jochen durch ihre Gedanken, aber die tagesaktuellen Notwendigkeiten hatten einfach Priorität. Angela half ihr, so gut sie konnte. Sie hatte die geplante Wohnungssuche zunächst einmal verschoben. Im Krankenhaus gab es gerade besonders viel zu tun, weil es doch zahlreiche Verletzte durch den Sturm gegeben hatte, sodass die Stationen voll ausgelastet waren. Darüber hinaus wollte sie lieber ihre Tante unterstützen, als in Frankfurt von einer Wohnung zur nächsten zu ziehen. Jochen hatte zwar ein wenig gemurrt, war dann aber allein gefahren. So konnte sich Frederike trotz des häuslichen Ungemachs ein wenig entspannen.

An einem Nachmittag borgte sie sich von Lena den kleinen Elektro-Scooter. Sie wollte sich doch einmal das Waldgebiet rund um Wiesbaum anschauen. Die Hauptstraße war immer noch gesperrt, weil die Waldarbeiter mit den Aufräumarbeiten kaum nachkamen. Die Prioritäten lagen nun erst einmal darin, jene Bäume, die unmittelbar Wohnhäuser bedrohten, zu sichern und zu fällen. Überall hörte man das Geräusch von Motorsägen.

Frederike fuhr über einen Wirtschaftsweg durch die Felder in Richtung Wald. Zwar war das Betreten des Waldes untersagt – es herrschte Lebensgefahr –, aber sie wollte ja nicht spazieren gehen, sondern nur mal gucken. Vorsichtig bewegte sie sich in Richtung der gesperrten Straße. Es sah wirklich übel aus. Teilweise waren ganze Lichtungen entstanden, auf denen nur noch abgebrochene Baumstümpfe aufragten. An anderen Stellen standen die Bäume kreuz und quer ineinander verkeilt und konnten jederzeit umstürzen. Die Straße war stellenweise schon geräumt, damit die Arbeiter mit ihren Gerätschaften durchkamen, doch die Arbeit hier war wirklich lebensgefährlich.

Frederike hatte genug gesehen. Sie nahm den kleinen Roller und fuhr wieder Richtung Heimat. Auf dem Rückweg hielt sie an der Bank am Geopfad an, nahm Platz und genoss die grandiose Aussicht über die Hillesheimer Kalkmulde. Neue Aussichten führen zu neuen Einsichten, lautete ein Motto von ihr.

Ein zynischer – eigentlich undenkbarer – Gedanke hatte sich in ihr Hirn geschlichen. Ihr Unterbewusstsein suchte immer noch nach einer Möglichkeit, Jochen das Handwerk zu legen. War der Sturm da nicht geradezu ein Wink des Himmels? Wenn sie es schaffen könnte, Jochen in diesen Wald zu locken, dann würde die Schwerkraft möglicherweise den Rest erledigen. Doch warum sollte Jochen sich freiwillig in Gefahr begeben? Da müsste die Motivation schon groß sein. Sollte sie mit der Investition locken? Geld? Nur: Warum sollte man dafür in den Wald fahren? Frederike verwarf den Gedanken. Nicht glaubwürdig! Da bräuchte es schon ein finstereres Motiv. Wie wäre es mit Erpressung? Das kam doch eigentlich immer gut. Immerhin wusste sie ja einiges über seine Machenschaften, selbst wenn sie es nicht beweisen konnte. Auch Jochen war wahrscheinlich klar, dass man ihm nichts nachweisen konnte, also würde er wohl gar nicht auf eine Erpressung reagieren. Es sei denn, sie hätte ein Beweisstück in der Hand. Tja, wenn sie ein Fläschchen Nasenspray von ihm hätte, das wäre ein echter Beweis. Heike! Hatte Heike nicht gesagt, sie hätte einen Pumpzerstäuber mit nach Hause genommen und dort in den Müll geworfen? Den konnte Jochen also nicht gefunden haben. Selbst wenn alle anderen wieder bei ihm gelandet waren, müsste er doch stets damit rechnen, dass das fehlende Spray auftauchen könnte. Bei der Polizei konnte es nicht sein, sonst hätte die sich schon gemeldet, und bisher gab es keine Hinweise, dass man es gefunden hatte. Da wäre Erpressung doch gar nicht so weit hergeholt. Jemand hatte das Fläschchen gefunden, sich einen Reim darauf gemacht, abgewartet, bis Gras über die Sache gewachsen war und die Ermittlungen eingestellt wurden – und kam jetzt aus der Deckung heraus.

Frederike wunderte sich über sich selbst. Tief in ihrem Innern spürte sie mit einer gewissen Belustigung ihre kriminelle Ader. Sie würde Jochen erpressen und ihn dazu bringen, sich mit ihr in diesem Waldstück zu treffen. Denn wenn er hier auftauchte und dabei in Kauf nahm, den Wald trotz Lebensgefahr zu betreten, war klar, dass er etwas zu verbergen hatte. Sollte er nicht kommen, war die Sache erledigt. Dann hatte sie sich vielleicht wirklich geirrt. Doch sollte er kommen, konnte man daraus schließen, dass er für die Todesfälle verantwortlich war. Mit dem Nasenspray in der Hand stünden die Chancen der Polizei nicht schlecht, ihn wegen des vorsätzlichen Mordes an Käthe Gilles zu belangen, auch wenn es sich bei den anderen Todesfällen möglicherweise um »Unfälle« gehandelt hatte. Jochen musste das Fläschchen an sich bringen, und dafür würde er jedes Risiko eingehen, da war sie sich sicher.

Frederike überlegte. Sollte sie ihm wirklich gegenübertreten, und das möglicherweise sogar alleine? Lieber nicht, wer wusste schon, wozu er fähig war, wenn er sich in der Falle glaubte. Und außerdem hatte sie ja keine Beweise, die sie ihm wirklich übergeben könnte. Sie schüttelte sich. Nein, sie wollte ihm das Handwerk legen. Falls er die gesperrte Straße passierte, sollte das doch Beweis genug sein für Hauptkommissar Engel, dass Jochen wirklich etwas zu verbergen hatte. Also würde sie mit einem Fotoapparat in der Hand hinter einem Baum warten und Jochen fotografieren. Und dann sofort kehrtmachen und verschwinden. Es sollte reichen, wenn man das Autokennzeichen deutlich sah. Das müsste Hauptkommissar Engel doch überzeugen ... Doch je mehr sie darüber nachdachte, umso stärker wurden ihre Zweifel. Würde Engel ein Foto wirklich genügen? Der wollte sicher handfeste Beweise, dass Jochen tatsächlich im Auto gesessen hatte. Also müsste sie das Fahrzeug aufhalten, sodass Jochen nicht weiterfahren und direkt an Ort und Stelle verhaftet werden konnte. Bäume lagen ja genug im Weg. Wenn der Wagen liegen blieb, würde sie aus der sicheren Deckung heraus die Polizei informieren. Dann konnte Jochen sich mal was Kluges ausdenken, warum er mitten in der Nacht – ja, aus dramaturgischen Gründen sollte es schon nachts sein, da wurde nicht im Wald gearbeitet, und sie hatte doch noch das coole Nachtsichtgerät im Schuppen! – über eine gesperrte Straße fuhr und sich damit in Lebensgefahr brachte. Wenn sie dann noch die Aufnahme mit dem Erpressungsgespräch an Junge oder Engel weiterleitete, wäre der Fisch gegessen.

Sie staunte über sich selbst, welche Gedanken plötzlich ihr Hirn erfüllten, und war auch ein wenig stolz auf sich. Ich wäre eine prima Verbrecherin geworden, lobte sie sich selbst. Und was wäre, wenn sich Jochen bei der Tour ernsthaft verletzte? Sie zuckte mit den Schultern und schob den Gedanken von sich. Er hatte es verdient.

Sie stand von der Bank auf, den Plan in ihrem Kopf. Jetzt galt es, diesen so schnell wie möglich umzusetzen. Sie musste dringend ein Prepaidhandy besorgen. Und mit Grete sprechen!

Am nächsten Morgen fuhr sie nach Düsseldorf und kaufte sich dort ein Einweghandy mit Prepaidkarte. Sicher war sicher. Nachmittags war sie mit Grete verabredet. Sie hatte sich entschlossen, ihre Chor-Freundin zu bitten, mit Jochen zu telefonieren. Deren Stimme hatte er noch nie gehört. Frederike traute sich nicht zu, ihre Stimme so zu verstellen, dass sie kein Risiko einging, von ihm erkannt zu werden. Sie wusste, dass sie Grete vertrauen konnte. Und dass Grete mit Begeisterung bei der Nummer mitmachen würde.

Und so war es auch. Mit offenem Mund hörte Grete ihrer Freundin zu, als Frederike ihr die ganze Geschichte offenlegte und dann von ihrem Plan erzählte.

»Boaah, das machen wir!«, rief sie begeistert. »Da bin ich dabei. Was soll ich sagen?« Sie verzerrte ihre Stimme in eine tiefe Tonlage und dröhnte: »Hier spricht der Hexer!«

Frederike blickte sie belustigt an. »Kann das sein, dass du in deiner Jugend zu viel Edgar Wallace geguckt hast?«

»Ich hab ja so für Klaus Kinski geschwärmt.«

»Uuh, das spricht nicht gerade für deinen Geschmack.«

»Okay, ich hätte auch Blacky Fuchsberger nicht von der Bettkante geschubst.« Grete ließ sich nicht entmutigen.

Frederike schnaubte. »Du machst es nur noch schlimmer! Nein, im Ernst, wir sollten das Gespräch ganz kurz halten und uns auch nicht in eine Diskussion verwickeln lassen. Einfach nur sagen, worum es geht, die Forderung stellen und den Treffpunkt nennen und die Drohung, dass das Nasenspray ansonsten mit ein paar Hinweisen an die Polizei geht.«

»Schreib mal auf, was ich sagen soll.«

Beide machten sich an eine möglichst kurze und prägnante Formulierung, wobei Grete es durchaus gerne etwas blutrünstiger gehabt hätte. Beine brechen, Finger abhacken und so weiter! Frederike schüttelte sich. Vielleicht war es doch keine ganz so gute Idee gewesen, Grete zu bitten. Lange überlegten sie, welche Forderung sie stellen sollten. Zu wenig Geld würde nicht glaubwürdig wirken, zu viel würde Jochen Probleme bereiten, das Geld schnell aufzutreiben. Wahrscheinlich würde er seine Quellen in Trier erneut anzapfen müssen. Letztendlich entschieden sie sich, Jochen einen Tag Zeit zu geben, das Geld zu beschaffen und sich ansonsten nicht seinen Kopf zu zerbrechen.

Zwei Stunden später stand der Text, und Grete hat nach einigen Proben ein gutes Gefühl.

»Los geht's!«

Frederike aktivierte die Rufnummernunterdrückung und die Aufnahmefunktion, dann wählte Grete Jochens Mobilfunknummer. Nach dreimaligem Läuten meldete er sich namentlich, sodass Grete direkt loslegen konnte. Sie endete mit: »Haben Sie das verstanden?«

Jochen schwieg am anderen Ende der Leitung.

Grete wiederholte: »Haben Sie das verstanden?«

Erst nach einigen Sekunden bejahte Jochen die Frage.

Grete setzte nach: »Wiederholen Sie den Treffpunkt!« Frederike hatte ihr eingeschärft, Jochen möglichst zum Reden zu bringen. Wenn Frederike die Gesprächsaufnahme an die Polizei weiterleitete, musste sichergestellt sein, dass man Jochen als Gesprächspartner eindeutig identifizieren konnte.

Jochen nannte den Treffpunkt, da beendete Grete auch schon ohne ein weiteres Wort das Telefonat. Die Falle war gestellt!

Am nächsten Abend zog sich Frederike eine dunkle Hose und einen schwarzen Kapuzenpullover über und feste Schuhe an. In der Garage hatte sie schon am Vorabend das Nachtsichtgerät überprüft. Es war schon interessant, was sich so im Laufe eines Berufslebens an praktischen Dingen im Kofferraum ihres Wagens angesammelt und von dort den Weg in die Garage gefunden hatte. Sie hatte das Teil immer mal wieder zurückgeben wollen, da aber inzwischen ein neues, deutlich leistungsstärkeres Gerät zum Einsatz kam, war es bei ihr liegen geblieben und nicht vermisst worden.

Sie hatte ihre Sachen – Taschenlampe, Prepaidhandy, Digitalkamera und das Nachtsichtgerät – in einem kleinen Rucksack verstaut. In der Garage hatte sie auch noch einige Krähenfüße eingesteckt. Sie erinnerte sich noch gut daran: Rolf hatte sie in ihre Auffahrt gestreut. Drei Reifen waren an ihrem Auto geplatzt, und sie hatte stundenlang festgesessen, bis der ADAC kam und den Wagen in die Werkstatt schleppte. Schon wieder erfüllte sie heiße Wut, als sie daran dachte. Das brachte sie gerade in die richtige Stimmung für ihr heutiges Vorhaben!

Lena und Kai hatten ihr für den Abend wieder ihren Roller geliehen und ihr das Versprechen abgeschwatzt, sich demnächst selbst auch einen zu kaufen, den die beiden dann mitbenutzen dürften.

Zügig fuhr sie mit dem kleinen Roller zu der Stelle, die sie sich für ihre Falle ausgesucht hatte. Sie hatte länger darüber nachgedacht. Es wäre einfach am besten, wenn Jochen tatsächlich mit seinem Fahrzeug liegen blieb, sodass die Polizei ihn dort direkt aufgabeln konnte. Sie würde dann parallel Junge oder gegebenenfalls

Engel informieren und ihm oder ihnen die Aufnahme des Erpressungsversuchs zukommen lassen. Sie wusste, dass ihr das gehörigen Ärger einbrocken würde, vertraute aber darauf, dass letztendlich alle froh wären, wenn ein so gefährlicher Psychopath wie Jochen Anstruth aus dem Verkehr gezogen werden könnte.

Sie zog die Krähenfüße aus dem Rucksack und verteilte sie vorsichtig über die Breite der Straße. Einen davon würde er schon erwischen. Sie schaute nach oben, die Bäume ragten bedrohlich über ihr auf. Sie merkte, dass sie schwitzte. Sie konzentrierte sich auf jedes Geräusch in ihrer Umgebung. Grete hatte ihr gestern noch einmal die Leviten gelesen, dass sie sich dieses Waldstück für ihre Falle ausgesucht hatte. »Du riskierst dein Leben«, hatte sie gesagt. Gestern hatte Frederike das noch abgetan, aber heute, hier in dieser Situation, war sie hypernervös und voller Furcht. Sie blickte auf ihre Armbanduhr mit Leuchtziffern. Noch knapp eine Stunde Zeit. Sie suchte sich einen Platz in einem nahe gelegenen Gebüsch. Das Nachtsichtgerät brauchte sie gar nicht, der Mond schien ziemlich hell, und nach einer Weile hatten sich ihre Augen an die Nacht gewöhnt. Sie war sich nicht sicher, ob sie mit Blitz fotografieren sollte. Der wäre sicher meilenweit zu sehen, und Jochen würde auf sie aufmerksam werden. Doch ohne Blitz wäre das Foto viel zu dunkel. Sie seufzte, legte aber die Kamera und auch das Nachtsichtgerät bereit. Notfalls musste sie darauf vertrauen, dass Jochen durch das Blitzlicht weniger sah als sie mit ihrem Nachtsichtgerät. Und wenn sie erst einmal auf ihrem Roller stand, hatte er sowieso keine Chance mehr, sie zu erwischen.

Da hörte sie auch schon das Geräusch eines sich nähernden Fahrzeugs. Sie blickte überrascht auf die Uhr. So früh hatte sie Jochen nicht erwartet. Gut, dass sie vorsichtshalber einen Zeitpuffer eingeplant hatte. Es wäre zu blöd gewesen, wenn Jochen bereits die Straße passiert hätte, bevor sie an Ort und Stelle gewesen wäre. Das Fahrzeug näherte sich zügig. Anscheinend hatte Jochen auch keine große Lust, sich hier zu lange an einer Stelle aufzuhalten.

So hatte er eine recht hohe Geschwindigkeit drauf, als der Reifen auf den Krähenfuß traf und platzte. Der Wagen brach aus. Jochen konnte mit seiner verletzten Hand anscheinend nicht schnell genug gegenlenken, und das Fahrzeug schleuderte in die Böschung. Frederike hörte das Krachen, als der Wagen an einem Baum zum Stehen kam. Der Baum neigte sich und riss mit großem Getöse mehrere andere Bäume mit sich. Ein Krachen und Bersten erfüllte die Luft. Der Wagen wurden unter Baumstämmen und Laub begraben. Es dauerte eine Weile, bis sich alles wieder beruhigt hatte. Frederike saß fassungslos hinter ihrem Busch. Sie hätte sich vor Panik fast in die Hose gepinkelt. Ein Baum war direkt in ihre Richtung gefallen und kurz vor ihrem Versteck niedergegangen.

Es dauerte ein paar Minuten, bis sie sich wieder gefasst hatte. Von Jochens Auto kam kein Laut. Sie stand zögernd auf. Du lieber Himmel! Damit hatte sie nun nicht gerechnet. Sie schalt sich selbst. Wie hatte sie nur so blöd sein können! Langsam bewegte sie sich in Richtung Wagen, immer mit Blick nach oben in die Baumkronen. Inzwischen war auch noch ein leichter Wind aufgekommen. Sie musste dringend sehen, dass sie hier wegkam. Als sie einen Blick auf das Auto werfen konnte, erkannte sie, dass ein Baum geradewegs durch die Windschutzscheibe gefallen war und ein weiterer das Dach eingedrückt hatte.

Aus dem Inneren des Fahrzeugs war kein Laut zu vernehmen. Erschüttert blickte sie auf das Wrack. Das hatte sie bestimmt nicht gewollt! Doch sie wusste sofort: Hier konnte sie nicht mehr helfen. Sie würde abhauen und Feuerwehr und Notarzt informieren. Ein Blick aufs Handy zeigt ihr, dass es hier an der Straße kein Netz gab. Typisch!

Okay, das musste erst einmal warten. Rasch schritt sie über die Straße und sammelte die Krähenfüße ein. Dabei horchte sie ängstlich auf die Geräusche des Waldes. Ein Krähenfuß fehlte. Wahrscheinlich der, der den Reifen aufgeschlitzt hatte. Sie hoffte, dass er ins Gebüsch geschleudert worden war und nicht gefunden werden würde. Aber jetzt musste sie sich auf den Weg machen und den Notruf wählen, sonst hätte Jochen keine Chance. Und sie musste dringend hier weg.

Auf dem Weg durch den Wald kam ihr allerdings der Gedanke, dass es eigentlich gar nicht schlecht wäre, wenn Jochen hier das Zeitliche segnete. Sie war sich darüber im Klaren, dass der Krähenfuß und der Erpressungsmitschnitt sie in eine äußerst unangenehme Lage bringen würden. Mist! Die Falle war zwar zugeschnappt, dummerweise hatte sie sie gleich mit erwischt.

Auf der nächsten Anhöhe hatte sie endlich Netz und wählte den Notruf. Kurz gab sie den Unfallort durch, verzichtete aber auf eine Namensnennung und legte auch sofort auf. Sie hoffte immer noch, irgendwie aus dieser Nummer rauszukommen. Ungefähr zweihundert Meter weiter war der Akku des Rollers leer. Das hatte gerade noch gefehlt! Am liebsten hätte sie das Gefährt ins nächste Feld gepfeffert, konnte sich aber gerade noch bremsen. Heute war nicht ihr Tag! Dann gingen ihre Gedanken wieder zu Jochen. Im Vergleich zu ihm hatte sie geradezu einen Lauf! Seufzend machte sie sich zu Fuß auf den Heimweg. Sie musste sich sputen, wollte sie es noch in der Dunkelheit unentdeckt zu ihrem Haus schaffen.

Sie schlief noch, als ein lautes Klopfen sie aus dem Schlaf riss. Erschreckt fuhr sie hoch und blickte auf die Uhr. Kurz nach neun! Wer konnte das sein? Am liebsten hätte sie sich die Decke wieder über den Kopf gezogen und einfach weitergeschlafen. Sie war erst kurz vor fünf ins Bett gekrochen – nach einem sehr langen und völlig überflüssigen Fußmarsch mit einem Roller im Handgepäck.

Das Klopfen wiederholte sich. Schnell zog sie sich etwas über und eilte zur Tür. Als sie öffnete, stand Frank Junge vor ihrer Tür. Sie war verwirrt. Ihr schlechtes Gewissen meldete sich. War man ihr etwa auf die Schliche gekommen? So schnell? Vor Müdigkeit konnte sie kaum geradeaus denken.

»Frederike!«, begrüßte Frank sie verlegen.

Sie nickte nur.

Er kratzte sich am Kopf. »Möglicherweise kannst du uns helfen.«

Frederike entspannte sich leicht und legte fragend den Kopf schief.

»Ähm, tja, wir haben auf der Straße nach Wiesbaum ein verunglücktes Fahrzeug gefunden. Der Fahrer, Jochen Anstruth, ist tot.«

Sie hob den Kopf. »Jochen ist tot? Wie schrecklich! Wie ist das passiert?« Sie bemühte sich, eine Trauer zu zeigen, die sie nicht empfand.

»Nun, das wissen wir noch nicht. Das Fahrzeug ist von der Straße abgekommen und wurde unter umstürzenden Bäumen begraben. Du weißt vielleicht, dass die Straße wegen der Sturmschäden gesperrt ist. Wir haben noch keine Informationen darüber, warum Jochen Anstruth gestern Nacht auf dieser Straße unterwegs war.«

Frederike bemühte sich um eine professionelle Haltung. »Wie kann ich helfen?«

Frank Junge schaute sie betreten an, dann fasste er sich ein Herz. »Jochen Anstruth war in Begleitung. Die junge Frau ist auch tot.«

Frederike blieb das Herz stehen. Ihr schossen Tränen in die Augen. Sollte Angela mit im Wagen gesessen haben? Sie spürte, wie ihre Glieder taub wurden, und musste sich am Türrahmen abstützen. »Ist es Angela?«

»Wir wissen es nicht. Wir haben versucht, deine Nichte zu erreichen. Doch ihr Handy ist ausgeschaltet, und in der Wohnung öffnet niemand. Wir waren bereits um kurz nach sechs da.«

Frederike schlug die Hand vor den Mund und schluchzte auf.

Frank Junge schluckte. »Hast du vielleicht noch eine andere Möglichkeit, sie zu erreichen?«

Frederike schüttelte erst den Kopf, dann fragte sie hoffnungsvoll: »Ist sie vielleicht auf ihrer Arbeitsstelle?«

»Da haben wir auch angerufen, dort ist sie aber nicht. Wir sind bemüht, so schnell wie möglich die unbekannte Frau zu identifizieren. Entschuldige, aber weil du doch vom Fach bist, wollte ich fragen, ob du dir die Leiche einmal anschauen kannst«, bat Frank unbeholfen, »vielleicht ist es ja gar nicht Angela.«

Frederike war wie paralysiert. Sollte sie tatsächlich heute Nacht ihre geliebte Nichte getötet haben? Sie mochte gar nicht darüber nachdenken, aber die Schuld fraß sich in ihre Seele. »Natürlich! Ich muss mir nur was anziehen.« Sie trat von der Tür weg. »Komm rein!«

Während Frank im Wohnzimmer wartete, ging sie nach oben, um sich fertig zu machen. Dabei kreisten ihre Gedanken. Was hatte sie sich nur dabei gedacht? Vielleicht hätte sie Angela noch helfen können. Sie war doch vor Ort gewesen. Aber von einer zweiten Person hatte sie gar nichts mitbekommen. Wie sollte sie damit leben, den Menschen, den sie am meisten liebte, getötet zu haben? Die Tränen liefen ihr über die Wangen.

Als sie wieder hinunterkam, nahm Frank Junge ihren Arm. »Willst du das wirklich machen? Ich bedauere schon, dich gefragt zu haben.« Er wirkte ehrlich bedrückt.

Sie schüttelte den Kopf: »Ich muss das machen. Je schneller ich Gewissheit habe, umso besser!«

Nach knapp zwei Stunden war sie wieder zu Hause. Sie war kreidebleich, und ihre Hände zitterten. Sie griff nach der Whiskyflasche und schüttete sich ein großes Glas ein, das sie in einem Schluck hinunterstürzte.

Der Anblick der Leiche hatte ihr einen Schock versetzt. Sie hatte schon einige Leichen gesehen, aber hier – verbunden mit der Angst, Angela vor sich zu sehen – hatte sie kaum hinschauen können. Letztendlich war der Besuch umsonst gewesen. Das Gesicht der jungen Frau war völlig zerstört, die Haare blutgetränkt. Von der Größe, Alter und Figur könnte es passen. Aber Frederike hatte die Leiche nicht eindeutig identifizieren können. Dafür bekam sie jetzt das Bild nicht mehr aus ihrem Kopf. Sie nahm sich noch einen Schluck. Der Pathologe hatte gesagt, die junge Frau wäre nicht angeschnallt gewesen, und es hätte auch keine Abwehrverletzungen gegeben. Anscheinend hatte sie geschlafen und gar nichts mitbekommen. Sollte das ein Trost sein?

Frank Junge hatte sie nach Hause gefahren, und sie hatte ihm für einen DNA-Abgleich Angelas Zahnbürste gegeben, die ihre Nichte immer benutzte, wenn sie ein Wochenende bei ihrer Tante verbrachte. Allein bei dem Gedanken schossen ihr wieder die Tränen in die Augen. Zwischendurch hatte sie mehrfach versucht, Angela auf dem Handy zu erreichen und es auch bei zwei ihrer Freundinnen versucht. Nichts! Hannelore kam und strich ihr um die Beine. Anscheinend spürte er, dass etwas ganz und gar nicht in Ordnung war. Sie nahm ihn hoch und verbarg ihr Gesicht in seinem Fell. So saßen sie eine Weile, bis der Kater seinen Hunger nicht mehr bezähmen konnte und sich aus der Umklammerung wand. Er sprang von ihrem Schoß und lief in Richtung Küche. Seufzend putzte sich Frederike die Nase, stand auf und folgte ihm. Dabei zermarterte sie sich ihr Hirn. Wieso sollte Angela mit im Wagen gewesen sein? Dann hätte Jochen ihr doch von der Erpressung erzählen müssen. Sie konnte sich nicht vorstellen, dass Angela eingeweiht war. Hatte Jochen eventuell doch erkannt, dass sie, Frederike, hinter dem Erpressungsversuch stand, und hatte Angela mitgenommen, damit sie ihrer Tante die Leviten las? Oder um sie einander zu entfremden? Aber wie konnte er das wissen? Während sie Hannelores Futter bereitstellte, kreisten Fragen über Fragen durch ihren Kopf. Sie selbst konnte nicht essen, obwohl ihr von dem Whisky auf nüchternen Magen übel war.

An diesem Morgen büßte Frederike alle ihre Sünden.

Nach dem ausgefallenen Frühstück war Frederike in den Garten gegangen. Gartenarbeit lenkte sie in der Regel ab. Sie konnte aktuell sowieso nichts tun. Ihr Handy hatte sie bei sich, so konnte sie zwischendurch immer mal wieder Angelas Nummer wählen. Sie hatte sich entschlossen, die Hecken zu schneiden. Keine gute Idee, denn in ihrem aktuellen Zustand richtete sie ein ziemliches Gemetzel an. Ihre Arbeit hatte etwas Zerstörerisches.

Da ging das Gartentörchen auf, und Angela betrat den Garten. Fassungslos betrachtete sie den bis auf einen Stumpf zurückgeschnittenen Flieder. »Um Gottes willen, was machst du denn da?«

Frederike blickte auf, Tränen schossen ihr in die Augen, und sie ließ die Motorsäge einfach fallen. Schluchzend stürzte sie zu ihrer Nichte und umarmte sie. Angela wusste gar nicht, wie ihr geschah. Zuerst tätschelte sie beruhigend Frederikes Schulter, schob sie dann aber von sich. »Was ist denn bloß los? Ich habe heute Morgen nach dem Aufwachen gesehen, dass du mich ein paarmal angerufen hast. Da bin ich sofort ins Auto gestiegen.«

Doch Frederike konnte immer noch nicht sprechen, ihre Augen strahlten, und ein grässlicher Schluckauf plagte sie. Angela schob sie in Richtung Küchentür. »Komm, wir trinken erst einmal Kaffee.« Und ergänzte dann seufzend: »Ich habe auch einiges zu berichten.«

In der Küche zog Frederike Angela erst einmal auf einen Stuhl. Sie hatte sich etwas beruhigt und konnte schon wieder schimpfen. »Wo zum Teufel warst du? Ich war verrückt vor Sorge.«

Angela winkte müde ab. »Ich war zu Hause und habe geschlafen, mit Ohropax in den Ohren und drei Schlaftabletten intus. Und einer Flasche Wein.«

»Bist du verrückt? Du hättest dich vergiften können.«

»Das war mir gestern echt egal. Der Tag war furchtbar. Ich habe mich von Jochen getrennt.« Beim letzten Satz schossen auch ihr die Tränen in die Augen.

Frederike nahm sie in den Arm, selbst unendlich erleichtert. »Ach, Liebchen, was ist passiert?«

Angela suchte schniefend nach einem Taschentuch. »Ich habe ihn vorgestern in Daun mit einer anderen Frau gesehen.«

Immer wieder von kleinen Schluchzern unterbrochen, erzählte sie Frederike, dass sie am Vortag in Daun einkaufen war und dort das sehr vertraut wirkende Pärchen beobachtet hatte. Als sie gestern Morgen Jochen auf die Begegnung ansprach, hatte der alles geleugnet, sie als eifersüchtige Ziege betitelt und einfach die Wohnung verlassen. Das hatte sie so fuchsteufelswild gemacht, dass sie in Windeseile seine Sachen zusammengepackt und einfach vor die Haustür gestellt hatte. Per WhatsApp hatte sie dann mit ihm Schluss gemacht. Seine Sachen könne er abholen. Sie wolle ihn nie mehr wiedersehen. An dieser Stelle fing sie laut an zu weinen. »Ich dachte doch, er wäre endlich der Richtige. Ich war so verzweifelt, dass ich erst einmal ein Glas Wein getrunken habe – mitten am Tag. Jochen kam dann nach Hause und hat an die Tür gebollert.«

»Hatte er keinen Schlüssel?«

»Doch! Aber wenn mein Schlüssel innen steckt, kann man von außen nicht aufschließen. Ich hatte echt Angst, dass er die Tür eintritt. Als er weg war, habe ich den Schlüsseldienst angerufen und das Schloss tauschen lassen.«

Frederike tätschelte ihre Hand. »Lass mich raten. Danach hast du den restlichen Wein getrunken und die Schlafmittel eingeworfen.«

Angela schniefte. »Die Tabletten habe ich erst genommen, als er später noch mal vor der Tür stand. Da hat er mich zu überreden versucht, ihn reinzulassen. Das habe ich aber nicht gemacht, und irgendwann war er dann weg.«

Sie putzte sich noch mal die Nase. »Aber sag, was war denn bei dir los? Da hat noch jemand versucht, mich anzurufen. Ein Frank Junge – ich soll ihn zurückrufen. Aber ich dachte, ich rede jetzt erst einmal mit dir.«

Frederike legte ihre Hand auf Angelas. »Jochen ist tot.« Es gab wohl keine Methode, jemandem so etwas schonend beizubringen.

Angela schlug entsetzt die Hand vor den Mund, noch mehr Tränen schossen ihr in die Augen. »Hat er sich was angetan? Um Gottes willen!«

»Nein, Kind! Es war ein Autounfall.«

»Oh mein Gott, das war bestimmt, weil ich ihn rausgeworfen habe. Sonst wäre er doch bei mir gewesen.« Angela erging sich in Selbstvorwürfen.

Frederike zögerte. Was sollte sie Angela erzählen? Sie rang mit sich. »Er war nicht allein im Auto.«

Offenbar lösten sich Angelas Gewissensbisse schlagartig auf, und Argwohn machte sich breit. »Wer war bei ihm? Etwa seine neue Flamme?«

Frederike zuckte mit den Schultern. »Wir wissen es nicht. Im ersten Moment dachten alle, du wärst es.«

Angela sprang auf und umschlang ihre Tante. »Ach du Arme, das ist ja furchtbar. Hast du wirklich gedacht, ich wäre tot?«

Frederike nickte, und wieder wurden ihre Augen feucht. »Das waren die schlimmsten Stunden meines Lebens!« Doch dann stand sie auf, wischte sich über das Gesicht und griff zum Telefonhörer. »Ich muss Frank Junge Bescheid sagen.«

»Wer ist das eigentlich?«

»Ach, Kommissar Junge ist von der Kripo Wittlich. Er hatte mich heute Morgen informiert. Er hat wohl auch vor deiner Tür gestanden.«

Angela senkte betrübt den Kopf. »Ich habe nichts mitbekommen. Ehrlich! Ach, das tut mir so leid. Wo ist das mit Jochen passiert?«

Doch Frederike winkte ab, weil Frank Junge sich gerade meldete. »Angela ist bei mir.«

»Was? Ich komme sofort. Bin sowieso in der Gegend!«
Und ohne ein weiteres Wort hatte er aufgelegt.

Frederike erzählte Angela von dem Unfall, wobei sie einen großen Bogen um ihren Anteil am Geschehen machte. »Hast du eine Ahnung, was er da gewollt haben kann?«

»Vielleicht eine schnelle Nummer im Wald?«, vermutete Angela bissig. Dann kamen ihr wieder die Tränen. »Oh, ich bin so gemein. Aber er hat mich dermaßen enttäuscht.« Und wieder schüttelte sie das Schluchzen.

Frederike hatte den Eindruck, dass Angela nicht nur um Jochen, sondern vor allem um ihre geplatzten Träume weinte. Da ging eine rosige Zukunft den Bach runter. Sie stand auf, um ein neues Paket Papiertaschentücher und einen Mülleimer zu holen.

Kurz darauf klopfte es an der Tür. Frank Junge! Der Kommissar schaute sie betreten an. »Ach, Frederike, das tut mir so leid. Was ich dir zugemutet habe ... du musst mich hassen.«

Sie schüttelte den Kopf. »Ich bin froh, dass du unrecht hattest. Komm rein, Angela heult in der Küche. Ich habe ihr von Jochen erzählt.«

Als er in Richtung Küche ging, zischte sie noch hinter ihm her: »Sie hat sich gestern von ihm getrennt.«

Sein Schritt stockte, und er blickte sich mit hochgezogenen Augenbrauen um. Sie zuckte mit den Schultern.

Frank nahm mit am Küchentisch Platz. Angela schaute ihn schniefend an, putzte sich dann die Nase und begrüßte ihn. »Es tut mir leid, dass ich nicht zurückgerufen habe.«

Er winkte ab. »Ich bin froh, dass es Ihnen gut geht, wir haben uns heute viele Sorgen um Sie gemacht.«

Frederike brachte ihm eine Tasse Kaffee. Er fuhr fort: »Können Sie mir sagen, wann Sie Jochen Anstruth das letzte Mal gesehen haben?«

Angela erzählte jetzt deutlich gefasster vom gestrigen Tag. Anscheinend hatte sie alle Tränen für heute schon geweint, doch Frederike war sicher, dass die Trauer noch eine ganze Weile anhalten würde.

Frank Junge hing an Angelas Lippen, und er schrieb alles mit. Angela hatte Vertrauen zu ihm gefasst und sprach freimütig von dem gestrigen Streit und ihrer Reaktion darauf.

»Möglicherweise war die Frau in Jochens Wagen seine Begleiterin, die Sie beobachtet haben. Können Sie sie mir beschreiben? Wir müssen dringend ihre Identität klären.«

»Ich habe noch etwas viel Besseres! Ich habe die beiden fotografiert. Falls Jochen es abstreitet, wollte ich einen Beweis haben.« Sie zückte ihr Smartphone und zeigte Frank das Foto.

»Fantastisch. Das wird uns helfen. Können Sie mir das Foto senden?«

»Mir auch!«, schaltete sich Frederike ein.

Angela nickte und tippte auf der Tastatur herum.

Frank Junge checkte sein Handy. »Super, es ist angekommen. Dann sind wir hier fertig.«

Frederike blickte von einem zur anderen. Angela schaute immer noch auf das Foto und strich leicht mit dem Finger über die Abbildung von Jochen.

»Frank, kannst du Angela nicht nach Hause fahren? Ich mache mir ein wenig Sorgen um sie, wenn sie jetzt

Auto fährt. Und du kannst dich dann gleich mal in der Wohnung umschauen.«

Beide blickten sie erstaunt an, Frank nickte dann aber. »Ja, das ist eine gute Idee«, und an Angela gewandt: »Kommen Sie, ich kann Sie mit Ihrem Wagen fahren und lasse mich anschließend von einem Kollegen abholen.«

Als beide weg waren, hob Frederike Hannelore hoch und blickte ihm in die Augen. »Vielleicht wird das ja doch noch ein schöner Tag.« Hannelore strampelte bloß und wollte wieder abgesetzt werden. Alles zu seiner Zeit!

Sie wandte sich wieder der Gartenarbeit zu, setzte ihre Heckenschnitte aber nun wesentlich feinfühliger und zielgerichteter ein. Dabei kroch ein Gedanke in ihr Hirn. Wieso hatte Jochen eine Frau mit zum Treffpunkt gebracht? Es quälte sie, dass ihretwegen eine unschuldige Person getötet worden war, auch wenn die Erleichterung überwog, Angela gesund und halbwegs munter zu wissen.

21. Kapitel

Nachmittags setzte sich Frederike ins Auto, um zu Klara zu fahren. Sie wollte nicht, dass ihre kleine Ermittlertruppe aus der Zeitung von Jochens Tod erfuhr. Da Frederike keine Lust hatte, auf Andrea Bader zu treffen, ging sie direkt zu Klaras Appartement.

»Mensch, Frederike, das ist ja eine Freude. Mit dir hatte ich gar nicht gerechnet.« Klara zog Frederike am Ärmel in ihr Wohnzimmer. »Lass dich mal ansehen.« Klara betrachtete Frederike prüfend. »Du hast geheult! Was ist los?«

»Sieht man das noch?« Frederike betrachtete sich kritisch im Garderobenspiegel. »Der heutige Tag hat mir echt graue Haare und Falten eingebracht. Und die Augen sind blutunterlaufen.« Sie zog die Haut unter den Augen nach unten. »Guck mal!«

Sie wendete sich Klara zu, die sich schaudernd abwandte. »Iiiih, lass das. Mit den Falten und den Augen siehst du mehr denn je wie ein Bluthund aus.«

Frederike wandte sich wieder dem Spiegel zu und massierte sich leicht Augen und Wangen. »So, fast wie neu!«

Klara drückte ihr eine Tasse in die Hand. »Hier, dein Tee. Und jetzt hör auf, dich eitel vor dem Spiegel herumzudrücken, du Narzisse!«

»Narzisst!«, korrigierte sie Frederike.

»Narzisse ist die weibliche Form«, belehrte Klara sie ungerührt. »Also, was war los?«

Frederike erzählte ihr von Jochen Anstruths Tod und verschwieg Klara auch nicht ihre kleine Erpressung. Nur die Sache mit den Krähenfüßen ließ sie lieber aus. Sie wollte Klara nicht mit diesem Wissen belasten.

Als sie fertig war, schwieg Klara eine Weile. Dann schlug sie auf den Tisch. »Jochen hat bekommen, was er verdient. Dem weine ich keine Träne nach. Die junge Frau – ja, das ist übel. Kommst du damit klar?«

Frederike zuckte mit den Schultern. »Muss ich wohl! Ich zermartere mir das Hirn, wieso er sie dabeihatte. Man nimmt doch nicht seine neue Liebe mit zum Treffpunkt mit seiner Erpresserin!«

Klara wiegte den Kopf hin und her. »Vielleicht war ja die neue Liebe keine neue, sondern eine alte Liebe. Oder vielleicht eine Komplizin? Aber wir sollten auf jeden Fall die anderen über Jochen informieren. Das mit der Erpressung kannst du ja weglassen«, ergänzte sie gönnerhaft, stand auf und griff zum Telefon.

Bald saß die kleine Runde wieder zusammen und lauschte gespannt Frederikes Ausführungen.

Helga streichelte ihr die Hand. »Das muss ja schrecklich gewesen sein, zu glauben, deine Nichte wäre tot.«

»Und dann noch im Leichenschauhaus!«, schauderte Ursula, »da jemanden liegen zu sehen und zu glauben, es ist ein geliebter Mensch. Das stelle ich mir grauenhaft vor.«

Frederike nickte mit versteinerter Miene. »Ja, so etwas gönne ich meinem schlimmsten Feind nicht.«

»Ein ganz persönliches Fegefeuer!«, murmelte Klara halblaut, sodass Frederike ihr einen scharfen Blick zuwarf.

Horst, der Zahlenmensch, war wie immer sachorientiert. »Wenn ich das richtig verstanden habe, hast du ein Foto von Jochens neuer Freundin. Zeig doch mal her!«

Frederike kramte ihr Handy aus der Tasche, scrollte durch die Nachrichten und hielt Horst dann das Bild unter die Nase. Er nahm das Handy, hielt es mit ausgestrecktem Arm vor sich und kramte dann seufzend nach seiner Lesebrille.

Das nutzte Ursula, um sich das Smartphone zu schnappen. »Die kommt mir bekannt vor.«

»Was? Lass mal sehen!« Helga nahm ihr das Handy ab und schaute sich das Foto genauer an. »Kann man das vergrößern?«

»Klar!« Frederike zog das Foto auseinander, sodass man die junge Frau besser erkennen konnte.

Auch Helga hatte derweil ihre Lesebrille gezückt. »Die hat hier gearbeitet«, meinte sie nach einem genaueren Blick und setzte ihre Brille ab.

»Echt?« Frederike war fassungslos, gleichzeitig begann ihr Gehirn zu rattern.

»Ja, ich habe euch sogar von ihr erzählt«, begann Helga und setzte sich aufrecht.

Alle schauten sie fragend an.

»Als wir nach den Nasensprays gesucht haben, da war mir doch eine der Putzhilfen aufgefallen, die in einem Schrank etwas suchte.«

Bei Frederike dämmerte es. »Bist du sicher?«

»Ja, das war sie!«

»Ich glaube, sie hieß Elena oder Helena oder so ähnlich«, ergänzte Horst, der inzwischen das Handy in der Hand hielt und das Foto genauer betrachtete.

Alle blickten ihn zweifelnd an.

»Was!«, bellte er, als er die Blicke sah, »ich bin gut mit Namen.«

»Aber die war doch höchstens eine Woche da!«, wunderte sich Ursula.

»Na und?«

»Sag mal, wie hieß der junge Mann, der vor zwei Jahren ein Schülerpraktikum bei uns gemacht hat?« Helga blickte ihn auffordernd an.

»Alexander Hufschmied!«, äußerte Horst im Brustton der Überzeugung.

»Sie heißt Elena oder Helena oder so ähnlich!«, konstatierte Helga, nahm Horst das Handy aus der Hand und reichte es Frederike. »Horst hat mich überzeugt.«

»Wow!«, meinte Frederike, »ich sag der Polizei Bescheid.« Sie nahm das Telefon, wählte die Nummer von Frank Junge und berichtete ihm das soeben Gehörte.

»Super! Ihr seid klasse! Dann habe ich einen Anhaltspunkt. Unter den Vermissten war sie nämlich nicht«, sagte Frank erleichtert. »Ich melde mich.« Dann legte er auf.

Derweil spekulierten die anderen darüber, welche Rolle diese Elena oder Helena oder so ähnlich in dem Fall gespielt haben könnte.

»Ich habe mich schon gewundert, wie Jochen die ganzen Fläschchen eingesammelt haben soll. So oft war er ja eigentlich gar nicht da nach den Todesfällen. Da hätte er schon sehr viel Glück haben müssen«, meinte Klara.

Horst nickte. »Es war sicher viel einfacher, jemanden von der Putzkolonne zu bestechen oder sogar für die Suche einzuschleusen.«

»Wahrscheinlich kannten die sich schon länger«, vermutete Helga.

Ursula nickte. »Wahrscheinlich war es also keine neue Liebe, und er hat Frederikes Nichte gar nicht betrogen.«

Sie blickte Frederike an, nachdem die das Telefonat beendet hatte. »Meinst du, es würde Angela trösten, wenn die junge Frau Jochens Komplizin und nicht seine neue Liebe war?«

Als Frederike sie fragend anschaute, erläuterten die vier ihr rasch ihre Theorien bezüglich Elena oder Helena oder so ähnlich.

»Ich glaube, im Moment kommt Angela leichter über Jochens Tod hinweg, wenn sie sich als Betrogene sieht«, meinte Klara leidenschaftslos, »lass sie mal in dem Glauben!«

Frederike nickte leicht.

Kurz danach machte sie sich auf den Heimweg. Ihr war eingefallen, dass sie dringend mit Grete sprechen musste, und hoffte, dass diese noch nichts von dem Unfall auf der Landstraße gehört hatte.

Als sie bei sich zu Hause ankam, saß Grete tatsächlich auf einem Stein vor Frederikes Haustür und telefonierte gerade. In dem Moment klingelte Frederikes Handy, und Gretes Nummer wurde im Display angezeigt.

Sie hielt an und stieg gemächlich aus.

Grete erhob sich und kam zu ihr. »Wir sollten dringend reden!«, sagte sie ernst.

Frederike nickte. »Ja, das sollten wir.«

Grete hatte inzwischen gehört, dass es in der Nacht zu einem tödlichen Unfall gekommen war, und litt schon den ganzen Vormittag an Gewissensbissen.

»Herbert hat erzählt, es wären zwei Tote. Die Feuerwehr musste die Leichen aus dem völlig zerstörten Fahrzeug befreien. Bitte sag, dass das nichts mit unserem kleinen Erpressungsversuch zu tun hat.« Grete schaute Frederike flehend an.

»Leider doch. Der Tote ist unser Erpressungsopfer, und er hat anscheinend auch gleich noch eine Komplizin mitgebracht.«

Grete schlug vor Schreck die Hand vor den Mund. »Das ist ja entsetzlich! Bin ich etwa daran schuld?«

Doch Frederike beruhigte sie. »Nein, du kannst dafür gar nichts. Wenn, dann bin ich verantwortlich. Aber das war ein Unfall!«, erzählte sie nicht ganz wahrheitsgetreu, »mach dich nicht verrückt!«

Dann berichtete sie Grete von den Geschehnissen der letzten Stunden. So viel geredet hatte sie schon lange nicht mehr an einem Tag. Grete fuhr nach einer Stunde sichtlich ruhiger wieder mit ihrem Fahrrad nach Hause. Frederike hatte ihr noch einmal die Zusicherung abgenommen, über den Erpressungsversuch Stillschweigen zu bewahren.

»Ja, das kostet dich aber jetzt in jeder Chorprobe ein Freibier!«

Frederike lachte und drohte mit dem Finger: »Ich merke, du machst Karriere als Erpresserin. Lass dir gesagt sein, das nimmt meist ein böses Ende!«

Am Ende des Tages überwog bei Frederike die Erleichterung darüber, dass ihre Nichte lebte. Gleichzeitig war sie ein wenig verärgert. Hätte Angela Jochen nicht schon früher den Laufpass geben können? Dann wäre allen Beteiligten einiges erspart geblieben. Vielleicht hätte sie Jochen sogar davonkommen lassen. Ging es ihr also gar nicht um Gerechtigkeit? Auch in dieser Nacht schlief sie – gefangen in ihrem Grübelkreislauf – nicht allzu gut.

Am nächsten Morgen hielt Frederike gleich Ausschau nach der Tageszeitung. Sie hatte gestern nicht mehr mit Frank Junge sprechen können und war gespannt, ob es in dem Fall etwas Neues gab. Doch die Informationen, die sie im Lokalteil fand, waren sogar älter als ihre eigenen. Als sie gerade durch den Kulturteil blätterte, rief Angela an. »Ich wollte mal hören, wie es dir heute früh geht.«

Ein Lächeln zog über Frederikes Gesicht. Wie schön, diese Stimme zu hören!

»Ach, Liebes, ich habe schlecht geschlafen, aber im Großen und Ganzen geht es mir gut, und ich fühle immer noch die tiefe Erleichterung, dass es auch dir gut geht.«

Angela lachte. »Das will ich auch hoffen. Ich habe auch nicht gut geschlafen. Ich zermartere mir das Hirn, ob ich das Ganze irgendwie hätte verhindern können.«

»Das konntest du nicht. Jochen war sein eigener Herr. Er hätte nicht durch das gesperrte Waldgebiet fahren müssen. Hör auf, dir Vorwürfe zu machen.«

»Ja, das hat Frank Junge auch gesagt. Er hat gleich heute Morgen bei mir angerufen.«

Frederike horchte auf. »Ach, hat er das? Was hat er noch gesagt?«

»Ach, eigentlich gar nichts. Er wollte wohl bloß nett sein.«

Frederike grinste in sich hinein. »Ja, das mag sein. Er ist ein netter Junge!«

»Ich vermisse Jochen. Ich hatte mich wirklich schon an die Zweisamkeit gewöhnt«, wechselte Angela das Thema.

»Das ist sicher schwer für dich«, tröstete Frederike sie, »lass dir Zeit. Sind seine Sachen übrigens noch bei dir?«

»Nein, die hatte er bereits abgeholt. Ich weiß noch nicht mal, wo er an diesem letzten Tag untergeschlüpft ist.«

»Vielleicht ist es kein guter Zeitpunkt, dich zu fragen, aber was hältst du davon, das Wellnesswochenende nachzuholen, das ich eigentlich für letztes Wochenende geplant hatte?«

Vielleicht würde das für ein wenig Ablenkung sorgen. Angela schniefte, gab sich dann aber einen Ruck. »Das wäre schön. Ich glaube, das können wir beide gut nach dieser Sache brauchen. Kümmerst du dich drum?«

Frederike lächelte zufrieden. »Ja, natürlich. Ich freue mich darauf und gebe dir schnellstmöglich die Infos dazu durch.« Dann beendeten sie das Gespräch.

Sie wollte gerade den Hörer aus der Hand legen, als das Telefon wieder klingelte. Fast hätte sie vor Schreck das Gerät fallen gelassen. »Hallo?«

»Frederike?« Es war Frank Junge, der nun auch etwas verwirrt war, weil sie sich entgegen ihrer Gewohnheit nicht namentlich gemeldet hatte.

Frederike lachte. »Ja, du bist richtig. Ich habe mich nur so erschreckt, dass das Telefon in meiner Hand plötzlich bimmelte.«

Er ging gar nicht darauf ein. »Bist du gleich zu Hause? Ich würde gerne vorbeikommen. Es gibt etwas Neues, das dich sicher interessiert.«

Sie war gespannt. »Natürlich, komm vorbei. Ich setze schon mal Kaffee auf.«

»Super, den kann ich brauchen.«

Nur zwanzig Minuten später saßen beide am Küchentisch, jeder einen Becher mit Kaffee vor sich.

»So, wir wissen, wer die junge Frau in Jochens Wagen ist. Oder besser, war.«

»Haben dir unsere Hinweise geholfen?«, fragte Frederike neugierig.

Frank nickte. »Ich habe mich direkt mit diesem Reinigungsdienstleister in Verbindung gesetzt und denen das Foto gezeigt. Es gibt keinen Zweifel. Die Tote ist Elena Aandonova. Sie kam 2002 mit ihren Eltern aus Bulgarien nach Deutschland und hat bis vor Kurzem in Trier gewohnt. Für das Reinigungsunternehmen hat sie tatsächlich nur diese eine Woche gearbeitet. Dabei hatte sie den Wunsch geäußert, im St. Ägidius eingesetzt zu werden. Sie hätte dort Bekannte.«

Frederike hob überrascht den Kopf.

Frank Junge winkte ab. »Das war wohl nur eine Ausrede. Sie war dort aufgefallen, weil sie in den Schränken wühlte. Du kannst dir gar nicht vorstellen, was in den Pflegeheimen und Krankenhäusern oft geklaut wird.«

»Doch, kann ich!«

»Na ja, auf jeden Fall hat man sie nach der Beschwerde der Pflegedienstleitung sofort entlassen. Die fackeln da nicht lange.«

»Wusste Andrea Bader von der Sache?«, fragte Frederike und ärgerte sich, dass ihr die Heimleiterin nichts von der Entlassung erzählt hatte.

»Soweit ich weiß, nein. Das fällt in den Aufgabenbereich der Pflegedienstleitung. Anscheinend war nichts geklaut worden, sodass man die Angelegenheit nicht an die große Glocke hängen wollte. Dem Reinigungsdienstleister wurde bloß nahegelegt, Elena nicht mehr einzusetzen.«

»Wieso hatte die keiner bei euren Ermittlungen auf dem Schirm?«, wunderte sich Frederike.

»Ganz einfach. Sie tauchte erst nach den Todesfällen auf. Deshalb wurde ausgeschlossen, dass sie irgendwie verwickelt sein könnte. Denk daran, wir haben nach einem Todesengel gesucht. Da kam Elena nicht infrage.« Frank trank einen Schluck. »Wir haben uns mit ihrer ehemaligen Mitbewohnerin in Trier unterhalten. Anscheinend kannte Elena Jochen schon länger. Sie waren wohl früher mal ein Paar, aber die Frau meint, da wäre nichts mehr gewesen. Er hätte Elena wohl einen Job angeboten, deshalb sei sie nach Daun gezogen.«

»Ach! Was für ein Job soll das denn gewesen sein?«, fragte Frederike skeptisch nach.

»Das ist unklar. Aber auf jeden Fall ist da etwas schiefgegangen, denn Elena hatte ihre Mitbewohnerin angerufen und gefragt, ob sie wieder einziehen könne. Dazu ist es dann aber nicht mehr gekommen.«

»Mmh, wir vermuten ja, dass er Elena angestiftet hat, im Heim nach den Fläschchen mit Nasenspray zu suchen.« Sie schaute Frank Junge an. »Erinnerst du dich noch an meine bekloppte Theorie?«

Er schaute sie kleinlaut an. »Ja, das tue ich. Und so langsam macht sich der Gedanke in mir breit, dass deine Vermutungen gar nicht so theoretisch waren.«

»Gut so!«, bemerkte Frederike selbstzufrieden. »Ich kann es immer noch!«

Er grinste, wurde aber schnell wieder ernst. »Aber dir ist schon klar, dass in dieser Angelegenheit nicht mehr ermittelt wird, zumal der potenzielle Täter und seine Komplizin tot sind.«

Frederike nickte. Das war ihr jetzt auch völlig egal.

Auch wenn sich inzwischen herausgestellt hatte, dass Elena Teil von Jochens perfidem Plan war, bohrte in Frederike immer noch das schlechte Gewissen. Hätte sie den Reifen nicht zum Platzen gebracht, würde die junge Frau noch leben. Um Jochen tat es Frederike ehrlich gesagt nicht leid. Sie hatte seinen Tod nicht gewollt, konnte ihn aber auch nicht bedauern. In ihren Augen war er ein Massenmörder, der bekommen hatte, was er verdiente. Aber die junge Frau ... das war eine ganz andere Sache. Sie war wahrscheinlich nur eine willige Helferin gewesen, die möglicherweise gar nicht wusste, was sie tat, als sie die Fläschchen verschwinden ließ.

Um sich abzulenken, ging Frederike abends zur Chorprobe. Grete begrüßte sie überschwänglich und flüsterte verschwörerisch: »Gibt es etwas Neues?«

Frederike wackelte mit dem Kopf. »Erzähle ich dir nachher – bei deinem Erpresserbier.«

Grete grinste und hob den Daumen. Dann vertieften sich die Damen in ihre Noten. Heute waren zum ersten Mal in diesem Jahr die Weihnachtslieder ausgepackt worden. Alle stöhnten auf.

Elsbeth murrte: »Draußen ist dreiundzwanzig Grad, und wir singen Weihnachtslieder.«

»Dann nimm das als Anlass fürs nächste Lied«, meinte der Dirigent nur trocken. »Jauchzet, frohlocket ...!

Die Chorprobe hatte Frederike gutgetan, sie hatte das erste Mal seit ihrem misslungenen Erpressungsversuch durchgeschlafen. Es war schon acht Uhr durch, als Hannelore sich auf sie warf und miauend nach Frühstück verlangte. Gleichzeitig ertönte von der Haustür ein lautes Klopfen. Hastig stand sie auf. Wer konnte das sein um diese Uhrzeit? Sie riss das Fenster auf, um nachzusehen. Vorm Haus standen Lena und Kai und blickten sie bittend an: »Dürfen wir bei dir Äpfel pflücken?«

»Klar, ihr zwei. Ich bin auch gleich unten.«

Als Frederike das Fenster schloss, merkte sie, dass sich ihr Herzschlag merklich beschleunigt hatte. Am frühen Morgen an Türen zu klopfen, um Menschen möglichst wehrlos und im Schlafanzug zu erwischen – das war eine beliebte Taktik von ihr gewesen, um Verdächtige weich zu kochen und aus der Fassung zu bringen. Anscheinend machte ihr das schlechte Gewissen mehr zu schaffen, als ihr bewusst war. Sie hoffte sehr, dass sie zulünftig nicht bei jedem Geräusch an der Tür in Angststarre fallen würde.

Als im Verlauf des späten Nachmittags wieder angeklopft wurde, bemerkte sie mit einer gewissen Befriedigung, dass sie keine Stresssymptome zeigte. Summend ging sie zur Tür. Jauchzet, frohlocket ...

Die Töne blieben ihr allerdings im Hals stecken, als sie die Tür öffnete und sich Hauptkommissar Engel gegenübersah. Ihr Puls beschleunigte sich. Was wollte der denn von ihr?

Etwas beklommen sah sie ihn an.

»Hallo, Frau Suttner, darf ich hereinkommen?«

»Natürlich!«

Sie öffnete die Tür ganz und bat ihn in ihr Wohnzimmer. Meist saß sie ja mit ihren Gästen in der Küche, aber in diesem Fall, nein, das war Besuch fürs Wohnzimmer. Erneut merkte sie, wie nervös sie war.

Beide machten es sich in den Sesseln gemütlich.

»Darf ich Ihnen einen Kaffee anbieten?«

»Später!« Er schaute sich im Raum um, blickte auf die Bücherwand und die Bilder. »Schön haben Sie es hier.«

Später? Was sollte das heißen? Frederike seufzte innerlich. Anscheinend wollte er länger bleiben.

»Nun gut. Was führt Sie zu mir?«

»Können Sie sich das nicht denken?«

Darauf würde sie sicher nicht hereinfallen! Sie neigte fragend den Kopf.

Er lachte. »Wir haben neue Erkenntnisse im Fall von Elena Aandonova und auch bezüglich des Unfalls.«

Sie beäugte ihn misstrauisch. »Und das erzählen Sie mir, weil …?«

»Oh, ich hatte den Eindruck, dass Sie das interessieren könnte. Sie waren ja so engagiert bei der Sache«, meinte er gönnerhaft.

Sie blickte ihn ausdruckslos an. Er blickte ausdruckslos zurück. Ein Blickduell, das ohne Sieger blieb, denn plötzlich sprang Hannelore auf den Schoß von Hauptkommissar Engel und rieb das Köpfchen an seiner Hand. Dieser Verräter!

Beide lachten, das Eis war gebrochen.

»Ja, wer bist du denn? Du schöner Kerl!«

Engel streichelte Hannelores Fell; der Kater warf sich sofort auf den Rücken und streckte ihm den Bauch entgegen.

»Gestatten, das ist mein Kater Hannelore!«, stellte Frederike ihren Hausgenossen vor und holte sich erst einmal eine Tasse Kaffee. Hannelore war gerade zur rechten Zeit gekommen. Anscheinend war Engel doch ein Mensch!

Als sie wieder ins Zimmer kam, hatte sich der Kater gemütlich auf Engels Schoß eingerollt und schnurrte zufrieden.

»Na, dann legen Sie mal los!«, forderte Frederike den Kripobeamten auf, »ich bin neugierig.«

»Wir haben uns etwas intensiver mit der Leiche von Elena Aandonova befasst. Unserem Pathologen waren die Verletzungsmuster aufgefallen und Unregelmäßigkeiten beim Blutverlust.«

Frederike merkte auf.

»Wir waren doch recht überrascht, als er uns die Todeszeitpunkte der beiden mitteilte. Denn entgegen unserer Vermutung starben beide nicht zeitgleich. Die Frau starb deutlich früher. Sie war definitiv bereits tot, als der Unfall geschah!«, ließ Hauptkommissar Engel die Bombe platzen.

Frederike saß ihm mit offenem Mund gegenüber. Ihr Gehirn ratterte. »Aber wieso ...«

Engel blickte ihr interessiert beim Denken zu.

»Sie lag bereits tot im Wagen?«

Er nickte.

»Dann ist Jochen Anstruth mit einer Leiche auf dem Beifahrersitz unterwegs gewesen?«, fragte sie fassungslos. Was für ein Risiko!

Er nickte. »So muss es wohl gewesen sein.«

Frederike saß stumm in ihrem Sessel.

Hauptkommissar Engel rieb sich die Hände: »Mein junger Kollege hat mir erzählt, dass Sie über einen ausgezeichneten Whiskygeschmack verfügen. Ich glaube, das wäre jetzt ein guter Zeitpunkt ...«

Frederike schaute ihn regungslos an, bis seine Worte zu ihr durchgedrungen waren. Ja, ein Whisky – den konnte sie jetzt brauchen. Aber war Engel nicht im Dienst? Egal! Sie sprang auf und holte Gläser und Flasche.

Beide tranken einen Schluck. Inzwischen hatte Frederike ihre Gedanken sortiert.

»Dann können wir wohl annehmen, dass es sich bei Elena um eine Komplizin handelte, die von Jochen getötet wurde.«

»Wahrscheinlich wollte er eine Mitwisserin beseitigen. Allerdings gibt der Zeitpunkt Rätsel auf.«

Frederike nickte widerstrebend. »Warum erst jetzt? Die Ermittlungen wurden bereits eingestellt.« Dann erhellte sich ihre Miene. »Vielleicht hat sie ihn erpresst.«

Das war doch super! Sollte ihr Erpressungsversuch irgendwie aufgeflogen sein, konnte sie ihn einfach Elena in die Schuhe schieben. Da kam ihr ein weiterer schockierender Gedanke. Vielleicht hatte Jochen wirklich gedacht, Elena wäre die Erpresserin, und hatte sie deswegen getötet. Wieder schwappte eine Welle von Schuldgefühlen über Frederike hinweg.

Hauptkommissar Engel beobachtete sie fein. »Trinken Sie noch einen Schluck. Ich glaube, den können Sie brauchen.«

Zögernd nippte Frederike an ihrem Glas. Was wusste Engel? Was könnte er wissen?

Engel lehnte sich in seinem Sessel zurück. »Ich weiß nicht, was Sie über mich wissen, aber vielleicht haben Sie gehört, was mich in die Eifel gebracht hat.«

Frederike nickte leicht.

»Es war für mich eine wichtige Erfahrung«, fuhr Engel fort. »Ich lag angeschossen am Boden und dachte, ich würde sterben. Innerlich hatte ich mich bereits von der Welt verabschiedet. Keiner war erstaunter als ich, dass ich die Schussverletzung überlebte. Doch überlebt heißt nicht überwunden! Wenn jemand eine Waffe zieht, spüre ich pure Panik. Für den Außendienst bin ich kaum noch zu gebrauchen.« Bitterkeit lag in seiner Stimme.

Frederike schaute ihn ruhig an.

»Der Schütze hat in gewisser Weise mein Leben zerstört, auch wenn ich überlebt habe.«

Beide schwiegen eine Weile.

»Ich war sehr froh, als ich hörte, dass man den Täter gefasst hat und er vor Gericht gestellt wurde.« Sein Blick verdunkelte sich. »Und vielleicht können Sie nachvollziehen, wie es in mir aussah, als dieser Mensch aufgrund eines Formfehlers der Staatsanwaltschaft als freier Mann den Gerichtssaal verließ.« Er trank einen Schluck. »Ich saß einige Reihen hinter ihm. Er grinste mich hämisch an, als die Entscheidung verkündet wurde, das Verfahren einzustellen.«

Frederike fühlte mit ihm. Recht und Gerechtigkeit waren manchmal zwei sehr verschiedene Dinge.

Sie blickte ihn an. »Danke, dass Sie mir das erzählt haben. Aber warum haben Sie es mir erzählt?«

Er zuckte mit den Schultern. »Ich dachte, Sie würden es verstehen.«

Dann kam er wieder zurück auf den Fall. »Ich nehme an, dass Jochen seine Komplizin getötet hat und sie in dem Waldstück verschwinden lassen wollte. Das würde auch erklären, warum er die Straßensperrung umfahren hat. So konnte er relativ sicher sein, dass ihn keiner stört.«

Frederike spürte Erleichterung. »Ja, das wäre gut möglich.«

Engel nahm Hannelore und setzte ihn auf den Boden. Dann kramte er in seiner Tasche und zog einen Krähenfuß hervor. »Das Einzige, was nicht so ganz ins Bild passt, ist dieser Krähenfuß.« Er packte das Teil auf den Tisch, dann blickte er auf die Uhr. »Herrje, ich muss los. Danke für den Whisky. Bleiben Sie sitzen, ich finde alleine raus.«

Frederike blickte ihm fassungslos nach, als er Richtung Tür ging.

»Warten Sie, Sie haben Ihren Krähenfuß vergessen«, rief sie hinter ihm her.

Engel erwiderte nur: »Das ist nicht mein Krähenfuß, Frau Kollegin!«, und verließ das Haus.

Frederike war sprachlos. Sie füllte ihr Whiskyglas einen Fingerbreit und trank das Glas in einem Zug aus. Was war das denn? Misstrauisch beäugte sie den Krähenfuß. Dann spulte sie das komplette Gespräch noch einmal vor ihrem inneren Ohr ab. Der Whisky, die Lebensgeschichte, das liegen gelassene Beweismittel, der letzte Satz – ja selbst die Anrede Frau Kollegin – so ganz ohne Ex. Sie atmete tief aus.

Er wusste es! Engel wusste Bescheid. Und er hatte sich entschieden, sie vom Haken zu lassen. Er musste den Krähenfuß gefunden und sich einen Reim darauf gemacht haben. Er war hier gewesen, um ihr zu sagen, was er in seinen Bericht schreiben würde. Und er hatte das Beweismittel entfernt, das sie mit dem Unfallort in Verbindung bringen konnte.

Sie schloss die Augen. Erleichtert. Dankbar. Sie leistete Abbitte für all die fiesen Gedanken über Hauptkommissar Engel. Der Mann machte seinem Namen doch Ehre.

Was für eine Überraschung! Woher hatte er das bloß gewusst? Welchen Preis würde sie für sein Schweigen wohl zahlen müssen? Oder sollte das der Beginn einer seltsamen Freundschaft sein? Spannend!

Epilog

Am nächsten Morgen begab sich Frederike voller Tatendrang in den Garten. Heute hatte sie sich vorgenommen, die Buchsbäume in Form zu bringen, die bisher vom Buchsbaumzünsler verschont geblieben waren. Der Weg in die Eifel war denen anscheinend zu weit.

Sie war erleichtert, dass sie nicht den Tod von Elena auf dem Gewissen hatte. Es tat ihr leid um die junge Frau. Ein weiteres Opfer von Jochen. Aber Angela war noch mal davongekommen. Da schoss ihr ein anderer Gedanke durch den Kopf. Wenn Jochen seine tote Komplizin mit zum Treffpunkt gebracht hatte, was hatte er mit seiner Erpresserin vorgehabt? Gestern war keine Rede davon gewesen, dass man im Auto eine größere Summe Bargeld gefunden hätte.

Sie setzte die Schere ab und ließ sich auf die Bank fallen. Jochen war nicht gekommen, um zu bezahlen. Er war gekommen, um zu töten. Ein Schauder durchlief sie. Sie hatte die Skrupellosigkeit von Jochen sogar noch unterschätzt. Auch sie war noch einmal davongekommen!

Was hatte sie sich bloß dabei gedacht? Im Nachhinein kam ihr das eigene Vorgehen unklug, ja leichtsinnig vor.

Möglicherweise hatte sie selbst für die letzte Eskalation gesorgt und Jochen so in Panik versetzt, dass er glaubte, er müsse alle Spuren beseitigen. Doch dann dachte sie: Ich habe es für Angela getan. Das war das Risiko wert!

Da kam diese auch schon in den Garten. »Ich wollte mal nachhören, wie es mit unserem Wellnesswochenende aussieht. Ich glaube, ich habe es nötig.« Sie sah immer noch blass und mitgenommen aus.

Frederike nahm sie in den Arm, musterte sie kritisch und meinte dann ironisch: »Stimmt, du siehst furchtbar aus. So hübsch, groß, jung und blond wie du bist! Lass uns ins Haus gehen und mal gemeinsam gucken, was wir uns gönnen wollen.«

Frederike überlegte, ob sie Angela von der toten Frau in Jochens Auto erzählen sollte. Doch dann ließ sie es. Angela sollte es erst später und von jemand anders erfahren. Jetzt war Zeit für Trauer über den Verlust der Träume. Für Selbstzweifel und Wut würde es später noch genug Raum geben.

Danke

So, es ist vollbracht, die Geschichte ist erzählt. Nicht wenige waren daran beteiligt. Um nur einige zu nennen:

Mein Mann Claus, der mir in jeder Phase der Entstehung sein Ohr lieh, mir Anregungen gab und mich ermutigte.

Meine »Scheibchenleserinnen« Eva Müller, Andrea Frings, Brigitte Revers und Rita Vollmer, die mir während der ersten Runde des Schreibprozesses Feedback gaben, mich ermunterten und hilfreiche Kritik äußerten.

Meinen »AmStücklesern« Karin Rittich, Alexander Hassel und Thomas Kiehl (auch wenn es nur die ersten fünfzig Seiten waren!) für Zuspruch und Anregungen.

Meinem Verleger Ralf Kramp, der mir einige literarische Flausen austrieb und wertvolle Anregungen für den Spannungsbogen gab.

Meiner Lektorin Nicola Härms, die durch kluge Fragen und elegante Formulierungsalternativen für den nötigen Feinschliff sorgte.

Dem Team des KBV-Verlags, die mich in allen Phasen der Produktion und des Marketings professionell und freundlich unterstützten.

Dr. Manfred Rittich, der das Buch im Hinblick auf medizinische und chemische Details sichtete, mich mit Fachliteratur zur Nanotechnologie in der Medizin versorgte und in Person des Dr. Schröder Frederike wichtige Impulse gab. Alle Fehler, die jetzt noch enthalten sein können, nehme ich auf meine Kappe.

Karl Beine, der mit seinem Buch *Krankentötungen in Kliniken und Heimen* interessante Hintergrundinformationen lieferte und die Figur von Willi Walter mit Fachkenntnissen füllte.

Und nicht zuletzt der Hörgeräteakustiker Spike aus Hillesheim, der mir die wirklich wahre Geschichte der verschluckten Hörgeräte schenkte.

Vielen Dank auch an Sie, die Sie diese Geschichte bis hierhin verfolgt haben.

Andrea Revers

VERTRAU MIR NICHT

Taschenbuch, 288 Seiten
ISBN 978-3-95441-696-7
14,00 EURO

Ein neuer Fall für die Eifeler Miss Marple, der unerwartet aus dem Ruder läuft …

Als die pensionierte Kommissarin Frederike gerade in ihrem Eifeler Bauerngarten den Brennnesseln und dem Giersch zu Leibe rückt, tritt unerwartet das BKA in Person der jungen Leonie Jansen auf den Plan und bittet sie um Unterstützung. Die Abwechslung kommt Frederike gerade recht, und so erklärt sie sich bereit, den Lockvogel für eine Betrügerbande zu spielen, die es auf Senioren abgesehen hat. Als reiche Rentnerin ausstaffiert, geht sie an Bord des Mosel-Kreuzfahrtschiffs Wilma. Rückendeckung bekommt sie von ihrem Freund Willi, dem forensischen Psychologen.

Als eines Morgens der junge Barkeeper Claudio tot aufgefunden wird, überschlagen sich die Ereignisse. War das wirklich ein Unfall? Frederike hat da so ihre Zweifel.

Zu allem Überfluss wird bei ihr zu Hause eingebrochen, und dann ist auch noch Willi wie vom Erdboden verschluckt. Frederike fühlt sich hilflos. Wem kann sie noch vertrauen?

»Ein Krimi mit viel Eifeler Lokalkolorit«
(SWR zu »Lass die Vergangenheit ruhen«)

Carola Clasen

LEICHENSTILLE

Taschenbuch, 256 Seiten
ISBN 978-3-95441-520-5
12,00 EURO

Die Exkommissarin und der Enkeltrick
Sonja Sengers zwölfter Fall

Sonja Senger erhält einen ungewöhnlichen Telefonanruf: ein Junge, der sich als ihr Enkel ausgibt, braucht dringend Geld. Die pensionierte Kommissarin, ein Leben lang ledig und kinderlos, lässt sich auf das Spiel ein. Sie bestellt ihn in ihr Forsthaus am Ende der Stromleitung in Wolfgarten und baut behutsam Vertrauen zu ihm auf. Wie nicht anders zu erwarten, agiert der Junge nicht allein, sondern ist Mitglied einer Gang.

Unterdessen wird Sonjas Nachfolgerin Frieda Stein von der Kripo Euskirchen mit dem Mord an einer Frau konfrontiert, die an einem Malkurs in Blankenheim teilgenommen hat. Noch während Frieda und ihre Kollegen die Hintergründe der Tat rekonstruieren, geschieht ein weiterer Mord: Eine Frau, die ein Heilfasten-Seminar in Heimbach besuchte. Und bei diesen beiden Toten wird es nicht bleiben.

»*Die Crime-Lady unter den Eifelkrimiautoren*«
(*Trierischer Volksfreund*)

Ralf Kramp

LOST PLACE EIFEL

Taschenbuch, ca. 320 Seiten
ISBN 978-3-95441-686-8
15,00 EURO

Ein Männlein stirbt im Walde ...
Herbie Feldmanns 12. Fall

Das sieht nach einem leichten Job aus, den ihm seine Tante Hettie da aufs Auge gedrückt hat: Herbie soll die Beschilderungen der Wanderwege überprüfen. Aber sehr schnell bewahrheiten sich die düsteren Prophezeiungen seines ständigen Begleiters Julius, und Herbie irrt mit völlig falschem Schuhwerk reichlich orientierungslos durch den Eifelwald. Ein Glück für den schwer verletzten Mann, den er angeschossen auf einer Lichtung findet. Herbie rettet ihm das Leben, und von diesem Moment an ist nichts mehr wie es war.

Der Mann ist nämlich Bernd »Bermuda« Muckendahl, der vor fünfzig Jahren aus der Eifel abgehauen ist und in Hamburg eine beispiellose Karriere als Kiez-König hingelegt hat. Für ein Interview zu seinem 70. Geburtstag ist er noch einmal in die Heimat zurückgekehrt. Zum Dank für seine Rettung überschüttet er Herbie mit Geschenken: Handy, Auto, teure Klamotten ...selbst leicht bekleidete Damen klingeln plötzlich an Herbies Tür.

Vor allen Dingen aber spannt Bermuda ihn bei der Suche nach dem Schützen ein, der ihm das Lebenslicht ausblasen wollte. Im Handumdrehen haben sich Herbie und Julius hoffnungslos in eine wilde Geschichte um eine alte Gärtnerei, eine selbsternannte Wander-Päpstin und um eine Truppe nachtaktiver »Lost Place«-Sucher verstrickt. Vor allem aber lauert hinter all dem eine böse alte Geschichte, die noch nicht zu Ende erzählt ist ...